大家學

標準

日本語

每日一句

生活實用篇

行動學習新版

出口仁——著

出版前言

《大家學標準日本語：每日一句》系列，是網路人氣名師及暢銷書作者—出口仁，繼《大家學標準日本語：初/中/高級本》之後，再度全心投入的年度巨作！

這一次的新書和《大家學標準日本語：初/中/高級本》不同的是：
《每日一句》系列包含許多實用會話、以及日本人生活中經常使用的表現文型。
可以幫助大家將必學的文型文法，實際運用到日常會話。

《每日一句》全系列共五冊，是不同功能的日語實用指南：
大家學標準日本語【每日一句】（1）生活實用篇
包含：心情・安慰・希望・邀約……等會話，著眼功能實用的「生活日語」

大家學標準日本語【每日一句】（2）商務會話篇
包含：洽談・協商・溝通・承諾……等會話，著眼功能實用的「商務日語」

大家學標準日本語【每日一句】（3）旅行會話篇
包含：搭機・住宿・觀光・購物……等會話，著眼功能實用的「旅遊日語」

大家學標準日本語【每日一句】（4）談情說愛篇
包含：告白・熱戀・吵架・分手……等會話，著眼功能實用的「戀愛日語」

大家學標準日本語【每日一句】（5）生氣吐槽篇
包含：生氣・洩憤・抱怨・碎念……等會話，著眼功能實用的「交友日語」

本系列訴求：從「文法課本」進入「真實會話」的具體學習目標。具體教學：遇到實際會話場面，『情緒反應』如何結合『文法規則』，進而說出正確日語！

作者出口仁老師並延續一貫的教學特色——『每一種日語的用法，都會解釋原因、解釋為什麼，不會只是告訴你，這就是日語的習慣用法。』並透過「解構文法」，幫助大家融會貫通「文法課本」的學習內容，完整銜接使用於「生活中的真實會話」。

全書透過三大途徑「解構文法」：

（一）解構：口語時常用的「省略字詞」

◎「動詞て形」＋「いる」：口語時可省略「い」

◎「動詞て形」＋「ください」：口語時可省略「ください」

◎「こっちへ」（往這邊）：口語時可省略「表示方向的助詞：へ」

（二）解構：口語時常用的「縮約表現」

為了發音方便，日本人在口語中經常使用「簡化發音的縮約表現」。但外國人初學日語時，先從課本中學到的，都是發音未經簡化的「未縮約表現」。雖然這是學習日語的正確步驟，但是，一旦有機會聽到日本人的真實對話，就會覺得「為什麼日本人說的，有些字就是聽不懂？」其中關鍵就在於「簡化發音的縮約表現」。例如：

◎「～じゃないか」：口語時常用「縮約表現：～じゃん」

◎「動詞ない形」＋「なければ」：口語時常用「縮約表現：～なきゃ」

◎「動詞て形」＋「しまった」：口語時常用「縮約表現：～ちゃった／～じゃった」

（三）解構：口語時常用的「普通體文型」

日語有兩種『文體』：「丁寧體」和「普通體」。初學時所接觸的「です、ます」等，都是「丁寧體」。而日本連續劇、電視節目、歌詞…等，所使用的都是「普通體」。「丁寧體」給人的感覺是「有禮貌又溫柔」，「普通體」則是「坦白又親近」。使用日語時，要根據自己和對方的關係，來判斷該使用「丁寧體」還是「普通體」。

專門替外國人寫的日語學習教材，都是先教學「丁寧體」（避免說話者讓人感覺說話沒禮貌）；所以日本人生活中經常使用的「普通體」，就容易成為學習時的「弱項」。或許能夠猜到意思，或是照著日劇對白跟著說，但卻缺乏紮實的對於「普通體」的文法理解。為了彌補此點不足，本書提供兩種文體的對比說明。「課本所學的」和「日本人生活中所使用的」到底哪裡不一樣？一看就能完全了解。

◎「～んです」（丁寧體文型）：口語時常用「～んだ」（普通體文型）

◎「～んですか」（丁寧體文型）：口語時常用「～の？」（普通體文型）

◎「～でしょう」（丁寧體文型）：口語時常用「～だろう」（普通體文型）

最後，衷心希望《每日一句》系列，能夠提升大家學習日語的熱忱，並同時精進會話能力，享受和日本人交談及交流的成就感。

檸檬樹出版社 敬上

作者序

　　我想，大部分的日語學習者，都是在自己的國家開始學日語的。從「あ、い、う、え、お…」的發音開始，接著學習「私は○○人です。」（我是某一國人）、「私は○○人じゃありません。」（我不是某一國人）；或者「これは鉛筆です。」（這是鉛筆）、「それも鉛筆ですか。」（那也是鉛筆嗎？）這樣的簡單文型。

　　一開始的時候，因為學習外語的新鮮感，可能可以很有興趣地學下去吧！不過，在繼續學習的過程中，「助詞」、「過去形」、「動詞變化」、「自動詞」、「他動詞」等文法要素就會陸續出現。是不是在不知不覺中，「學文法」就變成了學日語的主要作業了呢？即使想要開口說日語，腦海中也會塞滿了「動詞變化」、或是「該使用哪一個助詞才對呢」種種文法上的問題。即使好不容易絞盡腦汁想出來自己要說的話，也可能有錯誤，讓人充滿了挫折感……。大家是否都有這樣的經驗呢？或許，也就在不知不覺中，沖淡了學習日語的樂趣和新鮮感。

　　那麼，日本的小孩子在學習日語的過程中，是不是也同樣是一邊產生挫折感，一邊學習呢？當然不是。幾乎所有的日本人，說話的時候都不需要去想動詞變化的問題。為什麼呢？那是因為在日常生活中所使用的「聽・說・讀・寫」的詞彙，全部都包含情感和心情的要素在裡面，說話時的情緒是和語言一起運作的。大家在學日語的時候，例如，想寫出「昨天和朋友吃拉麵，非常好吃」這樣的句子時，你的腦海中是不是想著……

　　「因為是『昨日』，所以使用【過去形】；『友達』是一起做『食べる』這個動作的人，所以使用助詞【と】；い形容詞『おいしい』則要去掉【～い】，再加上【かった】…」

　　是不是就像這樣子，腦子裡塞滿了文法？如此一來，想說的話和當時的心情，就不是處在一致的狀態下。而日本人當然不是這樣子一邊思考文法，一邊說日語。一定是一邊想起昨天吃的拉麵，以及當時朋友的笑容，一邊順口說出「昨天和朋友吃拉麵，非常好吃」這樣的話。大家有「雖然是外語，但是外語中的『髒話』不知道為什麼，就是能夠馬上記住」這樣的感覺嗎？這是因為「髒話」帶有刺激性，會刺激你的心。心也隨著語言一起運作，所說的話和內心呈現一致，所以馬上就能記住。

我認為如果置身在日本，藉由各種實際會話場面，心的感覺也隨著一起運作，就能學會豐富的日語表現方式。但是，許多學習者都是在日本以外的地方學習著日語。《大家學標準日本語：每日一句》全系列的五本書，書裡面一邊大量介紹那些在日本生活會碰到的實際會話場面，並提示日本人經常使用的「表現文型」，讓大家能夠透過「在日本生活的假想體驗」，一邊學習日語。

　　但是，也並非因此就忽略了文法。真正能夠說得一口流利日語的學習者，一定都徹底而紮實地學習文法。如果沒有文法能力，只是繼續學習日語，很快地日語能力就會陷入停滯且苦無進展。不論任何日語，一定都存在著「具有規則性的文法」，所以，本書對於實際經常使用的日語表現方式之中所存在的文法結構，也加以詳細解說。期待大家透過「具體的會話場面」，以及會話當下所使用的「驗證文法原則的日語表現」，都能學會在生活中能夠靈活運用的日本語。

　　在【行動學習新版】中，增加 APP 這個學習工具。APP 包含書籍全部內容，從 APP 可以聽 MP3 音檔。另外，更使用書裡的主題句，製作了「跟讀練習影音」。只要連結到 Youtube，就能夠隨時練習。「跟讀」對於提升日語「聽解力」以及「發音、語調、表達力」非常有幫助。請大家務必利用這次機會，試著挑戰「跟讀」看看。

作者　出口仁　敬上

介紹：行動學習 APP

- APP 名稱 ： 檸檬樹－大家學標準日本語【每日一句】生活實用篇 APP

APP 完美整合〔書籍內容＋MP3 音檔〕達成最強的「隨身行動學習功能」！

將 大家學標準日本語【每日一句：生活實用篇】 之「主題句、文型解析、使用文型、用法、會話練習、MP3」等內容，融合文字、圖像、音訊等元素，透過 APP 友善的操作介面，規劃流暢的學習動線，整合設計為『標準日本語行動教室』。

日常一機在手，可閱讀、可聽 MP3，享受科技帶來的學習便利、流暢、與舒適。

※〔APP 特色〕
- 【可跨系統使用】：iOS / Android 皆適用，不受中途換手機、換作業系統影響。
- 【可播放 MP3】：可「全單元播放音檔」或「逐句播放音檔」。
- 【自由設定 MP3 的 5 段語速】：最慢、稍慢、正常語速、稍快、最快。
- 【一單元一獨立畫面】：操作簡潔，完整掌握「主題句、文型、會話」等內容。
- 【可搜尋學習內容／標記書籤／做筆記】
- 【可調整字體大小】：進行個人化設定，舒適閱讀。
- 【提供手機/平板閱讀模式】：不同載具的最佳閱讀體驗。可離線使用。

※〔APP 安裝說明〕
1──取出隨書所附之「APP 啟用說明」：內含一組安裝序號。
　　掃描 QR code 連結至 App Store / Google Play 免費安裝：
　　檸檬樹－大家學標準日本語【每日一句】生活實用篇 APP

2──安裝後，開啟 APP：
- iOS 　　　：點按〔取得完整版〕輸入〔序號〕點按〔確定〕，即完成安裝。
- Android OS：點按 APP 主畫面右上〔三點〕圖示，出現清單後，點按〔取得完整版〕
　　　　　　　輸入〔序號〕點按〔確定〕，即完成安裝。

3──本序號適用之裝置系統：
- iOS 　　　：支援最新的 iOS 版本以及前兩代
- Android OS：支援最新的 Android 版本以及前四代

介紹：跟讀練習影音

出口仁老師親授──跟讀的功能＆練習方法

使用全書主題句製作「Youtube 跟讀練習影音」，出口仁老師日文錄音，並親授「跟讀的功能＆練習方法」。任何程度都能用自己跟得上的速度，循序漸進達成最終階段「高速跟讀」；讓「閱讀的文字」和「聽到的發音」在腦海中產生連結〈不再「看得懂的字卻聽不懂」！〉把自己的「讀解力」「語彙力」連結到「提升會話力」的層次！

【跟讀的功能】① 提升「發音、語調、表達力」

出聲讀日文句子的時候，應該許多人都不確定，自己的「發音、語調」是否正確，旁邊又沒有人可以隨時糾正⋯⋯。在嬰兒時期，我們「模仿大人說話」學習「說」；「跟讀」則是「模仿你聽到的日文語音」學習說日語。

【跟讀的功能】② 提升「聽解力」

在自己的國家學日語，「聽、說、閱讀、寫作」之中，很容易偏重「閱讀」。或許「閱讀力」不錯，但「聽力」可能很差，導致「讀解力優秀，會話力卻沒提升」—— 因為「閱讀的文字」和「聽到的發音」在腦海中沒有產生連結。透過「跟讀」能夠讓「日語文章（視覺情報的日語）」和「日語會話（聽覺情報的日語）」產生連動；你將感受到自己的「讀解力」「語彙力」反映在「會話力」的進步。

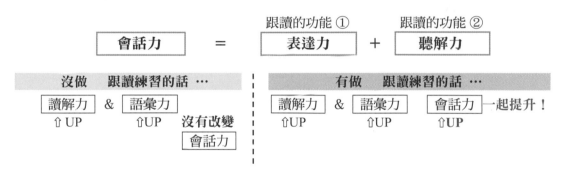

【跟讀的練習方法】 ※秒數只是舉例，可視個人情況調整

①【掌握內容】

第 1 階段　聆　聽　〈 一邊看 〉會話文。一邊聽日文語音，確認中譯。

②【循序漸進跟讀】

第 2 階段　複　讀　〈 可以看 〉會話文。日文語音結束後「1秒」複讀。

第 3 階段　低速跟讀　〈儘量不看〉會話文。聽到日文語音後「2秒」跟讀。

第 4 階段　中速跟讀　〈儘量不看〉會話文。聽到日文語音後「1秒」跟讀。

跟讀方法
跟讀內容
完整影音

③【高速跟讀】

最終階段　高速跟讀　〈絕對不看〉會話文。聽到日文語音後「0.5秒」跟讀。

說明：「Ⅰ類、Ⅱ類、Ⅲ類」動詞

第Ⅰ類動詞

● 「第Ⅰ類動詞」的結構如下，也有的書稱為「五段動詞」：

○○ます

↑　　い段 的平假名　　（ます前面，是「い段」的平假名）

● 例如：

会います（見面）、買います（買）、洗います（洗）、手伝います（幫忙）

※【あいうえお】：「い」是「い段」

行きます（去）、書きます（寫）、置きます（放置）

※【かきくけこ】：「き」是「い段」

泳ぎます（游泳）、急ぎます（急忙）、脱ぎます（脫）

※【がぎぐげご】：「ぎ」是「い段」

話します（說）、貸します（借出）、出します（顯示出、拿出）

※【さしすせそ】：「し」是「い段」

待ちます（等）、立ちます（站立）、持ちます（拿）

※【たちつてと】：「ち」是「い段」

死にます（死）

※【なにぬねの】：「に」是「い段」

遊びます（玩）、呼びます（呼叫）、飛びます（飛）

※【ばびぶべぼ】：「び」是「い段」

読みます（閱讀）、飲みます（喝）、噛みます（咬）

※【まみむめも】：「み」是「い段」

帰ります（回去）、売ります（賣）、入ります（進入）、曲がります（彎）

※【らりるれろ】：「り」是「い段」

第 II 類動詞：有三種型態

（1）○○ます

↑ え段 的平假名 （ます前面，是「え段」的平假名）

● 例如：

食べます（吃）、教えます（教）

- -

（2）○○ます

↑ い段 的平假名 （ます前面，是「い段」的平假名）

● 這種型態的動詞，結構「和第 I 類相同」，但卻是屬於「第 II 類動詞」。這樣的
動詞數量不多，初期階段要先記住下面這 6 個：

起きます（起床）、できます（完成）、借ります（借入）

降ります（下（車））、足ります（足夠）、浴びます（淋浴）

- -

（3）○ます

↑ 只有一個音節 （ます前面，只有一個音節）

● 例如：見ます（看）、寝ます（睡覺）、います（有（生命物））

● 要注意，「来ます」（來）和「します」（做）除外。不屬於這種型態的動詞。

第 III 類動詞

来ます（來）、します（做）

※ します 還包含：動作性名詞（を）＋します、外來語（を）＋します

● 例如：

来ます（來）、します（做）、勉強（を）します（學習）、コピー（を）します（影印）

說明：動詞變化速查表

第 I 類動詞

●「第 I 類動詞」是按照「あ段〜お段」來變化（這也是有些書本將這一類稱為「五段動詞」的原因）。下方表格列舉部分「第 I 類動詞」來做說明，此類動詞還有很多。

	会(か)買(あら)洗	行(い)書(か)置(お)	泳(およ)急(いそ)脱(ぬ)	話(はな)貸(か)出(だ)	待(ま)立(た)持(も)	死(し)	遊(あそ)呼(よ)飛(と)	読(よ)飲(の)噛(か)	帰(かえ)売(う)入(はい)	動詞變化的各種形
あ段	わ	か	が	さ	た	な	ば	ま	ら	+ない[ない形] +なかった[なかった形] +れます[受身形、尊敬形] +せます[使役形]
い段	い	き	ぎ	し	ち	に	び	み	り	+ます[ます形]
う段	う	く	ぐ	す	つ	ぬ	ぶ	む	る	[辞書形] +な[禁止形]
え段	え	け	げ	せ	て	ね	べ	め	れ	+ます[可能形] +ば[條件形] [命令形]
お段	お	こ	ご	そ	と	の	ぼ	も	ろ	+う[意向形]
音便	っ	い	い゛	し	っ	ん	ん゛	ん゛	っ	+て（で）[て形] +た（だ）[た形]

※ 第 I 類動詞：動詞變化的例外字

● 行(い)きます（去）

〔て形〕⇒ 行(い)って　（若按照上表原則應為：行いて）　NG！

〔た形〕⇒ 行(い)った　（若按照上表原則應為：行いた）　NG！

● あります（有）

〔ない　　形〕⇒ ない　　　（若按照上表原則應為：あらない）　NG！

〔なかった形〕⇒ なかった　（若按照上表原則應為：あらなかった）　NG！

第 II 類動詞

●「第 II 類動詞」的變化方式最單純，只要去掉「ます形」的「ます」，再接續不同的變化形式即可。

● 目前，許多日本人已經習慣使用「去掉ら的可能形：れます」，但是「正式的日語可能形」說法，還是「られます」。

		動詞變化的各種形
食べ (た)	ない	[ない形]
	なかった	[なかった形]
教え (おし)	られます	[受身形、尊敬形]
	させます	[使役形]
起き (お)	ます	[ます形]
	る	[辞書形]
見 (み)	るな	[禁止形]
	られます（れます）	[可能形]（去掉ら的可能形）
寝 (ね)	れば	[條件形]
	ろ	[命令形]
・・・	よう	[意向形]
・・	て	[て形]
等等	た	[た形]

第Ⅲ類動詞

● 「第Ⅲ類動詞」只有兩種，但是變化方式非常不規則。尤其是「来ます」，動詞變化之後，漢字部分的發音也改變。努力背下來是唯一的方法！

来（き）ます	します	動詞變化的各種形
来（こ）ない	しない	[ない形]
来（こ）なかった	しなかった	[なかった形]
来（こ）られます	されます	[受身形、尊敬形]
来（こ）させます	させます	[使役形]
来（き）ます	します	[ます形]
来（く）る	する	[辞書形]
来（く）るな	するな	[禁止形]
来（こ）られます（来（こ）れます）	できます	[可能形]（去掉ら的可能形）
来（く）れば	すれば	[條件形]
来（こ）い	しろ	[命令形]
来（こ）よう	しよう	[意向形]
来（き）て	して	[て形]
来（き）た	した	[た形]

說明：各詞類的「丁寧體」與「普通體」

認識「丁寧體」與「普通體」

文體	給對方的印象	適合使用的對象
丁寧體	有禮貌又溫柔	● 陌生人 ● 初次見面的人 ● 還不是那麼熟的人 ● 公司相關事務的往來對象 ● 晚輩對長輩 （如果是對自己家裡的長輩，則用「普通體」）
普通體	坦白又親近	● 家人 ● 朋友 ● 長輩對晚輩

● 用了不恰當的文體，會給人什麼樣的感覺？

　　該用「普通體」的對象，卻使用「丁寧體」→ 會感覺有一點「見外」

　　該用「丁寧體」的對象，卻使用「普通體」→ 會感覺有一點「不禮貌」

● 「丁寧體」和「普通體」除了用於表達，也會運用在某些文型之中：

　　運用在文型當中的「丁寧體」→ 稱為「丁寧形」

　　運用在文型當中的「普通體」→ 稱為「普通形」

「名詞」的「丁寧體」與「普通體」（以「学生」為例）

名詞	肯定形	否定形
現在形	がくせい 学生です （是學生）　　　丁寧體	がくせい 学生じゃありません （不是學生）　　　丁寧體
	がくせい 学生[だ] ※ （是學生）　　　普通體	がくせい 学生じゃない （不是學生）　　　普通體
過去形	がくせい 学生でした （（過去）是學生）　丁寧體	がくせい 学生じゃありませんでした （（過去）不是學生）　・丁寧體
	がくせい 学生だった （（過去）是學生）　普通體	がくせい 学生じゃなかった （（過去）不是學生）　普通體

「な形容詞」的「丁寧體」與「普通體」（以「にぎやか」為例）

な形容詞	肯定形		否定形	
現在形	にぎやかです （熱鬧）	丁寧體	にぎやかじゃありません （不熱鬧）	丁寧體
	にぎやか[だ] ※ （熱鬧）	普通體	にぎやかじゃない （不熱鬧）	普通體
過去形	にぎやかでした （（過去）熱鬧）	丁寧體	にぎやかじゃありませんでした （（過去）不熱鬧）	丁寧體
	にぎやかだった （（過去）熱鬧）	普通體	にぎやかじゃなかった （（過去）不熱鬧）	普通體

※「名詞」和「な形容詞」的「普通形-現在肯定形」如果加上「だ」，聽起來或看起來會有「感慨或斷定的語感」，所以不講「だ」的情況比較多。

「い形容詞」的「丁寧體」與「普通體」（以「おいしい」為例）

い形容詞	肯定形		否定形	
現在形	おいしいです （好吃的）	丁寧體	おいしくないです （不好吃）	丁寧體
	おいしい （好吃的）	普通體	おいしくない （不好吃）	普通體
過去形	おいしかったです （（過去）是好吃的）	丁寧體	おいしくなかったです （（過去）是不好吃的）	丁寧體
	おいしかった （（過去）是好吃的）	普通體	おいしくなかった （（過去）是不好吃的）	普通體

※「い形容詞」一律去掉「です」就是「普通體」。

「動詞」的「丁寧體」與「普通體」（以「飲みます」為例）

動詞	肯定形		否定形	
現在形	の 飲みます （喝）	丁寧體	の 飲みません （不喝）	丁寧體
	の 飲む（＝辭書形） （喝）	普通體	の 飲まない（＝ない形） （不喝）	普通體
過去形	の 飲みました （（過去）喝了）	丁寧體	の 飲みませんでした （（過去）沒有喝）	丁寧體
	の 飲んだ（＝た形） （（過去）喝了）	普通體	の 飲まなかった（＝ない形的た形）※ （（過去）沒有喝） ※亦叫做「なかった形」	普通體

目錄

【每日一句】
心情

【每日一句】
【安慰&安撫】

【每日一句】
【希望&要求】

069　你不要太勉強囉。

070　小心車子喔。

071　不需要那麼急吧。

072　不要再刺激他了啦。

073　我覺得這個比較適合你耶。

074　欸？我有這樣說嗎？

075　欸？那個是放在哪裡？

076　欸？明天放假不是嗎？

077　欸？你是不是瘦了？

078　欸，你已經結婚了？看不出來
　　耶。

079　你的時間還OK嗎？

080　那個，在哪裡有賣？

081　那個是可以吃的嗎？

082　什麼？我沒聽清楚。

083　那，現在是怎樣？

084　這個用日文要怎麼說？

085　好像有什麼怪味道。

086　那件事，好像在哪裡聽說過！

087　你剛剛有打電話給我嗎？

088　像這樣可以嗎？

089　我有說錯話嗎？

090　真的沒辦法嗎？

091　喂，你知道嗎？

092　怎麼可能會有這種事！

093　沒想到竟然會變成這樣…。

094　哎～，你幫了一個大忙，真是
　　謝謝。

095　嗯～，獲益良多。

096　那這樣就麻煩你了。

097　你有什麼需要幫忙的，請隨時
　　告訴我。

098　要不要去接你？

099　是出了什麼事嗎？

100　欸？你換髮型了哦？

101　好久不見～，你好嗎？

102　讓你久等了，你等很久了嗎？

103　你還沒睡哦？

104　為了避免感冒，多加件衣服喔。

105　今天你要不要早點休息？

106　那副眼鏡很適合你。

107　呀～，我不曉得耶。

108　我總覺得無法理解。

109　早知道我就不做了…。

110　並沒有那樣的打算。

111　我的意思不是那樣啦。

大家學標準日本語【每日一句】

生活實用篇

閒得要命。
暇（ひま）すぎて死（し）にそう。

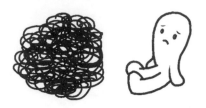

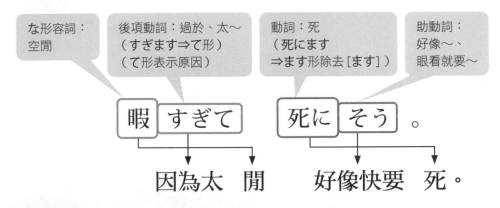

| な形容詞：空閒 | 後項動詞：過於、太〜（すぎます⇒て形）（て形表示原因） | 動詞：死（死にます⇒ます形除去［ます]) | 助動詞：好像〜、眼看就要〜 |

| 暇 | すぎて | 死に | そう | 。 |

因為太　閒　　好像快要　死。

※ 暇すぎて：複合型態（＝暇＋すぎて）

使用文型

| 動詞 | い形容詞 | な形容詞 |

[ます形／ーい／ーな／名詞] ＋すぎます　　太〜

動	食べます（吃）→ 食（た）べすぎます	（吃太多）
い	高い（貴的）→ 高（たか）すぎます	（太貴）
な	暇（な）（空閒）→ 暇（ひま）すぎます	（太閒）
名	いい人（好人）→ いい人（ひと）すぎます	（太好的人）

| 動詞 | い形容詞 | な形容詞 |

[ます形／ーい／ーな] ＋そう　　（看起來）好像〜

動	死にます（死）→ 死（し）にそう	（看起來好像快要死）
い	おいしい（好吃的）→ おいしそう	（看起來好像很好吃）
な	丈夫（な）（堅固）→ 丈夫（じょうぶ）そう	（看起來好像很堅固）

用法　沒事可做而覺得無聊時，可以說這句話。身旁的人聽到你這樣說，或許就會邀你出去玩了！

會話練習

紗帆：ああ、暇すぎて死にそう。せっかくの三連休なのに*。
　　　　　　　　　難得　　　　　　　　　　　　却…

雄一：しょうがない だろう。お金もないし*…。
　　　　沒辦法　　　…對不對？表示「再確認」也　表示：列舉理由

紗帆：どこか連れて行って よ。
　　　　　　　帶我去　　表示：勸誘

雄一：じゃ、近所の公園でもいい？
　　　　　　　　　　　　　　…也可以嗎？

使用文型

動詞／い形容詞／な形容詞＋な／名詞＋な

[　　　　　普通形　　　　　]＋のに　　～，卻～

※「な形容詞」、「名詞」的「普通形-現在肯定形」，需要有「な」再接續。

動	待ちます（等待）	→ 待ったのに	（等了，卻～）
い	高い（貴的）	→ 高いのに	（很貴，卻～）
な	下手（な）（笨拙）	→ 下手なのに	（笨拙，卻～）
名	三連休（三連休假期）	→ 三連休なのに*	（三連休假期，卻～）

動詞／い形容詞／な形容詞＋だ／名詞＋だ

[　　　　　普通形　　　　　]＋し　　列舉理由

※「な形容詞」、「名詞」的「普通形-現在肯定形」，需要有「だ」再接續。

動	降っています（正在下（雨））	→ 雨が降っているし	（因為正在下雨）
い	ない（沒有）	→ お金もないし*	（因為也沒有錢）
な	静か（な）（安靜）	→ 静かだし	（因為很安靜）
名	週末（周末）	→ 週末だし	（因為是周末）

中譯　紗帆：啊～，閒得要命。難得的三連休假期，卻…。
　　　　雄一：沒辦法啊，對不對？因為也沒有錢…。
　　　　紗帆：你帶我去哪裡玩吧。
　　　　雄一：那麼，附近的公園也可以嗎？

今天好倒楣喔…。
今日<ruby>きょう</ruby>はついてないなあ。

| 助詞：
表示主題 | 動詞：走運
（つきます⇒て形） | 補助動詞：
（います⇒ない形）
（口語時可省略い） | 助詞：
表示感嘆 |

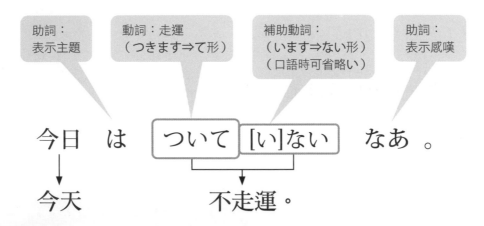

今日　は　　ついて　[い]ない　　なあ　。

↓

今天　　　　不走運。

使用文型

動詞

[て形] ＋います　　目前狀態

つきます（走運）	→ ついています	（目前是走運的狀態）
結婚します（結婚）	→ 結婚<ruby>けっこん</ruby>しています	（目前是已婚的狀態）
働きます（工作）	→ 働<ruby>はたら</ruby>いています	（目前是有工作的狀態）

用法　一整天接二連三發生不好的事情時，可以說這句話。

會話練習

紗帆：あれ？　切符がない！？
（票）

雄一：どこかで落としちゃった*んだ*よ。
（不確定的某個地方）　（弄丟了；「んだ」表示「強調」）

紗帆：今日はついてないなあ。今朝も嫌な事あったし。
　　　　　　　　　　　　　　　（不愉快的）　（列舉理由（「～し」
　　　　　　　　　　　　　　　　　　　　　　用法請參考P021）

雄一：ま、そういう日も あるよ。
（算了）（那種日子）（也）（有）

使用文型

動詞

[そ形（～て／～で）]＋ちゃった／じゃった　（無法挽回的）遺憾

※ 此為「動詞て形＋しまった」的「縮約表現」，口語時常使用「縮約表現」。
※ 屬於「普通體文型」，「丁寧體文型」為「動詞て形除去[て／で]＋ちゃいました／じゃいました」。

落とします（弄丟）	→ 落としちゃった*	（不小心弄丟了）
忘れます（忘記）	→ 忘れちゃった	（不小心忘記了）
汚れます（弄髒）	→ 汚れちゃった	（不小心弄髒了）

動詞／い形容詞／な形容詞＋な／名詞＋な

[　　　　普通形　　　　]＋んだ　強調

※ 此為「普通體文型」用法，「丁寧體文型」為「～んです」。
※「な形容詞」、「名詞」的「普通形-現在肯定形」，需要有「な」再接續。

動	見ます（看）	→ 見るんだ	（要看）
い	眠い（想睡的）	→ 眠いんだ	（很想睡）
な	にぎやか（な）（熱鬧）	→ にぎやかなんだ	（很熱鬧）
名	子供（小孩子）	→ 子供なんだ	（是小孩子）

中譯
紗帆：咦？票不見了！？
雄一：是在某個地方弄丟了吧。
紗帆：今天好倒楣喔…。因為今天早上也發生讓人不快的事情。
雄一：算了，有時候就是會那樣啊。

啊～，心都碎了…。

ああ、心が折れた…。

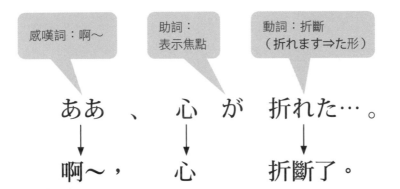

感嘆詞：啊～

助詞：
表示焦點

動詞：折斷
（折れます⇒た形）

ああ 、 心 が 折れた…。
↓ ↓ ↓
啊～， 心 折斷了。

使用文型

[名詞]＋が＋折れました（折れた） ～折斷了

※「丁寧體」是「～が折れました」，「普通體」是「～が折れた」。

心（心）	→ 心が折れました	（心碎了）
鉛筆（鉛筆）	→ 鉛筆が折れました	（鉛筆折斷了）
骨（骨頭）	→ 骨が折れました	（骨頭折斷了）

用法 一路努力過來的事情因為變故而無法成功時，可以說這句話。

（雄一がパソコンでレポートを書いている*）
　　　　　　個人電腦　　　　報告　　　　　正在寫…

雄一：（あと、少しで…）あ！
　　　　　　再～　　一下下；「で」表示「所需數量」

紗帆：停電？

雄一：ああ、心が折れた…。

紗帆：え？　もしかして　保存してなかったの？*
　　　　　　　　　　　難道　　　沒有保存嗎？「保存していなかったの？」的省略說法

使用文型

動詞

[て形] ＋ いる　　正在 [做] ～

※ 此為「普通體文型」，「丁寧體文型」為「動詞て形 ＋ います」。
※ 口語時，通常採用「普通體文型」說法，並可省略「動詞て形 ＋ いる」的「い」。

| 書きます（寫） | → 書いている*　　　　（正在寫） |
| 食べます（吃） | → 食べている　　　　　（正在吃） |

動詞／い形容詞／な形容詞＋な／名詞＋な

[　　　　　普通形　　　　　] ＋ の?　　關心好奇、期待回答

※ 此為「普通體文型」用法，「丁寧體文型」為「～んですか」。
※「な形容詞」、「名詞」的「普通形-現在肯定形」，需要有「な」再接續。

動	保存して[い]ます（保存著）	→ 保存して[い]なかったの？*	（沒有保存嗎？）
い	悪い（不好的）	→ 悪いの？	（不好嗎？）
な	便利（な）（方便）	→ 便利なの？	（方便嗎？）
名	学生（學生）	→ 学生なの？	（是學生嗎？）

中譯　（雄一正在用電腦寫報告）
　　　　雄一：（再一下下…）啊！
　　　　紗帆：停電嗎？
　　　　雄一：啊～，我心都碎了…。
　　　　紗帆：咦？難道你沒有存檔嗎？

啊，沒事沒事。
あ、何でもない何でもない。

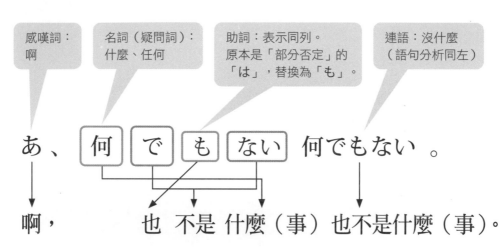

感嘆詞：
啊

名詞（疑問詞）：
什麼、任何

助詞：表示同列。
原本是「部分否定」的
「は」，替換為「も」。

連語：沒什麼
（語句分析同左）

あ、 | 何 | で | も | ない | 何でもない 。

啊，　　　　也 不是 什麼（事）也不是什麼（事）。

※「何でもない」直譯是「也不是什麼（事）」，也就是中文所説的「沒事、沒什麼」。

使用文型

[名詞（疑問詞）] ＋で＋も＋ない 　　也不是～；都不是～

何（什麼）	→ 何でもない	（也不是什麼（事））
どれ（哪個）	→ どれでもない	（哪個都不是）
あなた（你）	→ あなたでもない	（也不是你）

用法 覺得事情沒有重要到需要跟對方說的程度時，可以回應對方這句話。不過，對方既然會問，一定是想知道你的事情。所以除非是不能說的事，否則就告訴對方或許比較好。

會話練習

（紗帆が占いの雑誌を見て、自分の幸運の色は赤だという*のを見る）
　　　　　占ト　　　　　　　　　　　　　　幸運色　　　　　　　提示前述事件　形式名詞＝こと
　　　　　　　　　　　　　　　　　　　　　　　　　　　　　　　　　的內容

紗帆：あ、今日は赤か。
　　　　　　　　　　表示：感嘆

雄一：え？　赤って*？
　　　　　　　所謂的紅色是指？

紗帆：あ、何でもない何でもない。

使用文型

[動詞／い形容詞／な形容詞＋[だ]／名詞＋[だ]]

[　　　　　　　普通形　　　　　　　]＋という　提示內容（提示前述事件的內容）

※「な形容詞」、「名詞」的「普通形-現在肯定形」，有沒有「だ」都可以。

動	行きます（去）	→ 友達と一緒に行くという	（說是要和朋友一起去）
い	古い（古老的）	→ このお寺は古いという	（說這個寺廟是古老的）
な	綺麗（な）（漂亮）	→ 秋田の女性は綺麗[だ]という	（說秋田的女性很漂亮）
名	赤（紅色）	→ 幸運の色は赤[だ]という*	（說幸運色是紅色）

[名詞]＋って　　所謂的～（＝[名詞]＋というと）

※「って」的用法很多，此為其中之一。

リストラ（裁員）	→ 赤って*	（所謂的紅色）
赤（紅色）	→ リストラって	（所謂的裁員）
成人式（成人式）	→ 成人式って	（所謂的成人式）

中譯　（紗帆在看占星雜誌，看到雜誌上寫著自己的幸運色是紅色）
　　　紗帆：啊，今天是紅色啊。
　　　雄一：咦？你所謂的紅色是指？
　　　紗帆：啊，沒事沒事。

啊～，開始緊張起來了。
ああ、緊張してきた。

感嘆詞：
啊～

動詞：緊張
（緊張します⇒て形）

補助動詞：
（きます⇒た形）

ああ 、 緊張して きた 。

↓

啊～， 緊張起來了。

使用文型

動詞

[て形] ＋ きました（きた）　　變化和時間（過去⇒現在的逐次變化）

※「丁寧體」是「～きました」，「普通體」是「～きた」。

緊張します（緊張）　→ 緊張してきました　　　　（緊張起來了）
　　　　　　　　　　　　※從「過去不緊張」⇒「現在漸漸地緊張」的變化

空きます（空）　→ お腹が空いてきました　　　（肚子餓起來了）
　　　　　　　　　　※從「過去不餓」⇒「現在漸漸地餓」的變化

增えます（增加）　→ 增えてきました　　　　　（增加起來了）
　　　　　　　　　　※從「過去不增加」⇒「現在漸漸地增加」的變化

用法　面試或考試等會讓人感到緊張的情況，可以使用這句話。說出來反而能夠稍微
　　　放鬆喔。

會話練習

雄一：いよいよ明日は僕の発表の番だ*。
　　　 終於　　　　　　　　輪到我發表

紗帆：頑張ってね*！
　　　要加油喔；口語時「て形」後面可省略「ください」（請參考下方文型）

雄一：ああ、緊張してきた。

紗帆：だいじょうぶだ*よ。リラックスリラックス。
　　　「普通形-現在肯定形」表現　　放輕鬆

使用文型

[な形容詞 ／ 名詞] ＋ だ　　「普通形-現在肯定形」表現

※「な形容詞」和「名詞」的「普通形-現在肯定形」在句尾時如果加上「だ」，聽起來或看起來
　會有「感慨或斷定的語感」。所以如果沒有特別想要表達上述的感受，多半不加上「だ」。

な	だいじょうぶ（な）（沒問題）	→ だいじょうぶ[だ]*	（沒問題）
名	番（依序輪到）	→ 僕の発表の番[だ]*	（輪到我發表了）
名	暑い夏（炎熱的夏天）	→ 暑い夏[だ]	（炎熱的夏天）

動詞

[て形] ＋ [ください] ＋ ね　　請 [做] ～喔

※「丁寧體文型」為「動詞て形 ＋ ください ＋ ね」。
※ 口語時，通常採用「普通體文型」説法，可省略「ください」。

頑張ります（加油）	→ 頑張って[ください]ね*	（請加油喔）
見ます（看）	→ 見て[ください]ね	（請看喔）
出します（交出來）	→ 出して[ください]ね	（請交出來喔）

中譯　雄一：終於明天就要輪到我發表了。
　　　紗帆：要加油喔！
　　　雄一：啊～，開始緊張起來了。
　　　紗帆：你沒問題的。放輕鬆放輕鬆。

完了完了…。

やっべー…。

い形容詞的「感嘆表現」＋「強調表現」：
やばい…い形容詞：糟糕、不妙
やばい⇒やっべー 是 1 ＋ 促音化 的變化表現（請參考下方）
やばい⇒やべー（ 1 ）⇒やっべー（ 促音化 ）

やっべー… 。

↓

糟糕了…。

使用文型

※ 此用法多為年輕人使用

「い形容詞」的「感嘆表現」變化原則：

1 ～あ段＋い → ～え段 ＋ ー／っ 例…いたい（痛的）→いてー／いてっ！

2 ～い段＋い → 不做變化　　　　例…おいしい（好吃的）→おいしい！（加強語氣）

3 ～う段＋い → ～い段 ＋ ー／っ 例…あつい（熱的）→あちー／あちっ！

4 ～え段＋い → 無此用例

5 ～お段＋い → ～え段 ＋ ー／っ 例…ひどい（過份的）→ひでー／ひでっ！

「い形容詞」其他「強調表現」：

促音化 いたい（痛的） → いったい

撥音化 あまい（甜的） → あんまい

長音化 ながい（長的） → ながーい

重複 あつい（熱的） → あついあつい

用法 遇到嚴重的情況、或犯下重大錯誤時，自己對自己說的話。

會話練習

雄一（ゆういち）：やっベー…。

紗帆（さほ）：<u>どうしたの？</u>
怎麼了嗎？（「～の？」用法請參考P025）

雄一（ゆういち）：バイト<u>の給料日（きゅうりょうび）まで</u> あと５日（いつか）あるのに、
到發薪日為止　還有5天，卻…（「～のに」用法請參考P021）

もう<u>３５０円（さんびゃくごじゅうえん）しかない</u>*…。
只有

紗帆（さほ）：<u>そう？</u>　じゃ、<u>ご飯作（つく）ってあげようか？</u>*
是嗎？　要不要我為你做飯？「ご飯を作ってあげようか？」的省略說法

使用文型

動詞

[辭書形／名詞] ＋ しか ＋ 否定形　只（有）～而已、只好～

動｜やります（做）　→ やるしかない　　（只好做）

名｜３５０円（350日圓）　→ ３５０円（さんびゃくごじゅうえん）しかない*　（只有350日圓而已）

動詞

[て形] ＋ あげようか？　要不要為別人 [做]～？

※ 此為「普通體文型」用法，「丁寧體文型」為「動詞て形 ＋ あげましょうか？」。
※ 此文型可表示「我為別人做～」及「別人為別人做～」。會話練習是屬於「我為別人做～」的用法。
※ 此文型適用於親密的人之間，具有「要對方感恩」的語感。

作りります（製作）　→ 作（つく）ってあげようか？*　（要不要為你製作？）
洗います（清洗）　→ 洗（あら）ってあげようか？　（要不要幫你清洗？）
紹介します（介紹）　→ 紹介（しょうかい）してあげようか？　（要不要幫你介紹？）

中譯
雄 一：完了完了…。
紗帆：怎麼了嗎？
雄 一：距離打工的發薪日還有5天，我卻只剩下350日圓…。
紗帆：是嗎？那麼，要不要我為你做飯？

怎麼辦才好…。

どうしようかなあ。

副詞（疑問詞）：怎麼樣、如何	動詞：做（します⇒意向形）	助詞：表示疑問	助詞：表示感嘆

どう　　しよう　　か　　なあ。

怎麼樣　　做　　　呢？

補充：意向形的其他文型

動詞

[意向形] ＋ と ＋ 思っています　　打算 [做] ～

探します（尋找）	→ 探そうと思っています	（打算尋找）
買います（買）	→ 買おうと思っています	（打算買）
留学します（留學）	→ 留学しようと思っています	（打算留學）

用法　可能有某件事無法決定，正感到猶豫時，可以說這句話。也可以在說這句話的同時，好好地思考一下。

會話練習

雄一（ゆういち）：お盆（ぼんやす）休み 海外旅行（かいがいりょこう）しようよ。どこ 行（い）きたい*？
盂蘭盆節假期　　　　　　　　　　　　　　　　　想去呢？

紗帆（さほ）：どうしようかなあ。あ、台湾（たいわん）へ 行（い）こうよ。
表示：方向

雄一（ゆういち）：いいね。僕（ぼく）も 行（い）ってみたかった*んだ。
好啊　　　　之前就有想去看看；「んだ」表示「強調」

使用文型

動詞

[ます形] ＋ たい　　想要 [做] ～

行きます（去）	→ 行（い）きたい*	（想要去）
食べます（吃）	→ 食（た）べたい	（想要吃）
買います（買）	→ 買（か）いたい	（想要買）

動詞

[て形] ＋ みたかった　　之前就有想要 [做] ～看看

行きます（去）	→ 行（い）ってみたかった*	（之前就有想要去看看）
食べます（吃）	→ 食（た）べてみたかった	（之前就有想要吃看看）
着ます（穿）	→ 着（き）てみたかった	（之前就有想要穿看看）

中譯　雄一：盂蘭盆節假期出國旅行吧。你想去哪裡？
　　　紗帆：怎麼辦才好…。啊，去台灣吧。
　　　雄一：好啊。我之前也有想去看看。

我羞愧到無地自容了。
穴<ruby>（あな）</ruby>があったら入<ruby>（はい）</ruby>りたい。

助詞： 表示焦點	動詞：有、在 （あります ⇒た形＋ら）	動詞：進入 （入ります ⇒ます形除去[ます]）	助動詞： 表示 希望

穴　が　｜あった｜ら　　｜入り｜たい｜。

如果有　洞　　　　　想要　進入（躲起來）。

使用文型

動詞／い形容詞／な形容詞／名詞

[　た形 ／ なかった形　]＋ら　　如果～的話

動	あります（有）	→ あったら	（如果有的話）
い	安い（便宜的）	→ 安<ruby>（やす）</ruby>かったら	（如果便宜的話）
な	便利（な）（方便）	→ 便利<ruby>（べん り）</ruby>だったら	（如果方便的話）
名	大人（大人）	→ 大人<ruby>（おと な）</ruby>だったら	（如果是大人的話）

動詞

[ます形]＋たい　　想要[做]～

入ります（進入）	→ 入<ruby>（はい）</ruby>りたい	（想要進入）
行きます（去）	→ 行<ruby>（い）</ruby>きたい	（想要去）
見ます（看）	→ 見<ruby>（み）</ruby>たい	（想要看）

用法　　覺得非常羞恥時的慣用表達。

會話練習

紗帆（さほ）：ああ、<u>もう</u>！
<small>真是的；表示生氣的感嘆詞</small>

雄一（ゆういち）：<u>どうしたの？</u>　顔（かお）が赤（あか）いよ。
<small>怎麼了嗎？（「〜の？」用法請參考P025）</small>

紗帆（さほ）：<u>さっき</u>駅（えき）の階段（かいだん）で<u>滑（すべ）って</u>*、<u>転（ころ）んじゃった</u>*の。
<small>剛才　　　　　　（因為）滑倒（所以）　　跌倒了；「の」表示「強調」</small>

ほんとに<u>恥（は）ずかしい</u>。穴（あな）があったら入（はい）りたい<u>わ</u>。
<small>丟臉的　　　　　　　　　　　　　表示：女性語氣</small>

使用文型

| 動詞 | い形容詞 | な形容詞 |

[て形／−い＋くて／−な＋で／名詞＋で]、〜　因為〜，所以〜

動	滑ります（滑倒）	→ 滑（すべ）って*	（因為滑倒，所以〜）
い	暑い（炎熱的）	→ 暑（あつ）くて	（因為很熱，所以〜）
な	便利（な）（方便）	→ 便利（べんり）で	（因為很方便，所以〜）
名	台風（颱風）	→ 台風（たいふう）で	（因為颱風，所以〜）

| 動詞 |

[て形（〜て／〜で）]＋ちゃった／じゃった　（無法挽回的）遺憾

※ 此為「動詞て形＋しまった」的「縮約表現」，口語時常使用「縮約表現」。
※ 屬於「普通體文型」，「丁寧體文型」為「動詞て形除去[て／で]＋ちゃいました／じゃいました」。

転びます（跌倒）	→ 転（ころ）んじゃった*	（不小心跌倒了）
死にます（死亡）	→ 死（し）んじゃった	（很遺憾死掉了）
縮みます（縮水）	→ 縮（ちぢ）んじゃった	（不小心縮水了）

中譯
紗帆：啊〜，真是的！
雄一：怎麼了嗎？你的臉好紅喔。
紗帆：剛才我在車站的樓梯滑倒，跌了一跤。真的好丟臉。我羞愧到無地自容了。

呀，好噁喔！

うわっ、きもっ！

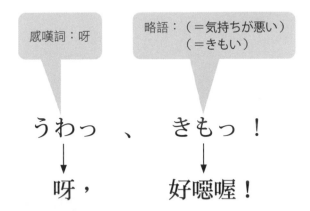

感嘆詞：呀

略語：（＝気持ちが悪い）
（＝きもい）

うわっ　、　きもっ！
↓　　　　　　↓
呀，　　　好噁喔！

使用文型

常見「略語」表現方式有：

※ 日本的年輕人會將「気持ちが悪い」簡短説成「きもい」，而「きもい」又可以變成「略語」為
「きもっ」。

※「きもい」變成略語「きもっ」，是屬於 P030「い形容詞」的「感嘆表現」第 5 原則，但沒有
發音的變化（沒有變成「え段」），直接「促音化」。

い	恥ずかしい	略語 → はずい	（難為情的）
い	難しい	略語 → むずい	（困難的）
連語	気持ちが悪い	略語 → きもっ	（噁心的）
連語	気色が悪い	略語 → きしょい	（噁心的）

用法 看到讓人感覺不舒服的「事物」時，可以說這句話。但是不可以用於形容
「人」。

會話練習

雄一：あ、ごきぶり！
　　　　　蟑螂

紗帆：え？　どこどこ？
　　　　　　　　在哪裡在哪裡？

雄一：ほら、あそこだよ。うわっ、きもっ！　卵産んでる*。
　　　你看　　　　　　　表示：提醒　　　　　正在產卵；「卵を産んでいる」的省略說法

紗帆：キャーッ！　早く 何とかしてよ！
　　　呀～　　　　快點 想辦法；口語時「て形」後面可省略「ください」

使用文型

動詞

[て形] ＋ いる　　正在 [做] ～

※ 此為「普通體文型」，「丁寧體文型」為「動詞て形 ＋ います」。
※ 口語時，通常採用「普通體文型」說法，並可省略「動詞て形 ＋ いる」的「い」。

産みます（生產）→ 卵[を]産んで[い]る*　　　　　　（正在產卵）

飲みます（喝）→ 飲んで[い]る　　　　　　　　　　（正在喝）

買います（買）→ 買って[い]る　　　　　　　　　　（正在買）

い形容詞　　な形容詞

[－い＋く／－な＋に]　　い形容詞・な形容詞的副詞用法

い　早い（快的）→ 早く何とかして[ください]*　　　（請快點想辦法）

な　静か（な）（安靜）→ 静かにして[ください]　　　（請安靜）

中譯　雄一：啊，蟑螂！
　　　紗帆：欸？在哪裡在哪裡？
　　　雄一：你看，就在那邊啊。呀，好噁喔！正在產卵。
　　　紗帆：呀～！你快點想辦法啦！

呀～！我起雞皮疙瘩了。

うわあ、鳥肌（とりはだ）立（た）った。

感嘆詞：
呀～

連語：起了雞皮疙瘩
鳥肌…名詞：雞皮疙瘩
が…助詞：表示主體（口語時可省略）
立った…動詞：冒出（立ちます⇒た形）

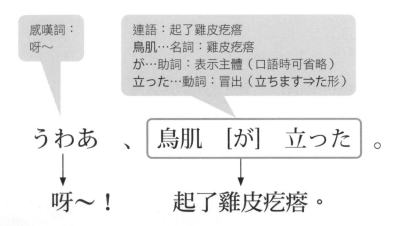

うわあ　、　鳥肌　[が]　立った　。
　↓　　　　　　　　　↓
呀～！　　　　　起了雞皮疙瘩。

使用文型

[名詞] ＋ が ＋ 立ちました（立った）　　冒出～了

※「丁寧體」是「～が立ちました」，「普通體」是「～が立った」。

鳥肌（雞皮疙瘩）	→ 鳥肌（とりはだ）が立（た）ちました	（起了雞皮疙瘩）
ほこり（灰塵）	→ ほこりが立（た）ちました	（起了灰塵）
煙（煙）	→ 煙（けむり）が立（た）ちました	（冒出了煙）

用法　看到可怕的事情、或是讓人覺得不舒服的事物時，可以說這句話。最近在日本年輕人之間，覺得感動的時候，也會說這句話。

會話練習

（写真を見ている）
しゃしん　み

雄一：ねえ、この写真に写ってる*人の手…、一本多いよね？
ゆういち　　　　　　　しゃしん　うつ　　ひと　て　　いっぽんおお

目前拍攝出來的；「写っている」的省略説法　　　多一隻　　　對吧？
　　　　　　　　　　　　　　　　　　　　　　　　　　　　よ：表示提醒的語氣
　　　　　　　　　　　　　　　　　　　　　　　　　　　　ね：要求同意的語氣

紗帆：え、まさか…。あ、ほんとだ！
さほ
　　　　怎麼可能　　　　　真的

雄一：この写真の場所、昔はお墓があったらしい*よ。
ゆういち　　　しゃしん　ばしょ　むかし　はか
　　　　　　　　　　　　　　　墳墓　　　（聽說）好像…

紗帆：うわあ、鳥肌立った。
さほ　　　　　　とりはだた

使用文型

動詞

［て形］＋いる　　目前狀態

※ 此為「普通體文型」，「丁寧體文型」為「動詞て形＋います」。
※ 口語時，通常採用「普通體文型」説法，並可省略「動詞て形＋いる」的「い」。

写ります（拍攝）	→ 写って[い]る*	（目前拍出來的狀態）
	うつ	
起きます（起床、醒著）	→ 起きて[い]る	（目前是醒著的狀態）
	お	

動詞／い形容詞／な形容詞／名詞

［　　　普通形　　　］＋らしい　　（聽說）好像～

動	あります（有）	→ あったらしい*	（聽說好像有～）
い	寒い（寒冷的）	→ 寒いらしい	（聽說好像很冷）
		さむ	
な	有名（な）（有名）	→ 有名らしい	（聽說好像很有名）
		ゆうめい	
名	曇り（陰天）	→ 曇りらしい	（聽說好像是陰天）
		くも	

中譯　（正在看相片）
雄一：喂，這張相片上拍到的人的手…多了一隻對吧？
紗帆：咦，怎麼可能…。啊，真的耶！
雄一：拍這張相片的地方，聽說以前好像有墳墓耶。
紗帆：呀～！我起雞皮疙瘩了。

（面臨困難的狀況時）糟了！

まいったなあ。

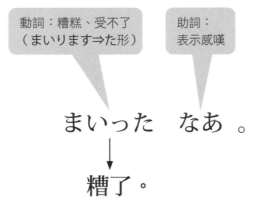

動詞：糟糕、受不了
（まいります⇒た形）

助詞：
表示感嘆

まいった　なあ　。
　　　　↓
　　　糟了。

使用文型

動詞／い形容詞／な形容詞＋だ／名詞＋だ

[　　　　　　　普通形　　　　　　　]＋なあ　　感嘆～的語氣

※「な形容詞」、「名詞」的「普通形-現在肯定形」，需要有「だ」再接續。

動	まいります（糟糕）	→ まいったなあ	（糟了！）
い	安い（便宜的）	→ 安いなあ	（真便宜啊！）
な	便利（な）（方便）	→ 便利だなあ	（真方便啊！）
名	美人（美女）	→ 美人だなあ	（是美女耶！）

用法　遭遇麻煩的狀況時，可以說這句話。覺得欣喜萬分，但又想要掩飾自己的難為情時，也可以說這句話。

會話練習

雄一：携帯の電池切れちゃった*。まいったなあ。
手機　　　　　　　用完了

紗帆：私、携帯バッテリーあるよ。はい。
手機的行動電源　　　　給你

雄一：あ、貸してくれる*の？　助かるよ。
你要借給我嗎？（「～の？」用法請參考P025）　有幫助

使用文型

動詞

[そ形（～て／～で）] ＋ ちゃった／じゃった　（無法挽回的）遺憾

※ 此為「動詞て形 ＋ しまった」的「縮約表現」，口語時常使用「縮約表現」。
※ 屬於「普通體文型」，「丁寧體文型」為「動詞て形除去 [て／で] ＋ ちゃいました／じゃいました」。

切れます（用完）	→ 切れちゃった*	（不小心用完了）
折れます（折斷）	→ 折れちゃった	（不小心折斷了）
忘れます（忘記）	→ 忘れちゃった	（不小心忘記了）

動詞

[て形] ＋ くれる　別人為我 [做] ～

※ 此為「普通體文型」用法，「丁寧體文型」為「動詞て形 ＋ くれます」。

貸します（借出）	→ 貸してくれる*	（別人借給我）
買います（購買）	→ 買ってくれる	（別人買給我）
持ちます（拿）	→ 持ってくれる	（別人幫我拿）

中譯　雄一：手機電池沒電了。糟了！
　　　紗帆：我有手機的行動電源喔。給你。
　　　雄一：啊，你要借給我嗎？太好了。

該減肥了…。

ダイエットしなきゃ…。

動詞：減肥
（ダイエットします
⇒否定形 [ダイエットしない]
的條件形）

動詞：不行
（なります⇒ない形）
（口語時可省略）

ダイエットしなければ　[ならない]…。

↓　　　　　　　　　　　　↓

不減肥的話　　　　　　[不行]。

※「ダイエットしなければ」的「縮約表現」是「ダイエットしなきゃ」，口語時常使用「縮約表現」。

使用文型

動詞

[ない形] ＋ なければ　なりません　　一定要 [做]〜
　　　　　（＝なければ　ならない）※普通體
　　　　　（＝なきゃ　　　ならない）※縮約表現

ダイエットします（減肥）　→ ダイエットしなければ　なりません （一定要減肥）
（＝ダイエットしなければ　ならない）
（＝ダイエットしなきゃ　　ならない）

書きます（寫）　→ 書かなければ　なりません　　　　　　（一定要寫）
（＝書かなければ　ならない）
（＝書かなきゃ　　ならない）

働きます（工作）　→ 働かなければ　なりません　　　　　（一定要工作）
（＝働かなければ　ならない）
（＝働かなきゃ　　ならない）

用法　覺得自己一定要瘦下來時，可以說這句話。

會話練習

雄一：お菓子あるけど、食べる？
　　　　　表示：前言　　要吃嗎？

紗帆：ううん、要らない。ダイエットしなきゃ…。
　　　　不　　　　不需要

雄一：え？　どうして？
　　　　　　　為什麼？

紗帆：今度みんなで海に行く*から。
　　　　　　　表示：行動單位　　　表示：原因

使用文型

[名詞（行動單位）] ＋ で ＋ 行く　　以～行動單位去

みんな（大家）	→ みんなで行く*	（大家一起去）
家族（家人）	→ 家族で行く	（全家一起去）
一人（一個人）	→ 一人で行く	（一個人去）

中譯　雄一：我有點心喔，你要吃嗎？
　　　紗帆：不，我不需要。我該減肥了…。
　　　雄一：咦？為什麼？
　　　紗帆：因為下次大家要一起去海邊（玩）。

還好啦，我不會在意。

いいよ、いいよ、気にしてないから。

い形容詞： 好、良好	助詞： 表示 感嘆	連語：在乎、在意 （気にします ⇒て形）	補助動詞： （います⇒ない形） （口語時可省略い）	助詞： 表示宣言

いい　よ、　いい　よ、　気にして　[い]ない　から　。

好　啦，　好　啦，　（目前）不會　在意。

使用文型

動詞

[て形] ＋います　　目前狀態

気にします（在意）	→ 気にしています	（目前是在意的狀態）
結婚します（結婚）	→ 結婚しています	（目前是已婚的狀態）
起きます（醒著、起床）	→ 起きています	（目前是醒著的狀態）

動詞／い形容詞／な形容詞＋だ／名詞＋だ

[　　　普通形　　　] ＋から　　表示宣言

※「な形容詞」、「名詞」的「普通形-現在肯定形」，需要有「だ」再接續。

動	行きます（去）	→ タクシーで行くから	（要搭計程車去）
い	いい（好的）	→ 私の方が頭がいいから	（我比較聰明）
な	元気（な）（健康）	→ 僕は元気だから	（我很健康）
名	日本人（日本人）	→ 僕は日本人だから	（我是日本人）

用法　當對方來向自己道歉時，如果怒氣已經消了，可以說這句話。

會話練習

紗帆：雄一、昨日のこと、まだ怒ってる*？　ごめんね…。

還在生氣嗎？「まだ怒っている？」的省略説法

雄一：いいよ、いいよ、気にしてないから。

紗帆：ほんと？

真的嗎？

使用文型

動詞

［て形］＋いる　　目前狀態

※ 此為「普通體文型」，「丁寧體文型」為「動詞て形 ＋ います」。
※ 口語時，通常採用「普通體文型」説法，並可省略「動詞て形 ＋ いる」的「い」。

怒ります（生氣）	→ 怒って[い]る*	（目前是生氣的狀態）
住みます（居住）	→ 東京に住んで[い]る	（目前是住在東京的狀態）
倒れます（倒塌）	→ 木が倒れて[い]る	（樹目前是倒下的狀態）

中譯　紗帆：雄一，關於昨天的事情，你還在生氣嗎？對不起啦…。
　　　雄一：還好啦，我不會在意。
　　　紗帆：真的嗎？

連續高溫讓人變得無精打采。
夏（なつ）バテになっちゃった。

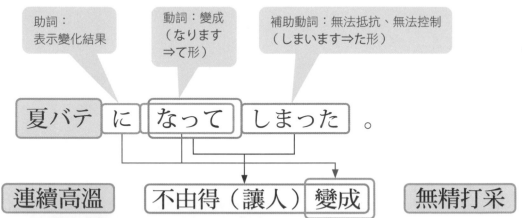

助詞：
表示變化結果

動詞：變成
（なります
⇒て形）

補助動詞：無法抵抗、無法控制
（しまいます⇒た形）

| 夏バテ | に | なって | しまった | 。 |

連續高溫　　　不由得（讓人）變成　　　無精打采

※「なってしまった」的「縮約表現」是「なっちゃった」，口語時常使用「縮約表現」。

使用文型

| 動詞 | い形容詞 | な形容詞 |

[辭書形＋ように ／ －い＋く ／ －な＋に ／ 名詞＋に] ＋ なります　　變成

動	読みます（讀）	→ 読（よ）むようになります（變成有閱讀的習慣）
い	高い（貴的）	→ 高（たか）くなります（變貴）
な	にぎやか（な）（熱鬧）	→ にぎやかになります（變熱鬧）
名	夏バテ（連續高溫無精打采）	→ 夏（なつ）バテになります（連續高溫變得無精打采）

| 動詞 |

[て形] ＋ しまいます　　無法抵抗、無法控制

なります（變成）	→ なってしまいます	（不由得變成～）
笑います（笑）	→ 笑（わら）ってしまいます	（不由得笑出來）
泣きます（哭泣）	→ 泣（な）いてしまいます	（不由得哭出來）

用法　因為夏天的高溫，讓人變得沒有精神或沒有食欲時，可以說這句話。

會話練習

雄一：<u>どうしたの？</u> 元気なさそう*だけど。
　　　怎麼了嗎？　　　（看起來）好像沒精神的樣子；「元気がなさそう」的省略説法

紗帆：最近暑いから、夏バテになっちゃったみたい*。
　　　表示：原因　　　　　　　（推斷）好像…

雄一：じゃ、うなぎ でも 食べに 行こうか。
　　　　　　鰻魚飯　表示：舉例　要不要去吃？

紗帆：雄一がおごってくれるの？
　　　要請我吃嗎？（「動詞て形＋くれる」用法請參考P041）

使用文型

| 動詞 | い形容詞 | な形容詞 |

[ます形 ／ －い ／ －な] ＋ そう　　（看起來）好像～

※「い形容詞」是「去掉い＋そう」，但要注意「いい」和「ない」這兩個形容詞。
※「いい」（好）表示「（看起來）好像～」時，要用另一個同義字「よい」：
　「よい」（去掉い）＋さ＋そう → よさそう（看起來好像很好）
※「ない」（沒有）表示「（看起來）好像～」時：
　「ない」（去掉い）＋さ＋そう → なさそう（看起來好像沒有）

動	落ちます（掉落）	→ 落ちそう	（看起來好像要掉下來）
い	ない（沒有）	→ 元気な<u>さ</u>そう*	（看起來好像沒有精神的樣子）
な	便利（な）（方便）	→ 便利そう	（看起來好像很方便）

| 動詞 ／ い形容詞 ／ な形容詞 ／ 名詞 |

[　　　普通形　　　] ＋ みたい　　（推斷）好像～

動	降ります（下（雨））	→ 雨が降るみたい	（推斷好像要下雨）
い	難しい（困難的）	→ 難しいみたい	（推斷好像很難）
な	有名（な）（有名）	→ 有名みたい	（推斷好像很有名）
名	先生（老師）	→ 先生みたい	（推斷好像是老師）

中譯　雄一：怎麼了嗎？看起來好像沒精神的樣子。
　　　紗帆：因為最近很熱，好像是連續高溫讓人變得無精打采。
　　　雄一：那麼，要不要去吃鰻魚飯之類的？
　　　紗帆：雄一要請我吃嗎？

今天沒有想做任何事的心情耶。

今日は何もする気が起きないなあ。
_{きょう} _{なに} _き _お

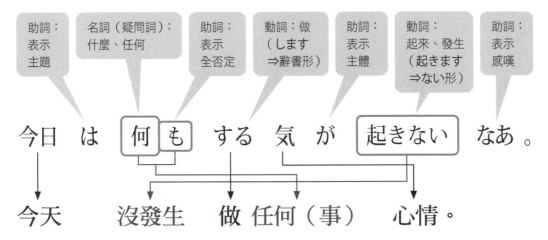

| 助詞：
表示
主題 | 名詞（疑問詞）：
什麼、任何 | 助詞：
表示
全否定 | 動詞：做
（します
⇒辭書形） | 助詞：
表示
主體 | 動詞：
起來、發生
（起きます
⇒ない形） | 助詞：
表示
感嘆 |

今日 は 何 も する 気 が 起きない なあ 。

今天　　　沒發生　　做 任何（事）　　心情。

※「何もする気が起きない」直譯是「沒發生做任何（事）的心情」，也就是中文所說的「沒有想做任何事的心情」。

使用文型

[疑問詞] ＋ も ＋ 否定形　　全否定

何（任何）→ 何もする気が起きない　　　　（沒有想做任何事的心情）

どこ（哪裡）→ どこも行きたくない　　　　（哪裡都不想去）

誰（誰）→ 誰も知らない　　　　（誰也不知道）

用法　有時候會一整天都沒有幹勁、不想做任何事。遇到這種情形時，就這樣說吧。

會話練習

雄一：ああ、<u>風邪をひいた</u> <u>かもしれない</u>*。
　　　　　　　　かぜ
　　　　　　　感冒了　　　　　有可能…

紗帆：<u>大丈夫</u>？　<u>体の調子が悪いの</u>？
　　　だいじょうぶ　　からだ ちょうし　わる
　　　　　　　　　　身體狀況　　不舒服嗎？（「～の？」用法請參考P025）

雄一：うん、<u>全身がだるくて</u>*、今日は何もする気が起きないなあ。
　　　　　ぜんしん　　　　　　きょう　なに　　き　お
　　　　　因為酸痛

紗帆：じゃ、<u>ゆっくり</u> <u>休んだら</u>？
　　　　　　　　　　　　やす
　　　　　　好好地　　休息的話，怎麼樣？（「～だら」用法請參考P065）

使用文型

動詞／い形容詞／な形容詞／名詞

[　　　　普通形　　　　]＋かもしれない　　或許～、有可能～

※ 此為「普通體文型」用法，「丁寧體文型」為「～かもしれません」。

動	ひきます（得到（感冒））	→ 風邪をひいたかもしれない*（有可能感冒了）
い	寒い（寒冷的）	→ 寒いかもしれない（或許會很冷）
な	便利（な）（方便）	→ 便利かもしれない（或許很方便）
名	学生（學生）	→ 学生かもしれない（有可能是學生）

動詞　　い形容詞　　な形容詞

[て形／－い＋くて／－な＋で／名詞＋で]、～　因為～，所以～

動	寝坊します（睡過頭）	→ 寝坊して（因為睡過頭，所以～）
い	だるい（酸痛的）	→ だるくて*（因為酸痛，所以～）
な	便利（な）（方便）	→ 便利で（因為很方便，所以～）
名	地震（地震）	→ 地震で（因為地震，所以～）

中譯　雄一：啊～，我可能感冒了。
　　　紗帆：你還好嗎？身體不舒服嗎？
　　　雄一：嗯，因為全身酸痛，今天沒有想做任何事的心情耶。
　　　紗帆：那麼，好好地休息一下怎麼樣？

他的過世真令人遺憾。

惜しい人を亡くしたね。

い形容詞：
可惜、
捨不得

助詞：
表示動作作用對象

動詞：失去（人）
（亡くします⇒た形）

助詞：
要求同意

惜しい　人　を　亡くした　ね　。

失去了捨不得的　人。

使用文型

[名詞] ＋ を ＋ 亡くしました（亡くした）　　失去了～（人）

※「丁寧體」是「～を亡くしました」，「普通體」是「～を亡くした」。

夫（丈夫）	→ 夫を亡くしました	（失去了丈夫）
母（母親）	→ 母を亡くしました	（失去了母親）
愛する人（喜愛的人）	→ 愛する人を亡くしました	（失去了喜愛的人）

用法　重要的人物或名人過世時，可以說的一句話。不過並不適用於自己的親人過世時。

會話練習

雄一：今朝のテレビのニュース見た？
今朝（けさ）　見（み）　新聞

紗帆：見たわ。俳優の竹中徹さんが亡くなったニュースでしょ*。
見（み）　表示：女性語氣　俳優（はいゆう）　竹中徹（たけなかとおる）　演員　亡（な）くなった　過世　…對不對？

雄一：うん。ちょっとショックだなあ。
嗯　　　　震驚　名詞＋だ＋なあ，表示「感嘆～的語氣」（用法請參考P040）

紗帆：惜しい人を亡くしたね。まだまだドラマにも
惜（お）しい人（ひと）を亡（な）くした　還要　　　表示：出現點

出てほしかった*のに。
出（で）　之前就希望他出現，卻…（「～のに」用法請參考P021）

使用文型

[動詞／い形容詞／な形容詞／名詞]

[　　　　普通形　　　　]＋でしょ　～對不對？

※ 此為「～でしょう」的「省略説法」，口語時常使用「省略説法」。

動	来ます（來）	→ 来るでしょ[う]	（會來對不對？）
い	高い（貴的）	→ 高いでしょ[う]	（很貴對不對？）
な	簡単（な）（簡單）	→ 簡単でしょ[う]	（很簡單對不對？）
名	ニュース（新聞）	→ 亡くなったニュースでしょ[う]*	（是過世的新聞對不對？）

[動詞]

[て形]＋ほしかった　希望別人[做]～，但已無法實現

出ます（出現）	→ 出てほしかった*	（希望別人出現，但已無法實現）
手伝います（幫忙）	→ 手伝ってほしかった	（希望別人幫忙，但已無法實現）
言います（説）	→ 言ってほしかった	（希望別人説，但已無法實現）

中譯　雄一：你看過今天早上的電視新聞了嗎？
　　　紗帆：看到了。你是說演員竹中徹先生過世的新聞對不對？
　　　雄一：嗯。有點震驚啊。
　　　紗帆：他的過世真令人遺憾。之前還希望他繼續出現在戲劇節目中，卻…。

隨著時間過去會沒事的。

時間が解決してくれるよ。

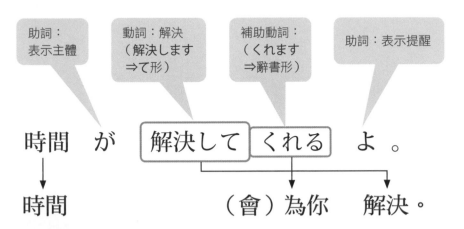

| 助詞：
表示主體 | 動詞：解決
（解決します
⇒て形） | 補助動詞：
（くれます
⇒辭書形） | 助詞：表示提醒 |

時間　が　解決して　くれる　よ。

時間　　　　　　　　（會）為你　解決。

※ 給建議的人是站在對方的立場說這句話，所以用「別人為我 [做]～」這樣的文型。

使用文型

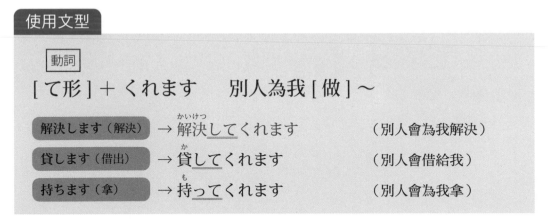

動詞

[て形] ＋ くれます　　別人為我 [做]～

解決します（解決）	→ 解決してくれます	（別人會為我解決）
貸します（借出）	→ 貸してくれます	（別人會借給我）
持ちます（拿）	→ 持ってくれます	（別人會為我拿）

用法　要安慰因為失戀等原因而悲傷的人時，可以說這句話。

會話練習

（紗帆が失恋したヤンさんを慰める）
失戀了　　　　　　安慰

紗帆：もう、泣かないで*。
再…　　　不要哭；口語時「ないで」後面可省略「ください」（請參考下方文型）

ヤン：うん…。

紗帆：時間が解決してくれるよ。

ヤン：うん…。

使用文型

動詞

[ない形] ＋ で ＋ [ください]　　請不要 [做] ～

※「丁寧體文型」為「動詞ない形 ＋ で ＋ ください」。
※ 口語時，通常採用「普通體文型」説法，可省略「ください」。

泣きます（哭泣）	→ 泣かないで[ください]*	（請不要哭）
言います（說）	→ 言わないで[ください]	（請不要說）
行きます（去）	→ 行かないで[ください]	（請不要去）

中譯　（紗帆要安慰失戀的楊小姐）
　　　紗帆：不要再哭了。
　　　　楊：嗯…。
　　　紗帆：隨著時間過去會沒事的。
　　　　楊：嗯…。

你不用把它想得那麼嚴重。
そんなに思い詰めないで。

| 副詞：
那麼 | 動詞：思索、思量
（思います
⇒ます形除去 [ます]） | 後項動詞：
不斷地、徹底
（詰めます
⇒ない形） | 助詞：
表示
樣態 | 補助動詞：請
（くださいます
⇒命令形 [くださいませ]
除去 [ませ]）
（口語時可省略） |

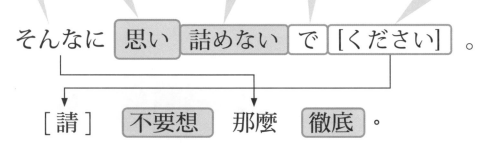

そんなに [思い] [詰めない] [で] [ください]。

[請] [不要想] 那麼 [徹底]。

※ 思い詰めない：複合型態（＝思い＋詰めない）

使用文型

[動詞]

[ない形] ＋ で ＋ ください　　請不要 [做] 〜

思い詰めます（想得很徹底）	→ 思い詰め<u>ない</u>でください	（請不要想得很徹底）
走ります（跑）	→ 走<u>らない</u>でください	（請不要奔跑）
押します（推擠）	→ 押<u>さない</u>でください	（請不要推擠）

[動詞]

そんなに ＋ [ない形] ＋ で ＋ ください　　請不要那麼 [做] 〜

思い詰めます（想得很徹底）	→ そんなに思い詰め<u>ない</u>でください	（請不要想那麼徹底）
飲みます（喝）	→ そんなにお酒を飲<u>まない</u>でください	（請不要喝那麼多酒）
吸います（抽（菸））	→ そんなにタバコを吸<u>わない</u>でください	（請不要抽那麼多菸）

用法　要安慰深陷苦惱中的人時，可以說這句話。

會話練習

紗帆：まだ 別れた彼のこと 想ってる*の？*
<small>還、仍然 已經分手的男朋友　　　　想念著嗎？「想っているの？」的省略說法</small>

ヤン：うん、どうしても 忘れられなくて…。
<small>　　　　　無論如何也　　　因為無法忘記；「て形」表示「原因」</small>

紗帆：そんなに思い詰めないで。

ヤン：でも…。

使用文型

[動詞]

[て形] ＋ いる　　目前狀態

※ 此為「普通體文型」，「丁寧體文型」為「動詞て形 ＋ います」。
※ 口語時，通常採用「普通體文型」説法，並可省略「動詞て形 ＋ いる」的「い」。

想います（想念）	→ 想って[い]る*	（目前是想念的狀態）
結婚します（結婚）	→ 結婚して[い]る	（目前是已婚的狀態）
かけます（配戴）	→ 眼鏡をかけて[い]る	（目前是戴眼鏡的狀態）

[動詞／い形容詞／な形容詞＋な／名詞＋な]

[　　　普通形　　　]＋の？　　關心好奇、期待回答

※ 此為「普通體文型」用法，「丁寧體文型」為「～んですか」。
※「な形容詞」、「名詞」的「普通形-現在肯定形」，需要有「な」再接續。

動	想って[い]ます（目前想念著）	→ 想って[い]るの？*	（是想念的狀態嗎？）
い	暑い（炎熱的）	→ 暑いの？	（很熱嗎？）
な	にぎやか（な）（熱鬧）	→ にぎやかなの？	（熱鬧嗎？）
名	無料（免費）	→ 無料なの？	（是免費嗎？）

中譯
紗帆：你還在想念已經分手的男朋友嗎？
　楊：嗯，因為無論如何也無法忘記…。
紗帆：你不用把它想得那麼嚴重。
　楊：但是…。

安啦，安啦，沒什麼啦。
平気平気、どうってことないよ。

| な形容詞：
沒事、平靜 | 副詞（疑問詞）：
怎麼樣、如何 | 助詞：
提示
內容 | 動詞：為了接名詞放的
（いいます⇒辭書形）
（口語時可省略） | 形式名詞：
文法需要
而存在的名詞 | 助詞：
表示對比（區別）
（口語時可省略） |

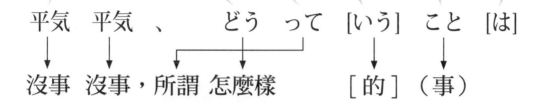

平気　平気　、　　　どう　って　[いう]　こと　[は]
　↓　　　↓　　　　　↓　　↓　　　　　↓　　　↓
沒事　沒事，所謂　怎麼樣　　　　　[的]　（事）

| い形容詞：沒有
（ない⇒普通形-現在肯定形）

動詞：有
（あります⇒ない形） | 助詞：
表示提醒 |

ない※　よ。
　↓
沒有。

※「ない」除了是「い形容詞」，也是動詞「あります」的「ない形」。

用法　因為對方為自己擔心，想跟對方說自己沒問題時，可以說這句話。

會話練習

雄一：うわっ。（転ぶ）
こ ろ
跌倒

紗帆：だいじょうぶ！？

雄一：平気平気、どうってことないよ。
へ い き へ い き

紗帆：でも、血が出てる*よ。薬持って来るから、待ってて*。
ち で
流血了；「血が出ている」的省略說法　　　拿來　　表示：宣言　等一下；
「待っていてください」
的省略說法

使用文型

動詞

[て形] ＋いる　　目前狀態

※ 此為「普通體文型」，「丁寧體文型」為「動詞て形 ＋ います」。
※ 口語時，通常採用「普通體文型」説法，並可省略「動詞て形 ＋ いる」的「い」。

出ます（流出來）	→ 出て[い]る*	（目前是流出來的狀態）
知ります（知道）	→ 知って[い]る	（目前是知道的狀態）
働きます（工作）	→ 働いて[い]る	（目前是有工作的狀態）

動詞

[て形] ＋ [ください]　　請 [做] ～

※「丁寧體文型」為「動詞て形 ＋ ください」。
※ 口語時，通常採用「普通體文型」説法，可省略「ください」。

待って[い]ます（等著）	→ 待って[い]て[ください]*	（請等著）
走ります（跑步）	→ 走って[ください]	（請跑步）
押します（按壓）	→ 押して[ください]	（請按壓）

中譯　雄一：呀。（跌倒）
　　　紗帆：你沒事吧！？
　　　雄一：安啦，安啦，沒什麼啦。
　　　紗帆：可是已經流血了。我去拿藥來，你等一下。

你想太多了啦。

いやいや、考^{かんが}えすぎだって。

| 感嘆詞：
不、不對 | 動詞：想
（考えます
⇒ます形
除去［ます］） | 後項動詞：過於、太〜
（すぎます⇒名詞化：すぎです）
（すぎです⇒普通形-現在肯定形
：すぎだ） | 助詞：表示不耐煩
＝と言っているでしょう
（我有説吧） |

いや　いや　、　考え　すぎだ　って　。

不　　不　（你）　想　太多了　啦。

※ 考えすぎだ：複合型態（ ＝ 考え＋すぎだ）

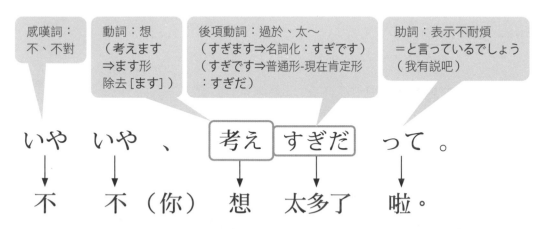

使用文型

動詞　　い形容詞　　な形容詞

［ます形 ／ －い ／ －な ／ 名詞］＋すぎです　　太〜

動	考えます（想）	→ 考^{かんが}えすぎです	（想太多）
い	面白い（有趣的）	→ 面白^{おもしろ}すぎです	（太有趣）
な	簡単（な）（簡單）	→ 簡単^{かんたん}すぎです	（太簡單）
名	いい人（好人）	→ いい人^{ひと}すぎです	（太好的人）

用法　覺得對方想太多了，可以說這句話安撫、提醒對方。

會話練習

紗帆：また目が合った。あの店員、私のこと、好きなの＊かな？
　　　　　　対到眼神　　　　　　　　　　　　　　　　　很喜歡；「の」表示「強調」　　表示：自言自語式疑問、沒有強制要求對方回應

雄一：いやいや、考えすぎだって。

紗帆：そんなことないわ、あの店員いつも私のことを
　　　　　　沒有那種事情　　　　　　　　　　總是

　　　見てる＊の＊よ。
　　　看著；「見ているの」的省略說法

雄一：紗帆は自意識過剰だなあ。
　　　　　　　自我意識過剩　　名詞＋だ＋なあ，表示「感嘆～的語氣」（用法請參考P040）

使用文型

動詞／い形容詞／な形容詞＋な／名詞＋な

[　　　　　普通形　　　　　]＋の　　強調

※ 此為「普通體文型」用法，「丁寧體文型」為「～んです」。
※「な形容詞」、「名詞」的「普通形-現在肯定形」，需要有「な」再接續。

動	見て[い]ます（正在看著）	→ 見て[い]るの＊	（正在看著）
い	面白い（有趣的）	→ 面白いの	（很有趣）
な	好き（な）（喜歡）	→ 好きなの＊	（很喜歡）
名	外国人（外國人）	→ 外国人なの	（是外國人）

動詞

[て形]＋いる　　正在[做]～

※ 此為「普通體文型」，「丁寧體文型」為「動詞て形 ＋ います」。
※ 口語時，通常採用「普通體文型」說法，並可省略「動詞て形 ＋ いる」的「い」。

| 見ます（看） | → 見て[い]る＊ | （正在看） |
| 書きます（寫） | → 書いて[い]る | （正在寫） |

中譯
紗帆：我們的眼神又對上了。那個店員很喜歡我吧？
雄一：你想太多了啦。
紗帆：才沒有那種事呢。那個店員總是看著我喲。
雄一：紗帆是自我意識過剩吧。

不要在意啦。
気_きにすんなって。

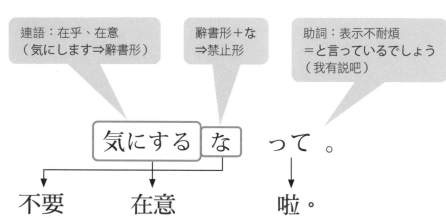

連語：在乎、在意
（気にします⇒辭書形）

辭書形＋な
⇒禁止形

助詞：表示不耐煩
＝と言っているでしょう
（我有説吧）

気にする　な　って　。

不要　　　在意　　　　啦。

※「気にするな」的「縮約表現」是「気にすんな」，口語時常使用「縮約表現」。

使用文型

動詞

[辭書形] ＋ な　　表示禁止

気にします（在意）→ 気_きにするな　　　（不要在意）

言います（說）→ 言_いうな　　　　　　（不要說）

入ります（進入）→ 入_{はい}るな　　　　　（不要進入）

用法　當對方心情低落、或是因為某件事心裡覺得過意不去時，可以說這句話來安慰
　　　對方。

會話練習

紗帆：ごめん、雄一からもらった ティーカップ、
　　　　　　　　　　従…那裡得到的　　　茶杯

割っちゃった*…。
弄破了

雄一：いいよ、気にすんなって。
　　　　　　沒關係啦

紗帆：ああ、大事にしてたのに*〜。
　　　　　　很珍惜（這個東西），卻…；「大事にしていたのに」的省略說法

使用文型

動詞

[て形（〜て／〜で）]＋ちゃった／じゃった　（無法挽回的）遺憾

※ 此為「動詞て形 ＋ しまった」的「縮約表現」，口語時常使用「縮約表現」。
※ 屬於「普通體文型」，「丁寧體文型」為「動詞て形除去 [て／で]＋ちゃいました／じゃいました」。

割ります（弄破）	→ 割っちゃった*	（不小心弄破了）
落とします（掉落）	→ 落としちゃった	（不小心掉落了）
失くします（遺失）	→ 失くしちゃった	（不小心遺失了）

動詞／い形容詞／な形容詞＋な／名詞＋な

[　　　　　　普通形　　　　　　]＋のに　　〜，卻〜

※「な形容詞」、「名詞」的「普通形-現在肯定形」，需要有「な」再接續。

動	大事にして[い]ます（珍惜者）	→ 大事にして[い]たのに*	（很珍惜，卻〜）
い	面白い（有趣的）	→ 面白いのに	（有趣，卻〜）
な	静か（な）（安靜）	→ 静かなのに	（安靜，卻〜）
名	大人（大人）	→ 大人なのに	（是大人，卻〜）

中譯　紗帆：對不起，我把雄一給我的茶杯弄破了…。
　　　雄一：沒關係啦，不要在意啦。
　　　紗帆：啊〜，我很珍惜（這個東西），卻〜。

希望&要求
022

等一下。

ちょっとたんま。

> 副詞：
> 一下、有點、
> 稍微

ちょっと 　たんま　。

等 一下。

相關說明

「たんま」的由來，有4種說法：

1 　來自於日語 待った（等待）。將發音從後面念過來：

「まった」→（從後面念過來）「たっま」→「たんま」

2 　來自於英語 time out（暫停） 。「time out」的外來語發音為「タイムアウト」：

「タイムアウト」→（改變、濃縮發音為）「タイマウ」→「たんま」

3 　來自於中文 等嗎？ 。「等嗎？」的發音為「ダンマ」：

「ダンマ」→（相似發音為）「たんま」

4 　來自於止滑成分 炭酸マグネシウム（碳酸鎂） 。

運動時，可以使用碳酸鎂來止滑。運動員要擦抹「碳酸鎂」時會說：

ちょっと炭酸マグネシウム（を使うから、待って）。（我要擦碳酸鎂，請等一下）。

如果只精簡地說出其中的某些音（只說 □ 的音）：

ちょっとたん さん マ グネシウム（を使うから、待って）。

就變成 →「ちょっとたんマ（ま）」。這也是「たんま」的由來。

用法 　運動或遊戲時，希望暫時停止活動，可以說這句話。

會話練習

（野球の試合で）
表示：動作進行地點

紗帆：じゃ、投げるよー。
要丟出去囉～

雄一：あ、ちょっとたんま。ズボンのベルトが落ちそう*…。
腰帶　　好像快掉了

紗帆：早くー。
快點啦

使用文型

動詞　　い形容詞　な形容詞

[ます形／－い／－な]＋そう　　（看起來）好像～

※「い形容詞」是「去掉い＋そう」，但要注意「いい」和「ない」這兩個形容詞。

※「いい」（好）表示「（看起來）好像～」時，要用另一個同義字「よい」：
「よい」（去掉い）＋さ＋そう → よさそう（看起來好像很好）

※「ない」（沒有）表示「（看起來）好像～」時：
「ない」（去掉い）＋さ＋そう → なさそう（看起來好像沒有）

動	落ちます（掉落）	→ 落ちそう*	（看起來好像快要掉落）
い	忙しい（忙碌的）	→ 忙しそう	（看起來好像很忙碌）
な	親切（な）（親切）	→ 親切そう	（看起來好像很親切）

中譯　（在棒球比賽的場合）
紗帆：那麼，我要丟出去囉～。
雄一：啊，等一下。我褲子的腰帶好像快掉了…。
紗帆：快點啦。

你來一下。

ちょっとこっち来て。

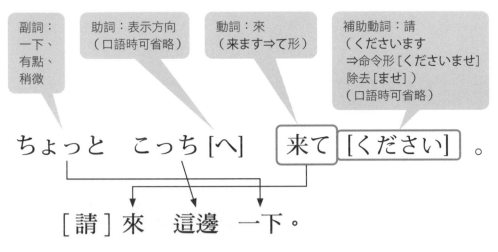

| 副詞：
一下、
有點、
稍微 | 助詞：表示方向
（口語時可省略） | 動詞：來
（来ます⇒て形） | 補助動詞：請
（くださいます
⇒命令形［くださいませ］
除去［ませ］）
（口語時可省略） |

ちょっと　こっち [へ]　　来て [ください] 。

[請] 來　　這邊　一下。

※ [動詞て形＋ください]：請 [做] 〜。是對某人所説的話，所以翻譯成中文時可以加上「你」。

使用文型

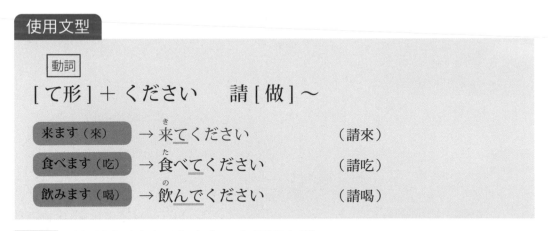

動詞

[て形] ＋ ください　　請 [做] 〜

来ます（來）	→ 来てください	（請來）
食べます（吃）	→ 食べてください	（請吃）
飲みます（喝）	→ 飲んでください	（請喝）

用法　希望對方過來自己身邊時，可以說這句話。

會話練習

（道で変なものを見つける）

雄一：あ、これ何だろう…。ねえ、紗帆、ちょっとこっち来て。
<small>應該是什麼？「～だろう」是「～でしょう」的口語說法</small>

紗帆：なに？

雄一：これ、何だと思う？
<small>覺得是什麼東西？</small>

紗帆：わからない。お父さんに聞いてみ*たら*？
<small>問看看的話，如何？「聞いてみます＋たら」的用法</small>

使用文型

[動詞]

[て形]＋みます　　[做]～看看

聞きます（詢問）	→ 聞いてみます*	（問看看）
食べます（吃）	→ 食べてみます	（吃看看）
着ます（穿）	→ 着てみます	（穿看看）

[動詞]

[た形]＋ら＋[どうですか]　　～的話，如何？

※「丁寧體文型」為「動詞た形 ＋ ら＋ どうですか」。
※ 口語時，通常採用「普通體文型」說法，可省略「どうですか」。

聞いてみます（問看看）	→ 聞いてみたら[どうですか]*	（問看看的話，如何？）
寝ます（睡覺）	→ 早く寝たら[どうですか]	（早一點睡的話，如何？）
食べます（吃）	→ もっと食べたら[どうですか]	（再多吃一點的話，如何？）

中譯　（在路上看到奇怪的東西）
　　　雄一：咦，這是什麼啊…。喂，紗帆，你來一下。
　　　紗帆：什麼事？
　　　雄一：你覺得這是什麼東西？
　　　紗帆：我不知道。問看看爸爸，如何？

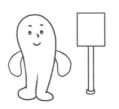

希望&要求
024

你在這裡等著。

ちょっとここで待ってて。

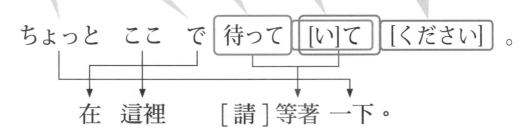

副詞：
一下、
有點、
稍微

助詞：
表示動作
進行地點

動詞：等待
（待ちます
⇒て形）

補助動詞：
（います⇒て形）
（口語時可省略い）

補助動詞：請
（くださいます
⇒命令形［くださいませ］
除去［ませ］）
（口語時可省略）

ちょっと　ここ　で　待って　[い]て　[ください]　。

在　這裡　　　［請］等著　一下。

使用文型

動詞

[て形] + います　　目前狀態

待ちます（等待）	→ 待っています	（目前是等待的狀態）
住みます（居住）	→ 東京に住んでいます	（目前是住在東京的狀態）
売ります（販賣）	→ 売っています	（目前是販賣的狀態）

動詞

[て形] + ください　　請 [做] ～

待って[い]ます（等著）	→ 待って[い]てください	（請等著）
曲がります（轉彎）	→ 曲がってください	（請轉彎）
出します（交出來）	→ 出してください	（請交出來）

用法　自己要暫時離開目前所在的地方，但是希望對方留在原地時，可以說這句話。

會話練習

紗帆：ねえ、雄一、私、喉が渇いた。
口渴

雄一：そう、じゃ、ちょっとここで待ってて。
是嗎？

　　　ジュース買ってくる*から。
買，再回來　　　表示：宣言

紗帆：ありがとう。

使用文型

動詞

[て形] ＋ くる　　動作和移動（做～，再回來）

※ 此為「普通體文型」用法，「丁寧體文型」為「動詞て形 ＋ きます」。

買います（買）	→ 買ってくる*	（買，再回來）
聞きます（問）	→ 聞いてくる	（問，再回來）
飲みます（喝）	→ 飲んでくる	（喝，再回來）

中譯　紗帆：喂，雄一，我口好渴。
　　　雄一：是嗎？那麼，你在這裡等著。我去買果汁回來。
　　　紗帆：謝謝。

有點事想跟你說。

ちょっと話したいことがあるんだけど。

| 副詞：
一下、
有點、
稍微 | 動詞：說話
（話します
⇒ます形
除去[ます]） | 助動詞：
表示
希望 | 助詞：
表示
焦點 | 動詞：
有、在
（あります
⇒辭書形） | 連語：ん+だ
ん…形式名詞
（の⇒縮約表現）
だ…助動詞：表示斷定
（です⇒普通形-現在肯定形） | 助詞：
表示
前言 |

ちょっと 話し たい こと が ある んだ けど 。

有 一點 事情 想要 （跟你）說。

使用文型

動詞

[ます形] + たい　　想要 [做] ～

話します（說話）	→ 話したい	（想要說）
買います（買）	→ 買いたい	（想要買）
飲みます（喝）	→ 飲みたい	（想要喝）

動詞／い形容詞／な形容詞＋な／名詞＋な

[　　　　　普通形　　　　　] + んです　　強調

※ 此為「丁寧體文型」用法，「普通體文型」為「～んだ」。
※「な形容詞」、「名詞」的「普通形-現在肯定形」，需要有「な」再接續。

動	あります（有）	→ あるんです	（有）
い	長い（長久的）	→ 長いんです	（非常長久的）
な	安全（な）（安全）	→ 安全なんです	（很安全）
名	嘘（謊話）	→ 嘘なんです	（是謊話）

用法　有重要的事情，或是只想要兩人單獨交談時，可以說這句話。

會話練習

雄一：あの…。
　　　那個…

紗帆：どうしたの？* 深刻な顔して。
　　　怎麼了嗎？　　　　顯現出沉重的表情；「深刻な顔をしている」的省略說法

雄一：ちょっと話したいことがあるんだけど…。

紗帆：ええ、なになに？
　　　咦～

使用文型

> 動詞／い形容詞／な形容詞＋な／名詞＋な
>
> [　　　　普通形　　　　]＋の？　　關心好奇、期待回答

※ 此為「普通體文型」用法，「丁寧體文型」為「～んですか」。
※「な形容詞」、「名詞」的「普通形-現在肯定形」，需要有「な」再接續。

動	どうします（怎麼了）	→ どうしたの？*	（怎麼了嗎？）
い	おいしい（好吃的）	→ おいしいの？	（好吃嗎？）
な	静か（な）（安靜）	→ 静かなの？	（很安靜嗎？）
名	半額（半價）	→ 半額なの？	（是半價嗎？）

中譯
雄一：那個…。
紗帆：怎麼了嗎？你的表情很沉重。
雄一：有點事想跟你說…。
紗帆：咦～什麼事什麼事？

別賣關子，快點說！

もったいぶらずに教^{おし}えてよ。

| 動詞：擺架子
（もったいぶります
⇒ない形除去 [ない]） | 助詞：
文語
否定形 | 助詞：
表示
連用
修飾 | 動詞：告訴
（教えます
⇒て形） | 補助動詞：請
（くださいます
⇒命令形 [くださいませ]
除去 [ませ]）
（口語時可省略） | 助詞：
表示
勸誘 |

もったいぶら　ず　に　　教えて　[ください]　よ　。

不要擺架子　[請] 告訴（我）。

使用文型

[動詞]

[ない形] ＋ずに、〜　　代替行為（＝ないで）

もったいぶります（擺架子）	→ もったいぶら<u>ず</u>に	（在不擺架子的狀態下，做〜）
言います（說）	→ 言^いわ<u>ず</u>に	（在不說的狀態下，做〜）
受けます（接受）	→ 受^うけ<u>ず</u>に	（在不接受的狀態下，做〜）

[動詞]

[て形] ＋ください　　請 [做]〜

教えます（告訴）	→ 教^{おし}え<u>て</u>ください	（請告訴（我））
行きます（去）	→ 行^いっ<u>て</u>ください	（請去）
食べます（吃）	→ 食^たべ<u>て</u>ください	（請吃）

用法　對方遲遲不切入話題的核心，或是遲遲不做回答，希望他趕快有話直說時，可以說這句話。

會話練習

紗帆：雄一！　これ、<u>なーんだ？</u>
（さ ほ）（ゆういち）　　　　　　是什麼呢？

雄一：え、<u>何だろう</u>*。お菓子？
（ゆういち）　　（なん）　　　　　（か し）
　　　　　　應該是什麼？

紗帆：<u>ブー！</u>　<u>違いまーす。</u>　<u>なーんだ？</u>
（さ ほ）　表示答錯的聲音　（ちが）　不對　　　　　是什麼呢？

雄一：<u>もう。</u>もったいぶらずに教えてよ。
（ゆういち）　真是的　　　　　　　　（おし）

使用文型

動詞／い形容詞／な形容詞／名詞

[　　　　　普通形　　　　　]＋だろう　　應該～吧（推斷）

※此為「普通體文型」用法，「丁寧體文型」為「～でしょう」。

動	来ます（來）	→ 来る（く）だろう	（應該會來吧）
い	おいしい（好吃的）	→ おいしいだろう	（應該很好吃吧）
な	便利（な）（方便）	→ 便利（べん り）だろう	（應該很方便吧）
名	何（什麼）	→ 何（なん）だろう*	（應該是什麼？）

中譯　紗帆：雄一！（猜猜看）這個是什麼呢？
　　　　雄一：咦，應該是什麼啊？點心嗎？
　　　　紗帆：Bu～！不對。（再猜猜看）是什麼呢？
　　　　雄一：真是的。別賣關子，快點說！

能那樣的話就太好了。

そうしてくれると助<ruby>助<rt>たす</rt></ruby>かるよ。

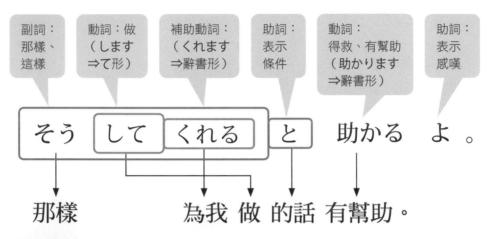

| 副詞：那樣、這樣 | 動詞：做（します⇒て形） | 補助動詞：（くれます⇒辭書形） | 助詞：表示條件 | 動詞：得救、有幫助（助かります⇒辭書形） | 助詞：表示感嘆 |

そう　して　くれる　と　助かる　よ　。

那樣　　　　　為我　做　的話　有幫助。

使用文型

動詞

[て形] + くれます　　別人為我[做] ～

します（做）	→ <u>し</u>てくれます	（別人為我做）
作ります（製作）	→ 料<ruby>理<rt>りょう</rt></ruby><ruby>理<rt>り</rt></ruby>を作<u>っ</u>てくれます	（別人替我做菜）
貸します（借出）	→ 辞<ruby>書<rt>じしょ</rt></ruby>を貸<u>し</u>てくれます	（別人借我字典）

動詞／い形容詞／な形容詞+だ／名詞+だ

[　　普通形（限：現在形）　　] + と、～　　條件表現

※「な形容詞」、「名詞」的「普通形-現在肯定形」，需要有「だ」再接續。

動	してくれます（為我做）	→ してくれ<u>る</u>と	（為我做的話，就～）
い	高い（貴的）	→ 高<ruby>高<rt>たか</rt></ruby>い<u>と</u>	（貴的話，就～）
な	楽（な）（輕鬆）	→ 楽<ruby>楽<rt>らく</rt></ruby><u>だ</u>と	（輕鬆的話，就～）
名	台風（颱風）	→ 台<ruby>台風<rt>たいふう</rt></ruby><u>だ</u>と	（是颱風天的話，就～）

用法　自己陷入困境，有人願意幫忙或伸出援手時，可以跟對方說這句話表示感謝。

會話練習

<ruby>雄一<rt>ゆういち</rt></ruby>：ああ、<ruby>頭<rt>あたま</rt></ruby>が<ruby>痛<rt>いた</rt></ruby>い…。

<ruby>紗帆<rt>さほ</rt></ruby>：だいじょうぶ？　<u><ruby>薬<rt>くすり</rt></ruby>と<ruby>水<rt>みず</rt></ruby></u>*、<u><ruby>持<rt>も</rt></ruby>って<ruby>来<rt>き</rt></ruby>てあげる</u>*。
表示：並列　　　　　　　　　我為你拿過來

<ruby>雄一<rt>ゆういち</rt></ruby>：<u>サンキュー</u>、そうしてくれると<ruby>助<rt>たす</rt></ruby>かるよ。
謝謝（thank you）

使用文型

名詞 ＋ と ＋ 名詞　　～和～的並列關係

<ruby>薬<rt></rt></ruby>（藥）、水（開水）	→ <ruby>薬<rt>くすり</rt></ruby>と<ruby>水<rt>みず</rt></ruby>*	（藥和開水）
本（書）、ノート（筆記本）	→ <ruby>本<rt>ほん</rt></ruby>とノート	（書和筆記本）
りんご（蘋果）、バナナ（香蕉）	→ りんごとバナナ	（蘋果和香蕉）

動詞

[て形] ＋ あげる　　為別人 [做]～

※ 此為「普通體文型」，「丁寧體文型」為「動詞て形 ＋ あげます」。
※ 此文型可表示「我為別人做～」及「別人為別人做～」。會話練習是屬於「我為別人做～」的用法。
※ 此文型適用於親密的人之間，具有「要對方感恩」的語感。

<ruby>持<rt></rt></ruby>って<ruby>来<rt></rt></ruby>ます（拿過來）	→ <ruby>持<rt>も</rt></ruby>って<ruby>来<rt>き</rt></ruby>てあげる*	（為你拿過來）
掃除します（打掃）	→ <ruby>掃除<rt>そうじ</rt></ruby>してあげる	（幫你打掃）
買います（買）	→ <ruby>買<rt>か</rt></ruby>ってあげる	（買給你）

中譯　雄一：啊～，頭好痛…。
　　　紗帆：你還好嗎？我為你拿藥和開水過來。
　　　雄一：謝謝，能那樣的話就太好了。

可以坐過去一點嗎？
ちょっと席詰めてくれる？

| 副詞：
一下、有點、
稍微 | 助詞：
表示動作作用對象
（口語時可省略） | 動詞：靠近、擠緊
（詰めます⇒て形） | 補助動詞：
（くれます
⇒辭書形） |

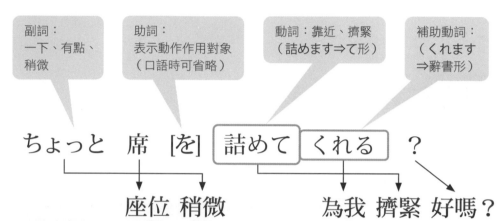

ちょっと　席　[を]　詰めて　くれる　？

座位　稍微　　　　　為我　擠緊　好嗎？

使用文型

動詞

[て形] ＋ くれます　別人為我 [做] 〜

詰めます（擠緊）	→ 席を詰めてくれます	（別人為我擠緊座位空間）
撮ります（拍攝）	→ 撮ってくれます	（別人為我拍攝）
買います（買）	→ 買ってくれます	（別人為我買）

用法　在電車或巴士上想坐下來，但是座位空間太小時，可以對旁邊的人說這句話。
（如果對方是陌生人時，就要使用更客氣的說法「すみませんが、ちょっと席を詰めてもらえますか。」（不好意思，可以請你坐過去一點嗎？））

會話練習

紗帆：<u>ねえ</u>、<u>ちょっと</u>*。
　　　喂　　　　幫個忙

雄一：<u>ん？</u>*
　　　嗯？

紗帆：ちょっと席詰めてくれる？

雄一：ああ、<u>ごめんごめん</u>。
　　　　　　抱歉抱歉

使用文型

ねえ、ちょっと　喂，幫個忙

※「ねえ、ちょっと」有很多種意思，真正的意思要根據當時的會話情境來判斷。常見的意思有：

ねえ、ちょっと	（喂，幫個忙）
ねえ、ちょっと	（喂，來一下）
ねえ、ちょっと	（喂，等一下）

ん？　嗯？什麼？

※日語中，有很多非常簡短的表示「驚訝」或「疑問」的説法。例如：

あ？	（你在說什麼？）
え？	（表示驚訝或聽不清楚）
お！	（表示驚訝、原來是這樣）

中譯
　紗帆：喂，幫個忙。
　雄一：嗯？
　紗帆：可以坐過去一點嗎？
　雄一：啊～，抱歉抱歉。

這個可以給我嗎？

これもらってもいい？

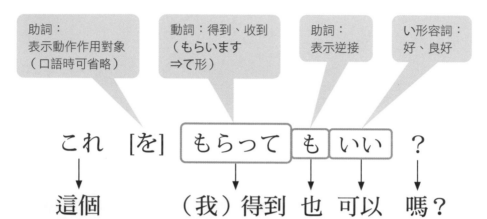

助詞： 表示動作作用對象 （口語時可省略）	動詞：得到、收到 （もらいます ⇒て形）	助詞： 表示逆接	い形容詞： 好、良好

これ　[を]　もらって　も　いい　？

↓　　　　　　↓　　　↓　↓　　↓

這個　　（我）得到　也　可以　嗎？

使用文型

動詞

[て形] ＋ も ＋ いいです　　可以 [做] 〜、[做] 〜也可以

もらいます（得到）	→ もらってもいいです	（可以得到）
飲みます（喝）	→ 飲んでもいいです	（可以喝）
食べます（吃）	→ 食べてもいいです	（可以吃）

用法　想要某樣東西時，可以用這句話詢問對方可不可以拿走。

會話練習

雄一：紗帆、これもらってもいい？

紗帆：<u>どれ</u>？　あ、<u>それはだめ</u>。
　　　哪個　　　　　　　　不行

雄一：<u>いいじゃん</u>*、<u>一つぐらい</u>。
　　　不是很好嗎？　　　只是一個而已；「ぐらい」表示「微不足道、輕視」

紗帆：だめよ。<u>お風呂の後の楽しみ</u> <u>に</u>
　　　　　　　洗澡後　　　　樂趣　　助詞；表示「名目」

　　　<u>取っておいてある</u>*んだから。
　　　因為…而留存著；「んだ」表示「強調」，「から」表示「因為」

使用文型

動詞／い形容詞／な形容詞／名詞

[　　　　普通形　　　　]＋じゃん　　不是〜嗎？／〜嘛

※ 此為「〜じゃないか」的「縮約表現」，口語時常使用「縮約表現」。
※ 屬於「普通體文型」，「丁寧體文型」為「〜ではありませんか」或「〜ではないですか」。

動	できます（可以、能）	→ できるじゃん	（你會的嘛、不是可以嗎？）
い	いい（好的）	→ いいじゃん*	（不是很好嗎？）
な	便利（な）（方便）	→ 便利じゃん	（不是很方便嗎？）
名	学生（學生）	→ 学生じゃん	（不是學生嗎？）

他動詞

[て形]＋ある　　目前狀態（有目的・強調意圖的）

※ 此為「普通體文型」，「丁寧體文型」為「他動詞て形 ＋ あります」。

| 取っておきます（留存） | → 取っておいてある* | （留存著的狀態） |
| 冷やします（冰鎮） | → 冷やしてある | （冰鎮著的狀態） |

中譯
雄一：紗帆，這個可以給我嗎？
紗帆：哪個？啊，那個不行。
雄一：給我不是很好嗎？才拿一個而已。
紗帆：不行啦。因為那是我留著當作洗澡後的享受的。

要常常在 Facebook 上面 po 文喔。

フェイスブックでもっといろいろ発表^{はっぴょう}してよ。

| 助詞：
表示動作進行地點 | 副詞：
更加、再〜一點 | 副詞：
種種、各式各樣 |

フェイスブック　で　もっと　いろいろ

［請］在 Facebook　　　（要）更〜　各式各樣

| 動詞：發表、網路 po 文
（発表します⇒て形） | 補助動詞：請
（くださいます
⇒命令形[くださいませ]
除去[ませ]）
（口語時可省略） | 助詞：表示勸誘 |

発表して　[ください]　よ　。

po 文章。

使用文型

動詞

[て形] + ください　　請[做]〜

発表します（發表）	→ 発表_{はっぴょう}してください	（請發表）
使います（使用）	→ 使_{つか}ってください	（請使用）
掃除します（打掃）	→ 掃除_{そうじ}してください	（請打掃）

用法　希望對方經常在 Facebook 上面 po 文時，可以說這句話。

會話練習

雄一：最近、スマホ買ったよ。
智慧型手機　　　表示：通知

紗帆：そう、ついに雄一も買ったんだ*。
是嗎？　　終於　　也買了；「んだ」表示「強調」

じゃ、フェイスブックでもっといろいろ発表してよ。

雄一：うん、これで外でも* ネットに繋がるからね。
這樣一來　即使是外面也…　　　　連上網路

使用文型

動詞／い形容詞／な形容詞＋な／名詞＋な

[　　　　　普通形　　　　　]＋んだ　　強調

※ 此為「普通體文型」用法，「丁寧體文型」為「～んです」。
※「な形容詞」、「名詞」的「普通形-現在肯定形」，需要有「な」再接續。

動	買います（買）	→ 買ったんだ*	（買了）
い	おいしい（好吃的）	→ おいしいんだ	（很好吃）
な	元気（な）（有精神）	→ 元気なんだ	（很有精神）
名	新幹線（新幹線）	→ 新幹線なんだ	（是新幹線）

動詞　　　い形容詞　　　な形容詞

[て形／－い＋くて／－な＋で／名詞＋で]＋も　即使～，也～

動	降ります（下（雨））	→ 雨が降っても	（即使下雨，也～）
い	おいしい（好吃的）	→ おいしくても	（即使好吃，也～）
な	不便（な）（不方便）	→ 不便でも	（即使不方便，也～）
名	外（外面）	→ 外でも*	（即使是外面，也～）

中譯　雄一：我最近買了智慧型手機喔。
　　　紗帆：是嗎？雄一終於也買了。那麼，要常常在Facebook上面po文喔。
　　　雄一：嗯，因為這樣一來，即使是外面也可以上網了。

我會再跟你聯絡，請告訴我你的 e-mail 地址。

あとで連絡(れんらく)するから、メアド教(おし)えて。

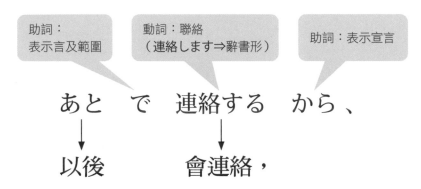

助詞： 表示言及範圍	動詞：聯絡 （連絡します⇒辭書形）	助詞：表示宣言

あと　で　連絡する　から、

↓　　　　　↓

以後　　　會聯絡，

略語： （＝メールアドレス）	助詞： 表示動作作用對象 （口語時可省略）	動詞：告訴 （教えます⇒て形）	補助動詞：請 （くださいます ⇒命令形 [くださいませ] 除去 [ませ]） （口語時可省略）

メアド　[を]　教えて　[ください]　。

↓　　　　　　　　↓

[請]告訴（我）（你的）電子郵件地址。

使用文型

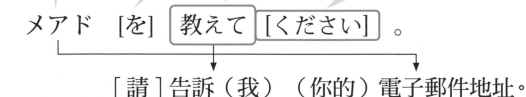

動詞

[て形] ＋ ください　　請 [做] ～

教えます（告訴）	→ 教えて(おし)ください	（請告訴（我））
見ます（看）	→ 見て(み)ください	（請看）
言います（說）	→ 言って(い)ください	（請說）

用法　希望跟新認識的朋友在日後也能保持聯絡時，可以說這句話。

會話練習

紗帆：今日の合コン、楽しかったね。
　　　　　　　聯誼

貫太：そうだね、紗帆さん、あとで連絡するから、
　　　　對啊

　　　メアド教えて。

紗帆：うん、フェイスブックでもいい？* 　そっちのほう、
　　　　　Facebook也可以嗎？　　　　　　　那方面

　　　よく使うから*。
　　　經常　　　表示：原因

貫太：オッケー。

使用文型

[名詞] ＋ でもいい？　　～也可以嗎？

※ 此為「普通體文型」用法，「丁寧體文型」為「～でもいいですか」。

フェイスブック（Facebook）	→ フェイスブックでもいい？*	（Facebook 也可以嗎？）
サイン（簽名）	→ サインでもいい？	（簽名也可以嗎？）
カード（信用卡）	→ カードでもいい？	（信用卡也可以嗎？）

動詞

よく ＋ [辭書形] ＋ から　因為經常 [做] ～

使います（使用）	→ よく使うから*	（因為經常使用）
見ます（看）	→ よく見るから	（因為經常看）
行きます（去）	→ よく行くから	（因為經常去）

中譯
　　紗帆：今天的聯誼好開心喔。
　　貫太：對啊，紗帆小姐，我會再跟你聯絡，請告訴我你的 e-mail 地址。
　　紗帆：嗯，Facebook 也可以嗎？因為我經常用那個。
　　貫太：OK。

幫我抓一下背。
ちょっと背中(せなか)掻(か)いて。

副詞：
一下、
有點、
稍微

助詞：
表示動作作用對象
（口語時可省略）

動詞：抓、掻
（掻きます
⇒て形）

補助動詞：請
（くださいます
⇒命令形[くださいませ]
除去[ませ]）
（口語時可省略）

ちょっと　背中　[を]　掻いて　[ください]　。

[請]抓　背部　一下。

使用文型

動詞

[て形] ＋ ください　　請 [做] ～

掻きます（抓（癢）） → 掻(か)いてください　　　（請抓）

読みます（讀） → 読(よ)んでください　　　（請讀）

書きます（寫） → 書(か)いてください　　　（請寫）

用法　背部發癢，想拜託別人幫忙抓癢時，可以說這句話。

會話練習

雄一：あ、紗帆。<u>ちょっと</u>*…。
　　　　　　　　　麻煩你

紗帆：何？

雄一：ちょっと背中掻いて。

紗帆：<u>どうしたの？</u>*　<u>アレルギー</u>？
　　　　怎麼了嗎？　　　　過敏

使用文型

ちょっと…。　　麻煩你

※ 這句話的完整説法是：

ちょっと　[お願いがあるんだけど]。　　　　　（我想要麻煩你。）

ちょっと　[頼みたいことがあるんだけど]。　　（我有事要麻煩你。）

動詞／い形容詞／な形容詞+な／名詞+な

[　　　　　　普通形　　　　　　]＋の？　　關心好奇、期待回答

※ 此為「普通體文型」用法，「丁寧體文型」為「～んですか」。
※「な形容詞」、「名詞」的「普通形-現在肯定形」需要有「な」再接續。

動	どうします（怎麼了）	→ どうしたの？*	（怎麼了嗎？）
い	甘い（甜的）	→ 甘いの？	（是甜的嗎？）
な	大事（な）（重要）	→ 大事なの？	（重要嗎？）
名	学生（學生）	→ 学生なの？	（是學生嗎？）

中譯　雄一：啊，紗帆。麻煩你。
　　　紗帆：什麼事？
　　　雄一：幫我抓一下背。
　　　紗帆：怎麼了嗎？過敏嗎？

幫我按摩一下肩膀好嗎？
ちょっと肩揉んでくれる？

副詞： 一下、有點、 稍微	助詞： 表示動作作用對象 （口語時可省略）	動詞：揉 （揉みます⇒て形）	補助動詞： （くれます ⇒辭書形）

ちょっと　肩　[を]　揉んで　くれる　？

稍微　　　　　　　　　為我　揉　肩膀　好嗎？

使用文型

動詞

[て形] ＋ くれます　　別人為我 [做]～

揉みます（揉）	→ 揉んでくれます	（別人為我揉）
開けます（打開）	→ 開けてくれます	（別人為我打開）
呼びます（呼叫）	→ 呼んでくれます	（別人為我呼叫）

用法　希望別人為自己按摩肩膀時，可以說這句話。適用於關係親密的人。

會話練習

紗帆：ああ、肩が凝るなあ。雄一、ちょっと肩揉んでくれる？
酸痛

雄一：はいはい。パソコンで作業しすぎじゃないの？*
好啦好啦；重複兩次代表「不耐煩」的語氣　　是不是工作過頭了呢？

紗帆：うーん、そうかもしれない…。
或許是那樣

使用文型

| 動詞 | い形容詞 | な形容詞 |

[ます形 / −い / −な / 名詞] ＋すぎじゃないの？　是不是太〜？

動	作業します（工作）	→ 作業しすぎじゃないの？*	（是不是工作過頭？）
い	安い（便宜的）	→ 安すぎじゃないの？	（是不是太便宜？）
な	親切（な）（親切）	→ 親切すぎじゃないの？	（是不是太親切？）
名	いい人（好人）	→ いい人すぎじゃないの？	（是不是人太好？）

中譯　紗帆：啊〜，肩膀好酸痛啊。雄一，幫我按摩一下肩膀好嗎？
雄一：好啦好啦。你是不是用電腦工作過頭了呢？
紗帆：嗯〜，或許是那樣…。

幫我拿一下那個糖。

ちょっとそこの砂糖取って。

| 副詞：
一下、
有點、
稍微 | 名詞：
那裡 | 助詞：
表示
所在 | 名詞：
砂糖 | 助詞：表示
動作作用對象
（口語時可省略） | 動詞：拿
（取ります
⇒て形） | 補助動詞：請
（くださいます
⇒命令形 [くださいませ]
除去 [ませ]）
（口語時可省略） |

ちょっと そこ の 砂糖 [を] 取って [ください] 。

[請] 拿（給我）那裡的砂糖 一下。

使用文型

動詞

[て形] ＋ ください 　請 [做] ～

取ります（拿）	→ 取ってください	（請拿）
行きます（去）	→ 行ってください	（請去）
使います（使用）	→ 使ってください	（請使用）

用法　希望對方幫自己拿某個東西時，所使用的一句話。不過，如果是自己可以拿到的，就自己拿吧。

會話練習

雄一：あ、ちょっとそこの砂糖取って。

紗帆：<u>自分で取ればいい</u>* のに。
自己去拿就好了　　　　　　卻…（「～のに」用法請參考P021）

雄一：いいじゃん。頼むよ。
好嘛～、不是很好嗎？　拜託

紗帆：<u>動かないと</u>* 太るよ。
不動的話，就…　變胖

使用文型

[動詞]

[條件形（～ば）] ＋ いい　[做]～就可以了、[做]～就好了

※ 此為「普通體文型」用法，「丁寧體文型」為「動詞條件形（～ば）＋いいです」。

取ります（拿）	→ 自分で取ればいい*	（自己拿就好了）
言います（說）	→ 言えばいい	（說出來就好了）
押します（按壓）	→ 押せばいい	（按下去就好了）

[動詞／い形容詞／な形容詞＋だ／名詞＋だ]

[　　普通形（限：現在形）　　] ＋ と、～　　條件表現

※「な形容詞」、「名詞」的「普通形-現在肯定形」，需要有「だ」再接續。

動	動きます（動）	→ 動かないと*	（不動的話，就～）
い	安い（便宜的）	→ 安いと	（便宜的話，就～）
な	暇（な）（空閒）	→ 暇だと	（有空的話，就～）
名	雨天（下雨天）	→ 雨天だと	（是下雨天的話，就～）

中譯　雄一：啊，幫我拿一下那個糖。
　　　紗帆：你自己去拿就好了，卻要我去…。
　　　雄一：（你幫我拿）不是很好嗎？拜託啦。
　　　紗帆：不動一動的話，會變胖喔。

請求協助
035

你有什麼可以寫的筆嗎？

何か書くもの持ってる？

名詞（疑問詞）：什麼、任何	助詞：表示不特定	動詞：寫（書きます⇒辭書形）	助詞：表示動作作用對象（口語時可省略）	動詞：拿、帶（持ちます⇒て形）	補助動詞：（います⇒辭書形）（口語時可省略い）

何　か　書く　もの　[を]　持って　[い]る　？

攜帶著　有什麼寫的東西　　　　　　嗎？

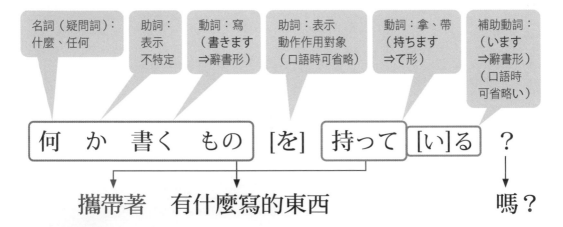

使用文型

動詞

[て形]＋います　　目前狀態

持ちます（帶）	→ 持っています	（目前是帶著的狀態）
住みます（居住）	→ 東京に住んでいます	（目前是住在東京的狀態）
働きます（工作）	→ 働いています	（目前是有工作的狀態）

用法　想做筆記，要問朋友或熟人有沒有筆可以借一下時，可以用這句話詢問對方。

會話練習

（テレビの料理番組を見ている）
烹飪節目　　　　正在看

紗帆：このレシピ、メモしておこう＊。
　　　食譜　　　　　為了以後方便就記筆記吧

　　　ねえ、何か書くもの持ってる？

雄一：ああ、赤ペンでもいい？＊
　　　　　　紅筆也可以嗎？

紗帆：うんうん。あと、そこの紙も取って。
　　　　　　　　　另外　　　　　拿來；口語時「て形」後面可省略「ください」

使用文型

動詞

[て形] ＋ おこう　　善後措施（為了以後方便）

※ 此為「普通體文型」用法，「丁寧體文型」為「動詞て形 ＋ おきましょう」。

メモします（筆記）	→ メモしておこう＊	（為了以後方便就記筆記吧）
整理します（整理）	→ 整理しておこう	（為了以後方便就整理吧）
洗います（清洗）	→ お皿を洗っておこう	（為了以後方便就洗盤子吧）

[名詞] ＋ でもいい？　　〜也可以嗎？

※ 此為「普通體文型」用法，「丁寧體文型」為「〜でもいいですか」。

赤ペン（紅筆）	→ 赤ペンでもいい？＊	（紅筆也可以嗎？）
明日（明天）	→ 明日でもいい？	（明天也可以嗎？）
カード（信用卡）	→ カードでもいい？	（信用卡也可以嗎？）

中譯　（正在看電視的烹飪節目）
　　　紗帆：為了以後方便，把這個食譜記下來吧。喂，你有什麼可以寫的筆嗎？
　　　雄一：啊〜，紅筆也可以嗎？
　　　紗帆：嗯嗯，另外，那邊的紙也拿過來。

可以給我一杯水嗎？

水一杯もらえる？

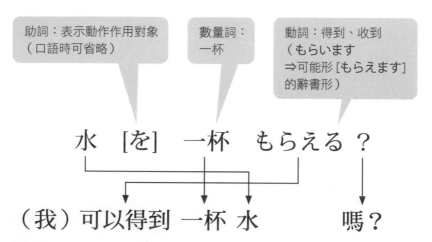

助詞：表示動作作用對象
（口語時可省略）

數量詞：
一杯

動詞：得到、收到
（もらいます
⇒可能形 [もらえます]
的辭書形）

水　[を]　一杯　もらえる？

（我）可以得到　一杯　水　　　　嗎？

使用文型

[名詞] ＋ を ＋ もらえますか（もらえる？）　可以給我～嗎？

※「丁寧體」是「～をもらえますか」，「普通體」是「～をもらえる？」。

水（水）　→ 水をもらえますか　　　　　　（可以給我水嗎？）

お茶（茶）　→ お茶をもらえますか　　　　　（可以給我茶嗎？）

砂糖（砂糖）　→ 砂糖をもらえますか　　　　　（可以給我砂糖嗎？）

用法　想喝水時，可以說這句話。

會話練習

（雄一、ジョギングが終わって*家に帰る。）
　　　　　　　慢跑

雄一：ただいま〜。はあ、疲れた。水一杯もらえる？
　　　　我回來了〜

紗帆：お疲れ〜。今日は早かったわね。はい、水。
　　　　辛苦了〜　　　　　　　　表示：女性語氣　給你

雄一：ありがと。…はあ、生き返る。
　　　「ありがとう」的省略說法　　活過來了

使用文型

[名詞] ＋ が ＋ 終わって　〜結束後，〜

ジョギング（慢跑）	→ ジョギングが終わって*	（慢跑結束後，〜）
仕事（工作）	→ 仕事が終わって	（工作結束後，〜）
会議（會議）	→ 会議が終わって	（會議結束後，〜）

中譯

（雄一慢跑結束後要回家）
雄一：我回來了〜。呼〜，好累。可以給我一杯水嗎？
紗帆：辛苦了〜。今天很早（回來）耶！給你，這是你要的水。
雄一：謝謝。…啊〜，整個人都活過來了。

幫我拿著一下。

ちょっとこれ持ってて。

| 副詞：
一下、
有點、
稍微 | 助詞：表示
動作作用對象
（口語時可省略） | 動詞：拿、帶
（持ちます⇒て形） | 補助動詞：
（います
⇒て形）
（口語時可
省略い） | 補助動詞：請
（くださいます
⇒命令形［くださいませ］
除去［ませ］）
（口語時可省略） |

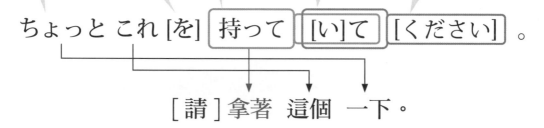

ちょっと これ［を］ 持って ［い］て ［ください］ 。

［請］拿著 這個 一下。

使用文型

動詞

[て形] ＋ います　　目前狀態

持ちます（拿）	→ 持っています	（目前是拿著的狀態）
結婚します（結婚）	→ 結婚しています	（目前是已婚的狀態）
起きます（醒著、起床）	→ 起きています	（目前是醒著的狀態）

動詞

[て形] ＋ ください　　請 [做] ～

持って[い]ます（拿著）	→ 持って[い]てください	（請拿著）
電話します（打電話）	→ 電話してください	（請打電話）
描きます（畫）	→ 描いてください	（請畫）

用法　希望別人暫時幫自己拿一下東西時，可以說這句話。

會話練習

紗帆：ちょっとこれ持ってて。

雄一：うん。

紗帆：ちょっとトイレ行ってくる*から。ここで待ってて*。

一下　　　　　　　去，再回來　　表示：宣言　　等一下；
「待っていてください」
的省略說法

雄一：はいはい。

使用文型

動詞

[て形] ＋ くる　　動作和移動（做〜，再回來）

※ 此為「普通體文型」用法，「丁寧體文型」為「動詞て形 ＋ きます」。

行きます（去）	→ 行ってくる*	（去，再回來）
買います（買）	→ 買ってくる	（買，再回來）
聞きます（問）	→ 聞いてくる	（問，再回來）

動詞

[て形] ＋ [ください]　　請 [做] 〜

※「丁寧體文型」為「動詞て形 ＋ ください」。
※ 口語時，通常採用「普通體文型」説法，可省略「ください」。

待って[い]ます（等著）	→ 待って[い]て[ください]*	（請等著）
使います（使用）	→ 使って[ください]	（請使用）
見ます（看）	→ 見て[ください]	（請看）

中譯　紗帆：幫我拿著一下。
　　　雄一：嗯。
　　　紗帆：我去一下洗手間再回來。你在這裡等著。
　　　雄一：是是。

你來台灣，我會帶你去玩。
一度台湾に遊びに来て。案内するから。
いち ど たい わん　　あそ　　き　　　あん ない

| 數量詞：
一次 | 助詞：
表示
目的地 | 動詞：玩
（遊びます
⇒ます形除去
[ます]） | 助詞：
表示
目的 | 動詞：來
（来ます
⇒て形） | 補助動詞：請
（くださいます
⇒命令形 [くださいませ]
除去 [ませ]）
（口語時可省略） |

一度　台湾　に　遊び　に　来て　[ください]。

[請] 來　台灣　玩　一次。

| 動詞：導覽
（案内します⇒辭書形） | 助詞：
表示宣言 |

案内する　から。

（我）做導覽

※ [動詞て形 ＋ください]：請參考P064

使用文型

動詞

[ます形 / 動作性名詞] ＋に＋行きます／来ます／帰ります　去／來／回去 [做]～

動	遊びます（玩）	→ 遊びに来ます	（來玩）
動	取ります（拿）	→ 資料を取りに帰ります	（回去拿資料）
名	スキー（滑雪）	→ スキーに行きます	（去滑雪）

あそ　き
しりょう　と　かえ
い

用法　邀請對方來台灣玩，並承諾自己會充當導遊時，可以說這句話。

會話練習

ワン：今日はいろいろ東京を案内してくれて*ありがとう。
きょう　　　　　　とうきょう　あんない

東京各地　　　　　因為你為我導覽；「案内してくれる」的字尾變成「て形」表示「原因」

紗帆：どういたしまして。楽しかった？
さ ほ　　　　　　　　　　　　　　　たの

不用客氣　　　　　　　　開心嗎？

ワン：うん、とても。一度台湾に遊びに来て。案内するから。
　　　　　　　　　　　いちどたいわん　あそ　き　　　あんない

非常

紗帆：うん、絶対に行く*よ。
さ ほ　　　　ぜったい い

一定

使用文型

動詞

[て形] ＋ くれる　　別人為我 [做] 〜

※ 此為「普通體文型」用法，「丁寧體文型」為「動詞て形 ＋ くれます」。
※ 會話練習中，將「〜てくれる」的字尾變成「て形」，用來表示「原因」。

案内します（導覽）	→ 案内してくれて*	（因為別人為我導覽）
作ります（製作）	→ 作ってくれて	（因為別人為我製作）
持ちます（拿）	→ 持ってくれて	（因為別人為我拿）

絶対に ＋ [動詞]　　一定會 [做] 〜／一定不會 [做] 〜

※「絶対に」的後面可以接續不同型態的動詞，下方列舉其中三種。

辭書	行きます（去）	→ 絶対に行く*	（一定會去）
ます	行きます（去）	→ 絶対に行きます	（一定會去）
ない	行きます（去）	→ 絶対に行かない	（一定不會去）

中譯
汪：今天謝謝你為我導覽東京各個地方。
紗帆：不用客氣。開心嗎？
汪：嗯，非常開心。你來台灣，我會帶你去玩。
紗帆：嗯，我一定會去。

邀約
039

喂喂，要不要去哪裡玩呢？

ねえねえ、どっか遊びに行かない？

感嘆詞：喂	名詞（疑問詞）：哪裡	助詞：表示方向（口語時可省略）	動詞：玩（遊びます⇒ます形除去[ます]）	助詞：表示目的	動詞：去（行きます⇒ない形）

ねえ　ねえ　、どっか　[へ]　遊び　に　行かない　？

喂　　喂，　　　　　　不去　哪裡　玩　　　　　嗎？

使用文型

動詞

[ます形／動作性名詞] ＋ に ＋ 行きます／来ます／帰ります　去／來／回去 [做] ～

動	遊びます（玩）	→ 遊びに行きます	（去玩）
動	着換えます（換衣服）	→ 服を着換えに帰ります	（回去換衣服）
名	買い物（購物）	→ 買い物に行きます	（去購物）

用法　建議出遊時，可以說這句話來邀約對方。「ねえ」（喂）適用於關係親密的人。

096

會話練習

紗帆：ねえねえ、どっか遊びに行かない？

雄一：いいけど、もう夕方だ*よ。
<u>雖然好，但是…</u>　　<u>已經傍晚了</u>

紗帆：いいのいいの。今日は両親が旅行に行ってる*から。
<u>沒關係，沒關係</u>　　　　　<u>處於去旅行的狀態</u>；「旅行に行っている」　表示：原因的省略說法

雄一：へえ、じゃ、朝まで カラオケする？
<u>哦～</u>　　　　<u>直到早上</u>　<u>唱卡拉OK</u>

使用文型

もう＋[時間性名詞]＋だ　　已經是～時候了

夕方（傍晚）	→ もう夕方だ*	（已經是傍晚了）
年末（年底）	→ もう年末だ	（已經是年底了）
春（春天）	→ もう春だ	（已經是春天了）

動詞

[て形]＋いる　　目前狀態

※ 此為「普通體文型」，「丁寧體文型」為「動詞て形 ＋ います」。
※ 口語時，通常採用「普通體文型」說法，並可省略「動詞て形 ＋ いる」的「い」。

行きます（去）	→ 旅行に行って[い]る*	（目前是去旅行的狀態）
住みます（居住）	→ 東京に住んで[い]る	（目前是住在東京的狀態）
空きます（空）	→ 道が空いて[い]る	（道路目前是空曠的狀態）

中譯　紗帆：喂喂，要不要去哪裡玩呢？
雄一：雖然好，但是已經傍晚了。
紗帆：沒關係，沒關係，因為今天我爸媽去旅行了。
雄一：哦～，那麼，要唱卡拉 OK 唱到早上嗎？

周末你有要做什麼嗎？

しゅうまつ なに　　よ てい
週末何か予定ある？

| 名詞（疑問詞）：什麼、任何 | 助詞：表示不特定 | 名詞：預定計畫 | 助詞：表示焦點（口語時可省略） | 動詞：有、在（あります ⇒辭書形） |

週末　　何　か　予定　[が]　ある　？

週末　　是否有任何預定計畫　呢？

使用文型

[名詞] ＋ が ＋ ありますか（ある？）　　有～嗎？

※「丁寧體」是「～がありますか」，「普通體」是「～がある？」。

予定（預定計畫）	→ 予定がありますか	（有預訂計畫嗎？）
時間（時間）	→ 時間がありますか	（有時間嗎？）
自信（信心）	→ 自信がありますか	（有信心嗎？）

補充文型：有「人／事／物」嗎？

（1）人 ＋ が ＋ いますか

恋人（情人）／兄弟（兄弟姊妹）　→ 恋人／兄弟がいますか（有情人／兄弟姊妹嗎？）

（2）事 ＋ が ＋ ありますか

用事（事情）／約束（約定）　→ 用事／約束がありますか（有事情／約定嗎？）

（3）物 ＋ を ＋ 持っていますか

パソコン（個人電腦）／カメラ（相機）　→ パソコン／カメラを持っていますか（有個人電腦／相機嗎？）

※ 此文型也可以説「物 ＋ が ＋ ありますか」

用法　要詢問對方周末的預定計畫時，可以說這句話。對方如果沒有任何計畫，就邀約一起出遊吧。

會話練習

雄一：紗帆、週末何か予定ある？

紗帆：ううん、別に。どうして？
　　　　　不　　沒什麼特別的

雄一：実は、クラスのみんなで バーベキューするんだけど*、
　　　其實　　　　　　　　　表示：行動單位　　要烤肉；「んだけど」表示「前言」

　　　紗帆もどう？
　　　　也一起去，如何呢？

紗帆：ああ、楽しそうね。私も行く。
　　　　　好像會很好玩的樣子

使用文型

動詞／い形容詞／な形容詞＋な／名詞＋な

[　　　　　普通形　　　　　]＋んだけど*　　表示前言

※ 此為「普通體文型」用法，「丁寧體文型」為「～んですが」。

※「な形容詞」、「名詞」的「普通形-現在肯定形」，需要有「な」再接續。

※ 表示前言的「～んだけど」接續其他文型的用法很常見，整理如下：

前句	後句	
理由 んだけど、	（1）ない形 ～ない？	…邀請、邀約
	（2）て形 [ください]	…要求
※助詞「けど」：前言的用法	（3）ない形 で [ください]	…要求
陳述重點在後句，但是直接説後句會覺	（4）て形 もいい？	…請求許可
得冒昧或意思不夠清楚時，先講出來前	（5）た形 らいい？	…請求建議
句，讓句意清楚，並在前句句尾加「け	…etc	
ど」，再接續後句。		

（1）チケットが2枚あるんだけど、一緒に見に行かない？（我有兩張票，要不要一起去看？）

（2）東京駅へ行きたいんだけど、ちょっと地図をかいて[ください]。
　　　（我想要去東京車站，請幫我畫一下地圖。）

（3）もう寝たいんだけど、大きい声で話さないで[ください]。
　　　（我已經想睡了，請不要大聲説話。）

（4）暑いんだけど、クーラーをつけてもいい？（好熱，可以開冷氣嗎？）

（5）日本人の友達が欲しいんだけど、どうしたらいい？
　　　（我想結交日本朋友，要怎麼做比較好？）

中譯　雄一：紗帆，周末你有要做什麼嗎？
　　　紗帆：不，沒什麼特別的計畫。為什麼這樣問？
　　　雄一：其實，因為我們班大家要去烤肉，紗帆也一起去，如何呢？
　　　紗帆：啊～，好像會很好玩的樣子。我也要去。

下次我們一起去喝吧。

今度飲みに行こうよ。
こんど の　　　　　 い

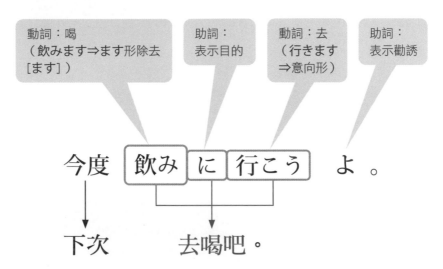

動詞：喝
（飲みます⇒ます形除去
[ます]）

助詞：
表示目的

動詞：去
（行きます
⇒意向形）

助詞：
表示勸誘

今度　飲み　に　行こう　よ。

↓

下次　　　　去喝吧。

使用文型

動詞

[ます形 / 動作性名詞] ＋ に ＋ 行きます／来ます／帰ります　去/來/回去 [做] 〜

動	飲みます（喝）	→ 飲みに行きます	（去喝）
動	着換えます（換衣服）	→ 服を着換えに帰ります	（回去換衣服）
名	旅行（旅行）	→ 旅行に行きます	（去旅行）

用法　要邀約對方一起喝酒時，所使用的一句話。日本人是經常喝酒的喔。

會話練習

雄一：駅前に新しい居酒屋ができた＊よ。
ゆういち　えきまえ　　あたら　　　　いざかや
表示：存在位置　　　　　　　　　　開設了　　表示：提醒

紗帆：へえ、じゃ、今度飲みに行こうよ。
さ ほ　　　　　　　　こんど の　　　い
哦～

雄一：いいよ。貫太君も誘おう。
ゆういち　　　　　　かん た くん　　さそ
也邀約…吧

使用文型

[名詞] ＋ が ＋ できた　開設了～、～蓋好了、～完成了

※ 此為「普通體文型」，「丁寧體文型」為「～ができました」。

居酒屋（居酒屋）	→ 居酒屋ができた＊	（開設了居酒屋）
パン屋（麵包店）	→ パン屋ができた	（開設了麵包店）
図書館（圖書館）	→ 図書館ができた	（圖書館蓋好了）
赤ちゃん（嬰兒）	→ 赤ちゃんができた	（懷孕了）
友達（朋友）	→ 友達ができた	（交到朋友了）
宿題（功課）	→ 宿題ができた	（功課完成了）
料理（料理）	→ 料理ができた	（料理煮好了）

中譯　雄一：車站前面開了一間新的居酒屋喔。
　　　紗帆：哦～，那麼，下次我們一起去喝吧。
　　　雄一：好啊。也約貫太一起去吧。

下次有空的話，要不要一起吃飯？

今度、時間があれば食事でも一緒にどう？
こんど　　じかん　　　　　　　しょくじ　　　　いっしょ

助詞：	動詞：有
表示焦點	（あります⇒條件形）

今度　、　時間　が　あれば

下次　如果有　時間　，

助詞：	副詞：	副詞（疑問詞）：
表示舉例	一起～	怎麼樣、如何

食事　でも　一緒に　どう？

一起　用餐（之類的）　如何？

使用文型

[名詞]＋でも　表示舉例

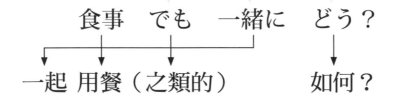

食事（餐點）	→ 食事でも しょくじ	（餐點之類的）
コーヒー（咖啡）	→ コーヒーでも	（咖啡之類的）
お茶（茶）	→ お茶でも ちゃ	（茶之類的）

用法　邀約對方一起吃飯時，可以說這句話。但如果是對異性提出這樣的邀請，也等於是詢問對方「願不願意跟自己約會」的意思。

會話練習

貫太：紗帆さん。今度、時間があれば食事でも一緒にどう？

紗帆：うん、いいけど。雄一君も呼びましょう。
　　　　　　　表示：輕微逆接　　　　　　也叫…吧

貫太：あ、そう…、うん、いいよ。
　　　　　　是那樣啊　　　　好吧

紗帆：うん、じゃ、時間がある時*に 誘ってね*。
　　　　　　　　　在有時間的時候　　要邀約喔；
　　　　　　　　　　　　　　　　　口語時「て形」後面可省略「ください」
　　　　　　　　　　　　　　　　　（請參考下方文型）

使用文型

[名詞] ＋が ＋ ある時　　有～的時候

時間（時間）	→ 時間がある時*	（有時間的時候）
疑問（疑問）	→ 疑問がある時	（有疑問的時候）
変更（更動）	→ 変更がある時	（有變動的時候）

動詞

[て形] ＋ [ください] ＋ ね　　請 [做] ～喔

※「丁寧體文型」為「動詞て形 ＋ ください ＋ ね」。
※ 口語時，通常採用「普通體文型」說法，可省略「ください」。

誘います（邀約）	→ 誘って[ください]ね*	（請邀約喔）
見ます（看）	→ 見て[ください]ね	（請看喔）
食べます（吃）	→ 食べて[ください]ね	（請吃喔）

中譯　貫太：紗帆小姐。下次有空的話，要不要一起吃飯？
　　　紗帆：嗯，好啊。但也叫雄一（一起來）吧。
　　　貫太：啊，那樣啊…嗯，好吧。
　　　紗帆：嗯，那麼，有時間的時候要約喔。

邀約

043

再來玩喔。
また遊<ruby>あそ</ruby>びに来<ruby>き</ruby>てね。

| 副詞：
再、
另外 | 動詞：玩
（遊びます
⇒ます形
除去[ます]） | 助詞：
表示
目的 | 動詞：來
（来ます
⇒て形） | 補助動詞：請
（くださいます
⇒命令形[くださいませ]
除去[ませ]）
（口語時可省略） | 助詞：
要求
同意 |

また　遊び　に　来て　[ください]　ね　。

[請] 再　　來玩　　　　　　　　　　　喔。

使用文型

[動詞]

[ます形／動作性名詞]＋に＋行きます／来ます／帰ります　去／來／回去[做]～

動	遊びます（玩）	→ 遊<ruby>あそ</ruby>びに来<ruby>き</ruby>ます	（來玩）
動	取ります（拿）	→ 資料<ruby>しりょう</ruby>を取<ruby>と</ruby>りに帰<ruby>かえ</ruby>ります	（回去拿資料）
名	留学（留學）	→ 留学<ruby>りゅうがく</ruby>に行<ruby>い</ruby>きます	（去留學）

[動詞]

[て形]＋ください　請[做]～

来ます（來）	→ 来<ruby>き</ruby>てください	（請來）
頑張ります（加油）	→ 頑張<ruby>がんば</ruby>ってください	（請加油）
降ります（下（車））	→ 電車<ruby>でんしゃ</ruby>を降<ruby>お</ruby>りてください	（請下電車）

用法　希望前來遊玩的朋友下次再來玩時，可以說這句話。也可以作為一種社交辭
令。

會話練習

雄一：もうこんな時間か。じゃ、そろそろ帰る*ね。
已經這麼晚了啊；「か」表示「感嘆」　　差不多該…　　表示：親近・柔和

紗帆：うん、また遊びに来てね。

雄一：もちろん。じゃ、おやすみ～。
　　　當然　　　　　　　晚安～

紗帆：おやすみ～。

使用文型

そろそろ＋[動詞]　　差不多該[做]～

辭書	帰ります（回去）	→ そろそろ帰る*	（差不多該回去了）
て形	帰ります（回去）	→ そろそろ帰った方がいい	（差不多是該回去比較好了）
て形	出します（交出來）	→ そろそろ出してください	（差不多請該交出來了）

中譯　雄一：已經這麼晚了啊。那麼，我差不多該回去了。
　　　紗帆：嗯，再來玩喔。
　　　雄一：那當然。那麼，晚安～。
　　　紗帆：晚安～。

你快點說嘛。
早_{はや}く言_いってよ。

い形容詞：早、迅速
（早い⇒副詞用法）

動詞：説、講
（言います
⇒て形）

補助動詞：請
（くださいます
⇒命令形 [くださいませ]
除去 [ませ]）
（口語時可省略）

助詞：
表示
感嘆

早く　言って　[ください]　よ。

[請] 快點　　　說　　　　　　　　喔。

使用文型

動詞

[て形] ＋ ください　　請 [做] ～

言います（說）→ 言_いって_ください　　（請說）

聞きます（聽）→ 聞_きいて_ください　　（請聽）

食べます（吃）→ 食_たべて_ください　　（請吃）

用法　對方一直吞吞吐吐，不肯說出來時，可以說這句話。

會話練習

雄一：紗帆、実は 前から 言おうと思ってた*んだけど…。
其實　　從以前　　　　　之前就打算要說；「言おうと思っていたんだけど」的省略說法
　　　　　　　　　　　　　　　　　　「んだ」表示「強調」；「けど」表示「前言」

紗帆：え？　なになに？
　　　　　　什麼事什麼事？

雄一：あの…、何て言うか…。
　　　　那個…　　該怎麼說呢…

紗帆：もう！　早く言ってよ*。
　　　真是的

使用文型

動詞

[意向形] ＋ と ＋ 思っていた　　之前就打算要 [做] ～

※ 此為「普通體文型」，「丁寧體文型」為「動詞意向形 ＋ と ＋ 思っていました」。
※ 口語時，通常採用「普通體文型」說法，並可省略「～と思っていた」的「い」。

言います（說）	→ 言おうと思って[い]た*	（之前就打算要說）
旅行します（旅行）	→ 旅行しようと思って[い]た	（之前就打算要旅行）
買います（買）	→ 買おうと思って[い]た	（之前就打算要買）

動詞

早く ＋ [て形] ＋ よ　　快點 [做] ～嘛、早點 [做] ～嘛

言います（說）	→ 早く言ってよ*	（快點說嘛）
食べます（吃）	→ 早く食べてよ	（快點吃嘛）
します（做）	→ 早くしてよ	（快點做嘛）

中譯　雄一：紗帆，其實，我從以前就打算要跟你說了…。
　　　紗帆：咦？什麼事什麼事？
　　　雄一：那個…，該怎麼說呢…。
　　　紗帆：真是的！你快點說嘛。

那時候跟我說，不就好了嗎？
言ってくれればよかったのに。

動詞：説、講 （言います ⇒て形）	補助動詞： （くれます ⇒條件形）	い形容詞： 好、良好 （よい⇒た形）	助詞： 表示逆接

言って	くれれば		よかった	のに	。

如果為我　說出來　　　　　　　　就好了，卻（沒有說）。

使用文型

動詞

[て形] ＋ くれます　　別人為我 [做] 〜

言います（說）	→ 言ってくれます	（別人說給我聽）
歌います（唱歌）	→ 歌ってくれます	（別人唱歌給我聽）
書きます（寫）	→ 書いてくれます	（別人為我寫）

動詞／い形容詞／な形容詞＋な／名詞＋な

[　　　　普通形　　　　]＋ のに　　〜，卻〜

※「な形容詞」、「名詞」的「普通形-現在肯定形」，需要有「な」再接續。

動	買います（買）	→ 買うのに	（要買，卻〜）
い	よい（好的）	→ よかったのに	（是好的，卻〜）
な	便利（な）（方便）	→ 便利なのに	（方便，卻〜）
名	月曜日（星期一）	→ 月曜日なのに	（是星期一，卻〜）

用法　要表達「如果早一點跟我說，就可以幫你解決很多問題」的心情時，可以說這句話。

會話練習

紗帆：どうしたの？　なんか 辛そう*だけど。
　　　 怎麼了嗎？　　　總覺得　（看起來）好像很難受的樣子

雄一：実はおとといから 何も食べてなくて*…。 給料日前で*
　　　　　　　 從前天開始　 因為什麼東西都沒有吃；　　　　因為是發薪日之前、
　　　　　　　　　　　　　「何も食べていなくて」的省略說法　因為還沒發薪水

　　　 お金ないんだ…。
　　　 表示：強調

紗帆：え？　それなら、言ってくれればよかったのに。
　　　　　　 那樣的話

　　　 はい、おにぎり。
　　　 給你　　飯糰

雄一：あ、くれるの？　ありがとう…。
　　　　　 要給我嗎？

使用文型

| 動詞 | い形容詞 | な形容詞 |

[ます形 / －い / －な] ＋ そう　　（看起來）好像～

動	降ります（下（雨））	→ 雨が降りそう	（看起來好像快要下雨）
い	辛い（難受的）	→ 辛そう*	（看起來好像很難受）
な	静か（な）（安靜）	→ 静かそう	（看起來好像很安靜）

| 動詞 | い形容詞 | な形容詞 |

[て形 / －い＋くて / －な＋で / 名詞＋で]、～　因為～，所以～

動	降ります（下（雨））	→ 雨が降って	（因為下雨，所以～）
い	食べて[い]ない（沒有吃）	→ 食べて[い]なくて*	（因為沒有吃，所以～）
な	静か（な）（安靜）	→ 静かで	（因為很安靜，所以～）
名	給料日前（發薪日之前）	→ 給料日前で*	（因為是發薪日之前，所以～）

中譯
紗帆：你怎麼了？總覺得你好像很難受的樣子。
雄一：其實，因為我從前天開始就什麼都沒吃…。因為還沒發薪水，身上沒錢…。
紗帆：欸？那樣的話，那時候跟我說，不就好了嗎？這個飯糰給你。
雄一：啊，要給我嗎？謝謝…。

你可不可以等我一下啊…奇怪耶你！
ちょっと待ってってば…。何なのよ。

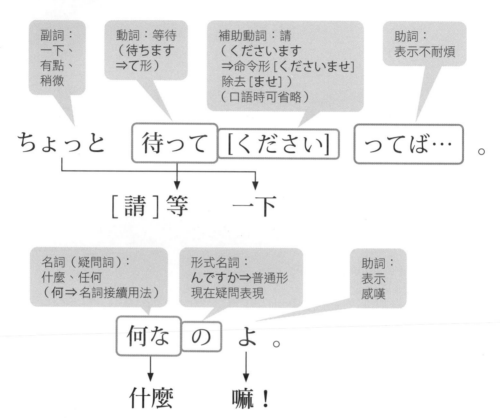

副詞：
一下、
有點、
稍微

動詞：等待
（待ちます
⇒て形）

補助動詞：請
（くださいます
⇒命令形 [くださいませ]
除去 [ませ]）
（口語時可省略）

助詞：
表示不耐煩

ちょっと　待って　[ください]　ってば…　。

[請] 等　　一下

名詞（疑問詞）：
什麼、任何
（何⇒名詞接續用法）

形式名詞：
んですか⇒普通形
現在疑問表現

助詞：
表示
感嘆

何な　の　よ　。

什麼　　嘛！

使用文型　※[動詞て形 + ください]：請參考P064

動詞／い形容詞／な形容詞＋な／名詞＋な

[　　　普通形　　　]＋んですか　關心好奇、期待回答

※此為「丁寧體文型」用法，「普通體文型」為「〜の？」。
※「な形容詞」、「名詞」的「普通形-現在肯定形」，需要有「な」再接續。

動	買います（買）	→ 買うんですか	（要買嗎？）
い	おいしい（好吃的）	→ おいしいんですか	（好吃嗎？）
な	有名（な）（有名）	→ 有名なんですか	（有名嗎？）
名	何（什麼）	→ 何なんですか	（是怎麼回事嘛？）

用法　對方什麼都沒說，只是向前走，希望他好好說清楚時，可以說這句話。

會話練習

雄一：紗帆、ちょっとこっち<u>来て</u>*。
　　　　　　　　　　　　這邊　　過來；口語時「て形」後面可省略「ください」（請參考下方文型）

紗帆：ちょっと待ってってば…。何なのよ。

雄一：<u>いいから</u>、こっち来て！
　　　好啦

紗帆：<u>ちょっと！</u>　<u>引っ張らないで</u>*よ。
　　　喂　　　　　不要拉；口語時「ないで」後面可省略「ください」（請參考下方文型）

使用文型

[動詞]

[て形] + [ください]　　請[做]～

※「丁寧體文型」為「動詞て形 + ください」。
※ 口語時，通常採用「普通體文型」説法，可省略「ください」。

来ます（來）	→ 来て[ください]*	（請過來）
読みます（讀）	→ 読んで[ください]	（請讀）
運動します（運動）	→ 運動して[ください]	（請運動）

[動詞]

[ない形] + で + [ください]　　請不要[做]～

※「丁寧體文型」為「動詞ない形 + で + ください」。
※ 口語時，通常採用「普通體文型」説法，可省略「ください」。

引っ張ります（拉）	→ 引っ張らないで[ください]*	（請不要拉）
喧嘩します（吵架）	→ 喧嘩しないで[ください]	（請不要吵架）
食べます（吃）	→ 食べないで[ください]	（請不要吃）

中譯　雄一：紗帆，你過來這邊一下。
　　　紗帆：你可不可以等我一下啊…奇怪耶你！
　　　雄一：好啦，你過來這邊！
　　　紗帆：喂！不要拉我啦！

不好意思，讓你久等了。
待<ruby>待<rt>ま</rt></ruby>たせちゃって、ごめんね。

| 副詞：等待
（待ちます
⇒使役形［待たせます］
的て形） | 補助動詞：無法挽回的遺憾
（しまいます⇒て形）
（て形表示原因） | 招呼用語 | 助詞：
表示親近・柔和 |

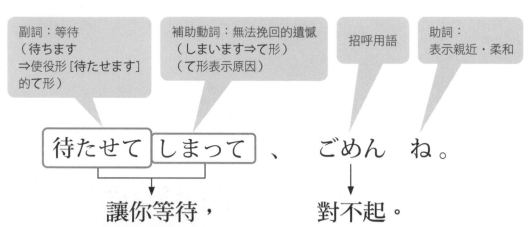

待たせて　しまって　、　ごめん　ね。

　　　　　讓你等待，　　　　　　對不起。

※「待たせてしまって」的「縮約表現」是「待たせちゃって」，口語時常使用「縮約表現」。

使用文型

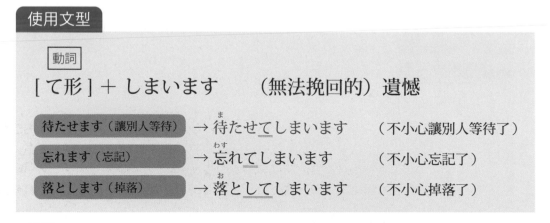

動詞

[て形] ＋ しまいます　　　（無法挽回的）遺憾

待たせます（讓別人等待）	→ 待<ruby>待<rt>ま</rt></ruby>たせてしまいます	（不小心讓別人等待了）
忘れます（忘記）	→ 忘<ruby>忘<rt>わす</rt></ruby>れてしまいます	（不小心忘記了）
落とします（掉落）	→ 落<ruby>落<rt>お</rt></ruby>としてしまいます	（不小心掉落了）

用法　約好見面卻讓對方等很久時，可以說這句話來表達歉意。

會話練習

雄一： （遅いなあ…）
表示：感嘆

紗帆：雄一、待たせちゃって、ごめんね。待った？
等很久了嗎？

雄一：もう、遅いよ。約束の時間、1時間も過ぎてる*よ。
真是的　　　　　　　　　　　　　　竟然　已經過了；
　　　　　　　　　　　　　　　　　　「過ぎている」的省略說法

紗帆：ごめんごめん。今日はご飯おごるから許して*。
請客　　表示：宣言　請原諒我；
口語時「て形」後面可省略「ください」
（請參考下方文型）

使用文型

動詞

[て形] ＋ いる　　目前狀態

※ 此為「普通體文型」，「丁寧體文型」為「動詞て形 ＋ います」。
※ 口語時，通常採用「普通體文型」說法，並可省略「動詞て形 ＋ いる」的「い」。

過ぎます（經過）	→ 過ぎて[い]る*	（目前是已經過了～的狀態）
働きます（工作）	→ 働いて[い]る	（目前是有工作的狀態）
倒れます（倒塌）	→ 木が倒れて[い]る	（樹目前是倒下的狀態）

動詞

[て形] ＋ [ください]　　請[做]～

※「丁寧體文型」為「動詞て形 ＋ ください」。
※ 口語時，通常採用「普通體文型」說法，可省略「ください」。

許します（原諒）	→ 許して[ください]*	（請原諒）
食べます（吃）	→ 食べて[ください]	（請吃）
待ちます（等待）	→ 待って[ください]	（請等待）

中譯
雄一：（好慢啊…）
紗帆：雄一，不好意思，讓你久等了。等很久了嗎？
雄一：真是的，很慢耶。距離約好的時間竟然已經過了1個小時耶。
紗帆：抱歉抱歉。今天吃飯我請客，請原諒我。

113

不好意思，我睡過頭了…。

ごめん、寝坊しちゃって…。

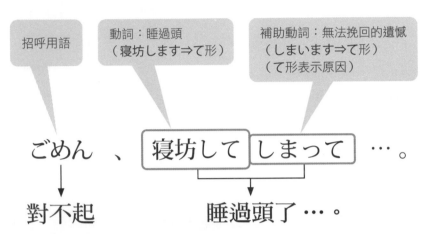

招呼用語

動詞：睡過頭
（寝坊します⇒て形）

補助動詞：無法挽回的遺憾
（しまいます⇒て形）
（て形表示原因）

ごめん　、　寝坊して　しまって　…。

對不起　　　　　睡過頭了…。

※「寝坊してしまって」的「縮約表現」是「寝坊しちゃって」，口語時常使用「縮約表現」。

使用文型

動詞

[て形] ＋ しまいます　　（無法挽回的）遺憾

寝坊します（睡過頭）	→ 寝坊してしまいます	（不小心睡過頭了）
遅れます（遲到）	→ 遅れてしまいます	（不小心遲到了）
失くします（遺失）	→ 失くしてしまいます	（不小心遺失了）

用法　沒趕上約定時間，如果原因是睡過頭的話，可以說這句話來表示歉意。

會話練習

雄一：紗帆！　今日の授業どうして来なかったの[*]。

> 為什麼沒來呢？有「どうして」（為什麼）的時候，句尾用「句號」或「問號」都可以

紗帆：ごめん、寝坊しちゃって…。

雄一：紗帆の発表の日なのに[*]、教授怒ってたよ。

> 卻…　　　　　生氣了；「怒っていた」的省略說法

紗帆：やばい…。どうしよう…。

> 糟了　　　　　怎麼辦

使用文型

動詞／い形容詞／な形容詞＋な／名詞＋な

[　　　　　普通形　　　　　]＋の？　關心好奇、期待回答

※ 此為「普通體文型」用法，「丁寧體文型」為「～んですか」。
※「な形容詞」、「名詞」的「普通形-現在肯定形」，需要有「な」再接續。

動	来ます（來）	→ どうして来なかったの？[*]	（為什麼沒來呢？）
い	嬉しい（開心的）	→ 嬉しいの？	（開心嗎？）
な	有名（な）（有名）	→ 有名なの？	（有名嗎？）
名	無料（免費）	→ 無料なの？	（是免費嗎？）

動詞／い形容詞／な形容詞＋な／名詞＋な

[　　　　　普通形　　　　　]＋のに　～，卻～

※「な形容詞」、「名詞」的「普通形-現在肯定形」，需要有「な」再接續。

動	帰ります（回去）	→ 帰るのに	（要回去，卻～）
い	小さい（小的）	→ 小さいのに	（很小，卻～）
な	静か（な）（安靜）	→ 静かなのに	（很安靜，卻～）
名	発表の日（發表日）	→ 発表の日なのに[*]	（是發表日，卻～）

中譯　雄一：紗帆！今天為什麼沒來上課呢？
　　　紗帆：不好意思，我睡過頭了…。
　　　雄一：今天是紗帆的發表日，你卻沒來，教授生氣了喔。
　　　紗帆：糟了…。怎麼辦…。

不好意思，因為收訊不好聽不清楚。

ごめん、電波（でんぱ）が悪（わる）くてよく聞（き）こえないんだけど。

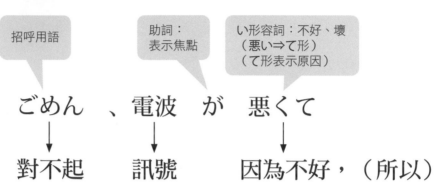

招呼用語	助詞：表示焦點	い形容詞：不好、壞（悪い⇒て形）（て形表示原因）

ごめん 、電波 が 悪くて

↓ ↓ ↓

對不起 訊號 因為不好，（所以）

い形容詞：好、好好地（いい⇒副詞用法）	動詞：聽見、聽到（聞こえます⇒ない形）	連語：ん＋だ　ん…形式名詞（の⇒縮約表現）だ…助動詞：表示斷定（です⇒普通形-現在肯定形）	助詞：表示微弱主張

よく 聞こえない んだ けど 。

↓

無法 好好地 聽清楚 。

使用文型

動詞／い形容詞／な形容詞＋な／名詞＋な

[　　　普通形　　　]＋んです　　強調

※ 此為「丁寧體文型」用法，「普通體文型」為「～んだ」。
※「な形容詞」、「名詞」的「普通形-現在肯定形」，需要有「な」再接續。

動	聞こえます（聽到）	→ 聞（き）こえないんです	（聽不到）
い	高い（貴的）	→ 高（たか）いんです	（很貴）
な	綺麗（な）（漂亮）	→ 綺麗（きれい）なんです	（很漂亮）
名	風邪（感冒）	→ 風邪（かぜ）なんです	（是感冒）

用法　用手機交談，聽不清楚對方的聲音時，可以說這句話。

會話練習

（携帯電話で）
けいたいでんわ
使用手機

雄一：紗帆、あの ♯×＠♪△♨…だから…
ゆういち さほ
　　　　　　　那個…　　　　電話雜音　　　　　所以

紗帆：ごめん、電波が悪くて良く聞こえないんだけど。
さほ　　　　でんぱ わる　　　　　よ き

雄一：そうか。じゃ、あとでかけ直す*よ。
ゆういち　　　　　　　　　　　　なお
　　　　是嗎？　　　　　　　重打　　表示：通知

使用文型

あとで ＋ [動詞]　待會兒 [做] ～

※「あとで」的後面可以接續不同型態的動詞，下方列舉其中三種。

辭書	かけ直します（重打（電話））	→ あとでかけ直す*	（待會兒重打電話）
ます	行きます（去）	→ あとで行きます	（待會兒去）
て形	見ます（看）	→ あとで見てください	（待會兒請看）

中譯　（使用手機）

雄一：紗帆，那個 ♯×＠♪△♨…所以…
紗帆：不好意思，因為收訊不好聽不清楚。
雄一：是嗎？那麼，我待會兒再重打喔。

還是不要好了。

やっぱやめとくわ。

副詞：還是 （口語時可省略り）	動詞：放棄、取消 （やめます⇒て形）	補助動詞：善後措施 （おきます⇒辭書形）	助詞： 表示判斷・ 決心

やっぱ [り]　やめて　おく　わ　。

→　還是　（採取）放棄（的措施）。

※「やめておく」的「縮約表現」是「やめとく」，口語時常使用「縮約表現」。

使用文型

動詞

[て形] ＋ おきます　　善後措施（為了以後方便）

やめます（放棄）	→ やめておきます	（採取放棄的措施）
戻します（放回）	→ 戻しておきます	（採取放回去的措施）
洗います（清洗）	→ 洗っておきます	（採取清洗的措施）

用法　改變原有的想法，覺得還是放棄比較好時，可以說這句話。已經講好的事情，如果輕易改變決定的話，會失去別人的信賴，要特別注意。

會話練習

雄一：今度の合コン どうする？ 行く？
　　　　　　　合コン＝聯誼　　どうする？＝打算怎麼做？

紗帆：どうしようかな…。
　　　怎麼辦呢？「かな」表示「自言自語式疑問」

雄一：けっこうたくさんの人が来るらしい*よ。
　　　けっこうたくさん＝相當多　　　　らしい＝（聽說）好像

紗帆：うーん、…やっぱやめとくわ。

使用文型

動詞／い形容詞／な形容詞／名詞		
[　　　　普通形　　　　]＋らしい		（聽說）好像～
動　来ます（來）	→ 来るらしい*	（聽說好像會來）
い　甘い（甜的）	→ 甘いらしい	（聽說好像很甜）
な　安全（な）（安全）	→ 安全らしい	（聽說好像很安全）
名　独身（單身）	→ 独身らしい	（聽說好像是單身）

中譯　雄一：這次的聯誼活動，你打算怎麼做？要去嗎？
　　　紗帆：怎麼辦呢…。
　　　雄一：聽說好像會有很多人來喔。
　　　紗帆：嗯～，…還是不要好了。

不好意思，我突然不能去了。

ごめん、急_{きゅう}に行_いけなくなっちゃった。

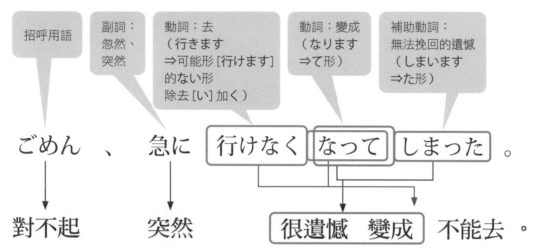

招呼用語	副詞： 忽然、 突然	動詞：去 （行きます ⇒可能形[行けます] 的ない形 除去[い]加く）	動詞：變成 （なります ⇒て形）	補助動詞： 無法挽回的遺憾 （しまいます ⇒た形）

ごめん　、　急に　行けなく　なって　しまった　。

對不起　　　突然　　　　很遺憾　變成　不能去 。

※「行けなくなってしまった」的「縮約表現」是「行けなくなっちゃった」，口語時常使用「縮約表現」。

使用文型

動詞 ／ い形容詞 ／ な形容詞 ／ 名詞

[普通形（限：現在否定形 － ない ＋ く）] ＋ なります　　變成不~

動	行けます（能去）	→ 行けなくなります	（變成不能去）
い	おいしい（好吃的）	→ おいしくなくなります	（變成不好吃）
な	好き（な）（喜歡）	→ 好きじゃなくなります	（變成不喜歡）
名	社会人_{しゃかいじん}（社會人士）	→ 社会人じゃなくなります	（變成不是社會人士）

動詞

[て形] ＋ しまいます　　　（無法挽回的）遺憾

なります（變成）	→ なってしまいます	（很遺憾變成了）
汚れます（弄髒）	→ 汚_{よご}れてしまいます	（很遺憾弄髒了）
落とします（掉落）	→ 落_おとしてしまいます	（很遺憾掉落了）

用法　已經和對方約好，卻突然無法成行時，可以說這句話來表達歉意。

會話練習

雄一：もしもし、今どこ？　もう家を出た？
　　　　　　　　在哪裡？　　　　　　離開家裡了嗎？

紗帆：ごめん、急に行けなくなっちゃった。

雄一：え？　早く言ってよ*～。
　　　　　　　早一點　　表示：感嘆

紗帆：ほんとごめん。今度おごるから許して*。
　　　　真的　　　　　下次　　　　　　　請原諒我；
　　　　　　　　　　　　　　　　　　　　口語時「て形」後面可省略「ください」
　　　　　　　　　　　　　　　　　　　　（請參考下方文型）

使用文型

動詞

早く ＋ [て形] ＋ よ　　快點 [做] ～嘛、早點 [做] ～嘛

言います（說）	→ 早く言ってよ*	（早點說嘛）
返す（歸還）	→ 早く返してよ	（早點歸還嘛）
来ます（來）	→ 早く来てよ	（快點來嘛）

動詞

[て形] ＋ [ください]　　請 [做] ～

※「丁寧體文型」為「動詞て形 ＋ ください」。
※ 口語時，通常採用「普通體文型」說法，可省略「ください」。

許します（原諒）	→ 許して[ください]*	（請原諒）
使います（使用）	→ 使って[ください]	（請使用）
買います（買）	→ 買って[ください]	（請買）

中譯　雄一：喂喂，你現在人在哪裡？已經離開家裡了嗎？
　　　紗帆：不好意思，我突然不能去了。
　　　雄一：欸？早一點說嘛～。
　　　紗帆：真的很不好意思。下次我請客，請原諒我。

對不起，我人不太舒服，下次再說好了。
ごめん、調子悪くて、また今度にして。

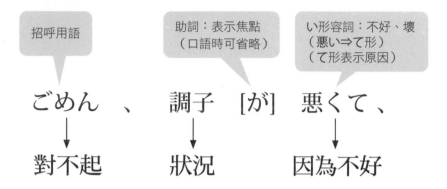

| 招呼用語 | 助詞：表示焦點
（口語時可省略） | い形容詞：不好、壞
（悪い⇒て形）
（て形表示原因） |

ごめん　、　調子　[が]　悪くて、

↓　　　　　↓　　　　　↓

對不起　　　狀況　　　因為不好

| 副詞：
再、另外 | 助詞：
表示決定結果 | 動詞：做、決定
（します⇒て形） | 補助動詞：請
（くださいます
⇒命令形［くださいませ］
除去［ませ］）
（口語時可省略） |

また　今度　に　して　[ください] 。

［請］決定成下次　再（做原本預定的事）。

使用文型　※［動詞て形 + ください］：請參考P064

[名詞] ＋ に ＋ します　決定成～

今度（下次）	→ 今度にします	（決定改成下次）
日本料理（日本料理）	→ 日本料理にします	（決定點日本料理）
コーヒー（咖啡）	→ コーヒーにします	（決定點咖啡）

用法　因為身體不舒服，要婉拒邀約或要求時，可以說這句話。

會話練習

紗帆：ねえねえ、<u>トランプしようよ</u>*。
　　　　　　　　玩撲克牌吧；「トランプ<u>を</u><u>し</u>ようよ」的省略說法

雄一：うーん、<u>ちょっと…</u>。
　　　　　　　　　有點…

紗帆：<u>忙しいの？</u>*
　　　　　很忙嗎？

雄一：ごめん、調子悪くて、また今度にして。

使用文型

[動詞]

[意向形]＋よ　　[做]～吧

します（做）	→ トランプ[を]しようよ*	（玩撲克牌吧）
見ます（看）	→ 見ようよ	（看吧）
行きます（去）	→ 行こうよ	（去吧）

動詞／い形容詞／な形容詞＋な／名詞＋な

[　　　　　普通形　　　　　]＋の？　　關心好奇、期待回答

※ 此為「普通體文型」用法，「丁寧體文型」為「～んですか」。
※「な形容詞」、「名詞」的「普通形-現在肯定形」，需要有「な」再接續。

動	遊びます（玩）	→ 遊ぶの？	（要玩嗎？）
い	忙しい（忙碌的）	→ 忙しいの？*	（很忙嗎？）
な	大切（な）（重要）	→ 大切なの？	（很重要嗎？）
名	学生（學生）	→ 学生なの？	（是學生嗎？）

中譯　紗帆：喂喂，我們來玩撲克牌吧。
　　　雄一：嗯～，我有點…。
　　　紗帆：很忙嗎？
　　　雄一：對不起，我人不太舒服，下次再說好了。

要不要帶傘出門？
傘持ってったほうがいいんじゃないの？

| 助詞：表示
動作作用對象
（口語時可省略） | 動詞：帶
（持ちます
⇒て形） | 補助動詞：
（いきます⇒た形）
（口語時可省略い） | 助詞：
表示
焦點 | い形容詞：
好、良好 |

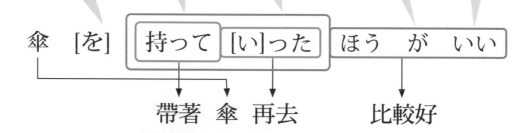

| 傘 | [を] | 持って | [い]った | ほう | が | いい |

　　　　　　　　帶著　傘　再去　　　　　　比較好

| 連語：ん＋じゃない
ん…形式名詞：（の⇒縮約表現）
じゃない…です⇒普通形-現在否定形 | 形式名詞：
んですか⇒
普通形現在疑問表現 |

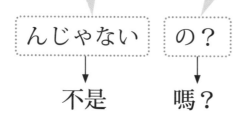

　　んじゃない　　の？

　　　不是　　　　嗎？

使用文型

動詞

[て形] ＋ いきます　　動作和移動（做～，再去）

持ちます（帶）	→ 持っていきます	（帶著再去）
食べます（吃）	→ 食べていきます	（吃了再去）
飲みます（喝）	→ 飲んでいきます	（喝了再去）

動詞　　動詞　　動詞

[辭書形／た形／ない形] ＋ほうがいいです [做]／[不做] ～比較好

辭書	練習します（練習）	→ 練習<ruby>習<rt>しゅう</rt></ruby>するほうがいいです	（練習比較好）
た形	持っていきます（帶去）	→ 持っていったほうがいいです	（帶去比較好）
ない	出かけます（出去）	→ 出かけないほうがいいです	（不要出去比較好）

動詞／い形容詞／な形容詞＋な／名詞＋な

[　　　　　　普通形　　　　　　] ＋んじゃない？　不是～嗎？

※「な形容詞」、「名詞」的「普通形-現在肯定形」，需要有「な」再接續。

動	飲みます（喝）	→ 飲むんじゃない	（不是要喝嗎？）
い	いい（好的）	→ いいんじゃない	（不是很好嗎？）
な	有名（な）（有名）	→ 有名なんじゃない	（不是很有名嗎？）
名	日本人（日本人）	→ 日本人なんじゃない	（不是日本人嗎？）

動詞／い形容詞／な形容詞＋な／名詞＋な

[　　　　　　普通形　　　　　　] ＋んですか　關心好奇、期待回答

※ 此為「丁寧體文型」用法，「普通體文型」為「～の？」。
※「な形容詞」、「名詞」的「普通形-現在肯定形」，需要有「な」再接續。

動	休みます（休息）	→ 休むんですか	（要休息嗎？）
い	いいんじゃない（不是很好嗎）	→ いいんじゃないんですか	（不是很好嗎？）
な	便利（な）（方便）	→ 便利なんですか	（方便嗎？）
名	子供（小孩）	→ 子供なんですか	（是小孩嗎？）

用法　對不打算帶傘出門的人，向對方提出最好帶傘出門的建議時，所使用的一句話。

雄一：じゃ、<u>行ってくる</u>*よ。
　　　　　字面意義是「去，再回來」，就是「我要走了（會再回來）」的意思

紗帆：あ、雄一。傘持ってったほうがいいんじゃないの？

雄一：<u>うーん</u>、<u>めんどくさい</u><u>から</u>、<u>いいよ</u>。
　　　表示「思考」的感嘆詞　好麻煩　　表示：原因　算了啦

紗帆：そう？　<u>天気予報で</u>午後の<u>降水確率</u>８０％<u>なの</u>*よ。
　　　　　　　根據天氣預報　　　　　　降雨機率　　　　　表示：強調

使用文型

動詞

[て形] ＋ くる　　動作和移動（做～，再回來）

※ 此為「普通體文型」用法，「丁寧體文型」為「動詞て形 ＋ きます」。

行きます（去）	→ 行ってくる*	（去，再回來）
見ます（看）	→ 見てくる	（看，再回來）
買います（買）	→ 買ってくる	（買，再回來）

動詞／い形容詞／な形容詞＋な／名詞＋な

[　　　　普通形　　　　]＋の　　強調

※ 此為「普通體文型」用法，「丁寧體文型」為「～んです」。
※「な形容詞」、「名詞」的「普通形-現在肯定形」，需要有「な」再接續。

動	来ます（來）	→ 来るの	（要來）
い	おいしい（好吃的）	→ おいしいの	（很好吃）
な	便利（な）（方便）	→ 便利なの	（很方便）
名	８０％（80％）	→ ８０％なの*	（是 80% 的機率）

中譯　雄一：那麼，我要走囉。
　　　紗帆：啊，雄一。要不要帶傘出門？
　　　雄一：嗯～，好麻煩，算了啦。
　　　紗帆：是嗎？根據天氣預報，下午的降雨機率是80%喔。

筆記頁

空白一頁，讓你記錄學習心得，也讓下一個單元，能以跨頁呈現，方便於對照閱讀。

がんばってください。

（請加油！）

値得一試喔。

やってみて。損^{そん}はないから。

| 動詞：做、弄
（やります
⇒て形） | 補助動詞：
（みます
⇒て形） | 補助動詞：請
（くださいます
⇒命令形[くださいませ]
除去[ませ]）
（口語時可省略） | 助詞：
表示
對比
（區別） | い形容詞：沒有
（ない⇒普通形-現在肯定形）
動詞：有
（あります⇒ない形） | 助詞：
表示
原因 |

やって　みて　[ください]　。　損　は　ない[※]　から。

[請] 做看看　　　　　　　　　　　因為　　沒有　　虧損。

使用文型

※「ない」除了是「い形容詞」，也是動詞「あります」的「ない形」。

動詞

[て形] ＋ みます　　[做]〜看看

やります（做）	→ やってみます	（做看看）
食べます（吃）	→ 食^たべてみます	（吃看看）
書きます（寫）	→ 書^かいてみます	（寫看看）

動詞

[て形] ＋ ください　　請 [做] 〜

やってみます（做看看）	→ やってみてください	（請做看看）
買います（買）	→ 買^かってください	（請買）
言います（說）	→ 言^いってください	（請說）

用法　建議對方做某件事，但是對方仍然猶豫不決時，可以用這句話強力勸說。

會話練習

雄一：こうやって顔の周りをマッサージすると*、美人になる*
　　　　　這樣做　　　　　　　　　　　　按摩的話

らしいよ。
（聽說）好像

紗帆：ええ？　それで美人になるなら苦労しないわ。
　　　唉？　　透過那樣　變成美人的話　不會辛苦　表示：女性語氣

雄一：やってみて、損はないから。気持ちいいよ。
　　　　　　　　　　　　　　　　　　　　　很舒服

使用文型

動詞／い形容詞／な形容詞＋だ／名詞＋だ

[　　普通形（限：現在形）　　]＋と、〜　　條件表現

※「な形容詞」、「名詞」的「普通形-現在肯定形」，需要有「だ」再接續。

動	マッサージします（按摩）	→ マッサージすると*	（按摩的話，就〜）
い	安い（便宜的）	→ 安いと	（便宜的話，就〜）
な	新鮮（な）（新鮮）	→ 新鮮だと	（新鮮的話，就〜）
名	学生（學生）	→ 学生だと	（是學生的話，就〜）

動詞　　　　い形容詞　　　な形容詞

[辭書形＋ように／－い＋く／－な＋に／名詞＋に]＋なる　　變成

動	読みます（讀）	→ 読むようになる	（變成有閱讀的習慣）
い	高い（貴的）	→ 高くなる	（變貴）
な	静か（な）（安靜）	→ 静かになる	（變安靜）
名	美人（美人）	→ 美人になる*	（變成美人）

中譯　雄一：像這樣按摩臉部四周的話，（聽說）好像可以變成美人喔。
　　　紗帆：唉？如果那樣就可以變成美人的話，完全不辛苦耶。
　　　雄一：值得一試喔。做起來很舒服喔。

姑且一試吧。

だめもとでやってみようよ。

略語： （＝だめで、もともと）	助詞： 表示 樣態	動詞：做、弄 （やります ⇒て形）	補助動詞： （みます ⇒意向形）	助詞： 表示 勧誘

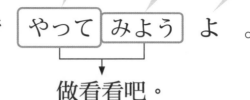

だめもと　で　やって　みよう　よ　。

不行是當然的　　　　　做看看吧。

使用文型

動詞

[て形] ＋ みます　　[做]～看看

やります（做）	→ やってみます	（做看看）
使います（使用）	→ 使ってみます	（用看看）
聞きます（問）	→ 聞いてみます	（問看看）

用法　雖然成功的可能性很低，但還是建議對方「無論如何就嘗試看看吧」時候的說法。

會話練習

紗帆：この店の特大ラーメン、３０分で食べたら*
特大碗拉麵　　　　　　　　　　吃完的話

１万円プレゼントだって*。
會送一萬日圓　　　表示：提示傳聞內容

雄一：ええ、無理だよ。そのラーメン、10人前の量だよ。
　　　　　不可能　　　　　　　　　十人份

紗帆：だめもとでやってみようよ。１万円もらえるチャンスよ。
　　　　　　　　　　　　　　　　得到一萬日圓　　　機會

雄一：じゃ、紗帆が挑戦すれば？
　　　　　　　　　　如果挑戰的話，怎麼樣呢？

使用文型

動詞／い形容詞／な形容詞／名詞

[た形 ／ なかった形] ＋ ら　　如果～的話

動	食べます（吃）	→ 食べたら*	（如果吃的話）
い	おいしい（好吃的）	→ おいしかったら	（如果好吃的話）
な	大切（な）（重要）	→ 大切だったら	（如果重要的話）
名	大人（大人）	→ 大人だったら	（如果是大人的話）

動詞／い形容詞／な形容詞＋だ／名詞＋だ

[普通形] ＋って　提示傳聞內容（聽說、根據自己所知）

※「な形容詞」、「名詞」的「普通形-現在肯定形」，需要有「だ」再接續。

動	来ます（來）	→ 来るって	（聽說會來）
い	面白い（有趣的）	→ 面白いって	（聽說很有趣）
な	静か（な）（安靜）	→ 静かだって	（聽說很安靜）
名	１万円プレゼント（會送一萬日圓）	→ １万円プレゼントだって*	（聽說會送一萬日圓）

中譯　紗帆：聽說如果在 30 分鐘內吃完這家店的特大碗拉麵，會送一萬日圓。
　　　雄一：啊～不可能啦。那碗拉麵是 10 人份的量耶。
　　　紗帆：姑且一試吧。是得到一萬日圓的機會耶。
　　　雄一：那麼，如果紗帆去挑戰的話，怎麼樣呢？

不做看看怎麼會曉得呢？

やってみないとわかんないでしょ。

| 動詞：做、弄
（やります
⇒て形） | 補助動詞：
（みます
⇒ない形） | 助詞：
表示條件 | 動詞：知道
（わかります
⇒ない形） | 助動詞：表示斷定
（です⇒意向形）
（口語時可省略う） |

やって　みない　[と]　わからない　でしょ[う]　。

不做看看　　的話　（就）不知道　　對不對？

※[動詞て形 ＋ みます]：請參考P128
※「わからない」的「縮約表現」是「わかんない」，口語時常使用「縮約表現」。

使用文型

動詞／い形容詞／な形容詞＋だ／名詞＋だ

[　　普通形（限：現在形）　　]＋と、～　　條件表現

※「な形容詞」、「名詞」的「普通形-現在肯定形」，需要有「だ」再接續。

動	やってみます（做看看）	→ やってみないと	（不做看看的話，就～）
い	寒い（寒冷的）	→ 寒いと	（冷的話，就～）
な	楽（な）（輕鬆）	→ 楽だと	（輕鬆的話，就～）
名	雨天（下雨天）	→ 雨天だと	（是下雨天的話，就～）

動詞／い形容詞／な形容詞／名詞

[　　　　普通形　　　　]＋でしょう？　　～對不對？

動	わかります（知道）	→ わからないでしょう？	（不知道對不對？）
い	おいしい（好吃的）	→ おいしいでしょう？	（很好吃對不對？）
な	便利（な）（方便）	→ 便利でしょう？	（很方便對不對？）
名	先生（老師）	→ 先生でしょう？	（是老師對不對？）

用法　周圍的人都抱持消極的態度，但是自己仍然想要嘗試看看時，可以說這句話。

會話練習

（紗帆が車を運転する）
開車

雄一：無理だよ、こんな狭い幅は通れないよ…。
不行啦　　　　這麼　　寬度　　無法通過

紗帆：やってみないとわかんないでしょ。（…ボカンッ。）
車子碰撞到的聲音

雄一：ああ、だから言わんこっちゃない*。
所以　　我不是說過了嗎？

使用文型

言わんこっちゃない　我不是說過了嗎？

※ 此為「言わないことではない」的「縮約表現」，口語時常使用「縮約表現」。

言わんこっちゃない

＝言わないことではない　　　　　　　　（不是我沒說過的事）

＝私が言ったことだ　　　　　　　　　　（是我說過的事）

＝私の言ったとおりになった　　　　　　（結果就像我說過的一樣）

中譯　（紗帆開車）
　　　雄一：不行啦，這麼窄的寬度是無法通過的…。
　　　紗帆：不做看看怎麼會曉得呢？（…車子碰撞到的聲音）
　　　雄一：啊～，所以我不是說過了嗎？

別那麼早放棄嘛。
諦（あきら）めるのはまだ早（はや）いよ。

| 動詞：放棄
（諦めます
⇒辭書形） | 形式名詞：
文法需要而
存在的名詞 | 助詞：
表示
主題 | 副詞：
還、未 | い形容詞：
早 | 助詞：
表示
提醒 |

| 諦める | の | は | まだ | 早い | よ | 。 |

放棄　　　還　　很早。

使用文型

動詞／い形容詞／な形容詞＋な

[　　　普通形　　　]＋の＋[は / が / を / に…等等]

表示：形式名詞的「の」

※「な形容詞」的「普通形-現在肯定形」，需要有「な」再接續。

動	諦めます（放棄）	→ 諦（あきら）めるのは早（はや）いです	（放棄是太早的）
い	寒い（寒冷的）	→ 寒（さむ）いのは当然（とうぜん）です	（寒冷是當然的）
な	健康（な）（健康）	→ 健康（けんこう）なのが一番（いちばん）の幸（しあわ）せです	（健康是最幸福的）

用法　希望對方不要太早放棄，要繼續努力時，可以說這句話鼓勵對方。

會話練習

雄一：勉強しても*、きっと だめだろう*なあ。
　　　即使唸書也…　　　一定　　應該不行吧

紗帆：何の勉強？
　　　在唸哪方面的東西？

雄一：英検1級の勉強だよ。テストは2ヶ月後なんだ。
　　　　　　　　　　　　　考試　　　　　　表示：強調

紗帆：諦めるのはまだ早いよ。がんばって。
　　　　　　　　　　　　　加油；口語時「て形」後面可省略「ください」

使用文型

| 動詞 | い形容詞 | な形容詞 |

[て形／−い＋くて／−な＋で／名詞＋で]＋も　即使〜，也〜

動	勉強します（唸書）	→ 勉強しても*	（即使唸書，也〜）
い	高い（貴的）	→ 高くても	（即使貴，也〜）
な	にぎやか（な）（熱鬧）	→ にぎやかでも	（即使熱鬧，也〜）
名	雨（下雨天）	→ 雨でも	（即使是雨天，也〜）

| 動詞／い形容詞／な形容詞／名詞 |

[　　　　普通形　　　　]＋だろう　應該〜吧（推斷）

※此為「普通體文型」用法，「丁寧體文型」為「〜でしょう」。

動	行きます（去）	→ 行くだろう	（應該會去吧）
い	安い（便宜的）	→ 安いだろう	（應該很便宜吧）
な	ため（な）（不行）	→ だめだろう*	（應該不行吧）
名	日本人（日本人）	→ 日本人だろう	（應該是日本人吧）

中譯　雄一：即使唸書，一定也是不行的吧？
　　　　紗帆：你在唸哪方面的書？
　　　　雄一：英文一級檢定的書啊。考試在兩個月後。
　　　　紗帆：別那麼早放棄嘛。加油。

總會有辦法的吧。

まあ、何<ruby>何<rt>なん</rt></ruby>とかなるでしょ。

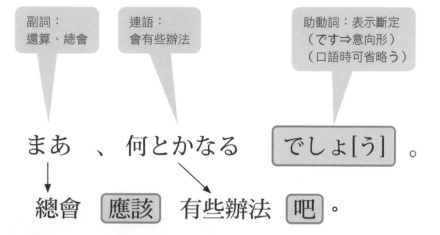

副詞：
還算、總會

連語：
會有些辦法

助動詞：表示斷定
（です⇒意向形）
（口語時可省略う）

まあ 、 何とかなる でしょ[う] 。

總會 應該 有些辦法 吧 。

使用文型

動詞／い形容詞／な形容詞／名詞

[普通形] ＋ でしょう　應該～吧（推斷）

※ 此為「丁寧體文型」用法，「普通體文型」為「～だろう」。
※「～でしょう」表示「應該～吧」的「推斷語氣」時，語調要「下降」。
　「～でしょう」表示「～對不對？」的「再確認語氣」時，語調要「提高」。

動	なります（變成）	→ なるでしょう	（應該會變成～吧）
い	暑い（炎熱的）	→ 暑<ruby>暑<rt>あつ</rt></ruby>いでしょう	（應該很熱吧）
な	静か（な）（安靜）	→ 静<ruby>静<rt>しず</rt></ruby>かでしょう	（應該很安靜吧）
名	日本人（日本人）	→ 日本人<ruby>日本人<rt>にほんじん</rt></ruby>でしょう	（應該是日本人吧）

用法　樂觀地認為應該不會有問題時，可以說這句話。也適用於激勵自己或激勵別人。

會話練習

紗帆：雄一、テスト勉強しなくて　だいじょうぶなの？
　　　　　　　　　　沒唸書　　　　　沒問題嗎？（「～の？」用法請參考P025）

雄一：うーん、したほうがいい*けど。まあ、何とかなるでしょ。
　　　　　　做比較好　　　　　　表示：逆接
　　　　　（指「要唸書比較好」）

紗帆：そう言ってこの前も単位落としたでしょ。
　　　那樣說，結果…　　　　沒取得學分（被當掉）對不對？「単位を落としたでしょう」的省略說法

使用文型

[辭書形 ／ た形 ／ ない形] ＋ ほうがいい　[做]／[不做]～比較好

[動詞] [動詞] [動詞]

※ 此為「普通體文型」，「丁寧體文型」為「～ほうがいいです」。

辭書	練習します（練習）	→ 練習するほうがいい	（練習比較好）
ない	しますす（做）	→ したほうがいい*	（做比較好）
た形	買います（買）	→ 買わないほうがいい	（不要買比較好）

[動詞／い形容詞／な形容詞／名詞]

[　　　　普通形　　　　] ＋ でしょ　　～對不對？

※ 此為「～でしょう」的「省略說法」，口語時常使用「省略說法」。
※「～でしょう」表示「應該～吧」的「推斷語氣」時，語調要「下降」。
　「～でしょう」表示「～對不對？」的「再確認語氣」時，語調要「提高」。

動	落とします（沒取得（學分））	→ 単位[を]落としたでしょ[う]*	（沒取得學分對不對？）
い	つまらない（無聊的）	→ つまらないでしょ[う]	（很無聊對不對？）
な	便利（な）（方便）	→ 便利でしょ[う]	（很方便對不對？）
名	日本人（日本人）	→ 日本人でしょ[う]	（是日本人對不對？）

中譯　紗帆：雄一，你考試沒唸書沒問題嗎？
　　　雄一：嗯～，有唸書是比較好。但，總會有辦法的吧。
　　　紗帆：雖然那樣說，你之前也沒取得學分（被當掉）對不對？

137

要不要休息一下？
一息入れようか。
ひといき い

連語：休息一下、喘口氣
（一息入れます⇒意向形）

助詞：
表示疑問

一息入れよう　か。

要不要　休息一下？

使用文型

動詞

[意向形] ＋ か　　要不要 [做] ～？

一息入れます（休息一下）　→ 一息入れようか　　（要不要休息一下？）
ひといき い

飲みます（喝）　→ 飲もうか　　（要不要喝？）
の

食べます（吃）　→ 食べようか　　（要不要吃？）
た

用法　建議暫時停止作業，稍微休息一下時，可以說這句話。

會話練習

雄一：ふう。翻訳のバイトは疲れるね。
　　　　　　　　　　打工　　　　疲累

紗帆：そうね。もう１５時だし*、一息入れようか。
　　　　　　　　下午3點通常寫成「15時」，表示：列舉理由
　　　　　　　　但唸成「さんじ」較多

雄一：うん、そうしよう。コーヒー入れてくる*ね。
　　　　　　　　就那樣做吧　　　泡咖啡，再回來；「コーヒーを入れてくる」的省略說法

使用文型

動詞／い形容詞／な形容詞＋だ／名詞＋だ

[　　　　　普通形　　　　　]＋し　　列舉理由

※「な形容詞」、「名詞」的「普通形-現在肯定形」，需要有「だ」再接續。

動	行きます（去）	→ 行くし	（因為要去）
い	安い（便宜的）	→ 安いし	（因為便宜）
な	親切（な）（親切）	→ 親切だし	（因為很親切）
名	１５時（下午3點）	→ もう１５時だし*	（因為已經下午３點了）

動詞

[て形]＋くる　　動作和移動（做～，再回來）

※ 此為「普通體文型」用法，「丁寧體文型」為「動詞て形 ＋ きます」。

入れます（倒入）	→ コーヒー[を]入れてくる*	（泡咖啡，再回來）
食べます（吃）	→ 食べてくる	（吃，再回來）
飲みます（喝）	→ 飲んでくる	（喝，再回來）

中譯　雄一：呼～。翻譯的打工好累人啊。
　　　紗帆：對啊。因為已經下午三點了，要不要休息一下？
　　　雄一：嗯，就那樣做吧。我去泡杯咖啡再回來。

要不要找個地方躲雨啊？

どこかで雨宿りしようよ。

| 名詞（疑問詞）：哪裡 | 助詞：表示不特定 | 助詞：表示動作進行地點 | 動詞：避雨（雨宿りします⇒意向形） | 助詞：表示勸誘 |

どこ　か　で　雨宿りしよう　よ。

在　哪裡　避個雨　　吧。

使用文型

動詞

[意向形] ＋ よ　　去 [做] ～吧

雨宿りします（躲雨）	→ 雨宿りしようよ	（去躲雨吧）
旅行します（旅行）	→ 旅行しようよ	（去旅行吧）
遊びます（玩）	→ 遊ぼうよ	（去玩吧）

用法　突然下雨，建議找個地方等雨停時，可以說這句話。

會話練習

雄一：うあ…、けっこう雨が強くなってきた*。
相當… 逐漸變大了

紗帆：ねえ、どこかで雨宿りしようよ。

雄一：そうだね。えっと、あ、あそこに喫茶店ある。
説得也是 嗯… 咖啡廳

紗帆：じゃ、そこにしましょう*。
決定…吧

使用文型

| 動詞 | い形容詞 | な形容詞 |

[辭書形＋ように／－ぃ＋く／－な＋に／名詞＋に]＋なってきた　逐漸變成～了

※ 此為「普通體文型」用法，「丁寧體文型」為「～なってきました」。

動	起きます（起床）	→ 早く起きるようになってきた（逐漸變成有早起的習慣了）
い	強い（強烈的）	→ 強くなってきた*	（逐漸變強大了）
な	不便（な）（不方便）	→ 不便になってきた	（逐漸變成不方便了）
名	無料（免費）	→ 無料になってきた	（逐漸變成免費了）

[名詞]＋に＋しましょう　決定～吧

そこ（那裡）	→ そこにしましょう*	（決定去那裡吧）
コーヒー（咖啡）	→ コーヒーにしましょう	（決定點咖啡吧）
鍋（火鍋）	→ 鍋にしましょう	（決定吃火鍋吧）

中譯　雄一：哇…雨變得相當大。
紗帆：喂，要不要找個地方躲雨啊？
雄一：說得也是。嗯…啊，那裡有咖啡廳。
紗帆：那麼，就決定去那裡吧。

你要不要喝個咖啡什麼的？
コーヒーか何か飲む？

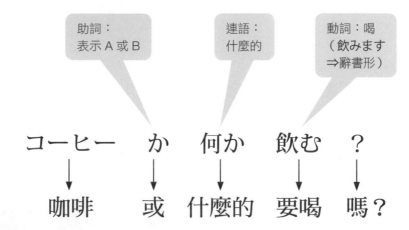

助詞： 表示 A 或 B		連語： 什麼的	動詞：喝 （飲みます ⇒辭書形）

コーヒー	か	何か	飲む	？
↓	↓	↓	↓	↓
咖啡	或	什麼的	要喝	嗎？

使用文型

動詞

何か ＋ [ます形] ＋ か　　要不要 [做] 〜個什麼？

※ 此為「丁寧體文型」用法，「普通體文型」為「何か ＋ 動詞辭書形 ＋ ？」。

飲みます（喝）	→ 何か飲みますか？	（要不要喝個什麼？）
食べます（吃）	→ 何か食べますか？	（要不要吃個什麼？）
見ます（看）	→ 何か見ますか？	（要不要看個什麼？）

用法　建議別人喝飲料時，所使用的一句話。

會話練習

雄一：あ、<u>よく来たね</u>。<u>いらっしゃい</u>。
來得正好　　　　　　歡迎

紗帆：ふう、<u>外</u>は<u>暑い</u>わ。
　　　　　　　　　　　表示：女性語氣

雄一：コーヒーか何か飲む？

紗帆：<u>とりあえず</u>、<u>水くれる？</u>*
　　　首先　　　　可以給我水嗎？「水をくれる？」的省略說法

使用文型

[名詞] ＋ くれる？　　可以給我～嗎？

※ 此為「普通體文型」，「丁寧體文型」為「名詞 ＋ を ＋ くれますか」。
※ 口語時，通常採用「普通體文型」說法，並可省略「を」。

水（水）	→ 水[を]くれる？*	（可以給我水嗎？）
リモコン（遙控器）	→ リモコン[を]くれる？	（可以給我遙控器嗎？）
コーヒー（咖啡）	→ コーヒー[を]くれる？	（可以給我咖啡嗎？）

中譯
雄一：啊，來得正好。歡迎。
紗帆：呼～，外面好熱啊。
雄一：你要不要喝個咖啡什麼的？
紗帆：可以先給我一杯水嗎？

現在不是做那個的時候。
今それどころじゃないんだ。

連語：不是～的時候
（どころ⇒普通形-現在否定形［どころではない］
⇒口語説法）

連語：ん＋だ
ん…形式名詞（の⇒縮約表現）
だ…助動詞：表示斷定
（です⇒普通形-現在肯定形）

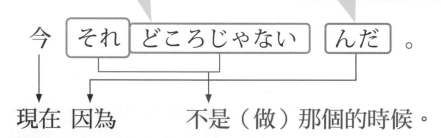

今 ｜ それ ｜ どころじゃない ｜ ｜ んだ ｜ 。

現在 因為 不是（做）那個的時候。

使用文型

動詞

［辭書形 / 名詞］＋ どころではない　　哪有～、不是～的時候

| 動 | 行きます（去） | → 旅行に行くどころではない | （不是去旅行的時候） |
| 名 | それ（那個） | → それどころではない | （不是那個的時候） |

動詞／い形容詞／な形容詞＋な／名詞＋な

［　　　　　　普通形　　　　　　　］＋んです　　　理由

※ 此為「丁寧體文型」用法，「普通體文型」為「～んだ」。
※「な形容詞」、「名詞」的「普通形-現在肯定形」，需要有「な」再接續。

動	食べます（吃）	→ 食べるんです	（因為要吃）
い	眠い（想睡的）	→ 眠いんです	（因為想睡覺）
な	にぎやか（な）（熱鬧）	→ にぎやかなんです	（因為很熱鬧）
名	～どころ（～的時候）	→ ～どころじゃないんです	（因為不是～的時候）

用法　受邀做某件事，但是在時間上、金錢上、或是精神上沒有辦法配合，而必須拒絕時所使用的一句話。

會話練習

紗帆：ねえ、ゲームやろうよ。
来玩遊戲吧；「ゲームをやろう」的省略說法

雄一：今それどころじゃないんだ。

紗帆：何してんの？*
你在做什麼呢？

雄一：レポートの提出期限が明日なんだ*よ。
報告　　　　　　　　　　　　　表示：強調

使用文型

何してんの？　你在做什麼呢？

※ 此為「何をしているんですか」的「縮約表現」，口語時常使用「縮約表現」。

何をしているんですか　　　　　　（「～んですか」是丁寧體文型）
＝何をしているの？　　　　　　　（「～の？」是普通體文型）
＝何しているの？　　　　　　　　（省略「を」）
＝何してるの？　　　　　　　　　（省略「い」）
＝何してんの*？　　　　　　　　（「る」縮約成「ん」）

動詞／い形容詞／な形容詞＋な／名詞＋な

[　　　　　　　普通形　　　　　　　]＋んだ　　強調

※ 此為「普通體文型」用法，「丁寧體文型」為「～んです」。
※「な形容詞」、「名詞」的「普通形-現在肯定形」，需要有「な」再接續。

動	食べます（吃）	→ 食べるんだ	（要吃）
い	暑い（炎熱的）	→ 暑いんだ	（很熱）
な	大変（な）（辛苦）	→ 大変なんだ	（很辛苦）
名	明日（明天）	→ 明日なんだ*	（是明天）

中譯　紗帆：喂，我們來玩遊戲吧。
　　　雄一：現在不是做那個的時候。
　　　紗帆：你在做什麼呢？
　　　雄一：明天是提交報告的最後期限呢。

你的石門水庫（拉鍊）沒拉喔。

社会（しゃかい）の窓（まど）があいてるよ。

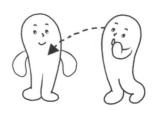

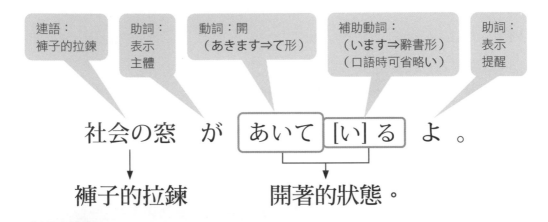

| 連語：
褲子的拉鍊 | 助詞：
表示
主體 | 動詞：開
（あきます⇒て形） | 補助動詞：
（います⇒辭書形）
（口語時可省略い） | 助詞：
表示
提醒 |

社会の窓　が　| あいて | [い] る |　よ　。

↓

褲子的拉鍊　　　開著的狀態。

使用文型

自動詞

[て形] ＋ います　　目前狀態（無意圖）

あきます（打開）	→ あいています	（打開著的狀態）
外れます（鬆開）	→ 外（はず）れています	（鬆開的狀態）
濡れます（濕掉）	→ 濡（ぬ）れています	（濕掉的狀態）

用法 要提醒對方褲子的拉鍊沒拉時，所使用的一句話。這是比較有趣的說法。也可以把「社会の窓」替換成「チャック」（拉鍊）。

會話練習

紗帆：雄一〜。
<small>さ ほ ゆういち</small>

雄一：何？　何か用？
<small>ゆういち なに なに よう</small>
　　　　　<small>有什麼事情嗎？「か」表示「不特定」</small>

紗帆：社会の窓があいてるよ〜。
<small>さ ほ しゃかい まど</small>

雄一：え、また？　二日連続じゃないか[*]。恥ずかしい…。
<small>ゆういち ふつ か れんぞく は</small>
　　　　<u>又來了？</u>　　　<u>不是〜嗎？</u>　　　　<u>丟臉的</u>

使用文型

> 動詞／い形容詞／な形容詞／名詞
>
> [　　　　普通形　　　　]＋じゃないか　　不是〜嗎？
>
> ※ 此為「普通體文型」用法，「丁寧體文型」為「〜ではありませんか」或「〜ではないです
> か」。

動	言います（說）	→ 言ったじゃないか	（不是說了嗎？）
い	おいしい（好吃的）	→ おいしいじゃないか	（不是很好吃嗎？）
な	便利（な）（方便）	→ 便利じゃないか	（不是很方便嗎？）
名	二日連続（連續兩天）	→ 二日連続じゃないか[*]	（不是連續兩天嗎？）

中譯　紗帆：雄一〜。
　　　雄一：什麼？有什麼事情嗎？
　　　紗帆：你的石門水褲（拉鍊）沒拉喔〜。
　　　雄一：啊，又來了？不就連續兩天都這樣了嗎？好丟臉…。

提醒&建議
064

現在半價耶。
今<ruby>いま</ruby>なら半<ruby>はん</ruby>額<ruby>がく</ruby>だって。

名詞：現在
（今⇒條件形）

名詞：半價
（半額⇒普通形-現在肯定形）

助詞：
提示傳聞內容

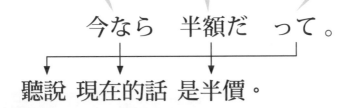

今なら　半額だ　って。

聽說 現在的話 是半價。

使用文型

[名詞] ＋ なら　　如果是～的話

今（現在）	→ 今<ruby>いま</ruby>なら	（如果是現在的話）
明日（明天）	→ 明日<ruby>あした</ruby>なら	（如果是明天的話）
子供（小孩子）	→ 子供<ruby>こども</ruby>なら	（如果是小孩子的話）

用法 將商品因為限時特賣活動所以半價優待的好消息通知別人時，所使用的一句話。

148

會話練習

紗帆：ねえ、この<u>プリン</u>、<u>今</u>なら<u>半額</u>だって。
布丁

雄一：<u>へえ</u>、じゃ、<u>二つ</u><u>買って帰ろう</u>。
哦？　　　　　　　　買回去吧

紗帆：<u>せっかくだから</u>、<u>四つ</u>ぐらい* <u>買っちゃおう</u>*よ。
難得　　　　　　　　　～左右　　乾脆地買吧

使用文型

[數量詞] ＋ ぐらい　　～左右

四つ（4個）	→ 四つぐらい*	（4個左右）
二十歳（20歲）	→ 二十歳ぐらい	（20歲左右）
一年（一年）	→ 一年ぐらい	（一年左右）

動詞

[そ形（～て ／ ～で）] ＋ ちゃおう ／ じゃおう　乾脆地 [做] ～吧

※ 此為「動詞て形 ＋ しまおう」的「縮約表現」，口語時常使用「縮約表現」。
※ 屬於「普通體文型」，「丁寧體文型」為「動詞て形除去 [て／で] ＋ ちゃいましょう ／ じゃいましょう」。

買います（買）	→ 買っちゃおう*	（乾脆地買吧）
帰ります（回去）	→ 帰っちゃおう	（乾脆地回去吧）
休みます（請假）	→ 休んじゃおう	（乾脆地請假吧）

中譯　紗帆：喂～，這個布丁現在半價耶。
　　　雄一：哦？那麼，買兩個回去吧。
　　　紗帆：因為很難得，我們乾脆買四個左右吧。

那麼，大家均攤吧。
じゃ、割り勘で。

接續詞：
那麼

助詞：
表示手段、方法

じゃ 、 | 割り勘 | で | 。

↓ ↓

那麼， 大家均攤。

使用文型

[名詞] ＋ で　　表示手段、方法

割り勘（大家均攤）	→ 割り勘で	（採取大家均攤的手段）
別々（各別）	→ 別々で	（採取各別的手段）
鉛筆（鉛筆）	→ 鉛筆で	（利用鉛筆）

用法　外食等場合，結帳時採用總金額除以人數、大家均攤金額的作法時，適合說這
句話。如果是各自負擔自己消費的金額，則說「じゃ、別々で」（各付各的）。

會話練習

紗帆：はあ、食べた食べた。お腹いっぱい。
吃飽了　　　　　　肚子好飽

雄一：そろそろ行こうか*。
差不多

紗帆：会計 どうしようか。
帳單　怎麼辦呢？

雄一：じゃ、割り勘で。

紗帆：けち！
小氣鬼

使用文型

動詞

そろそろ ＋ [意向形] ＋ か　　差不多該 [做] 〜吧？

行きます（去）	→ そろそろ行こうか*	（差不多該去了吧？）
帰ります（回去）	→ そろそろ帰ろうか	（差不多該回去了吧？）
寝ます（睡覺）	→ そろそろ寝ようか	（差不多該睡了吧？）

中譯　紗帆：啊〜吃飽了吃飽了。肚子好飽。
雄一：差不多該走了吧？
紗帆：帳單怎麼辦？
雄一：那麼，大家均攤吧。
紗帆：小氣鬼！

抽太多菸對身體不好喔。

吸いすぎは体に良くないよ。

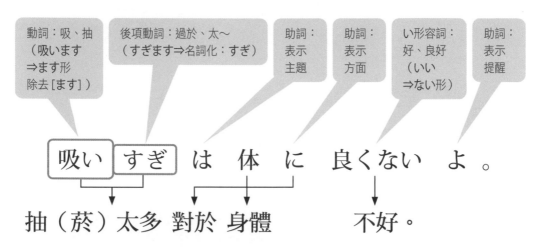

※ 吸いすぎ：複合型態（＝吸い＋すぎ）

使用文型

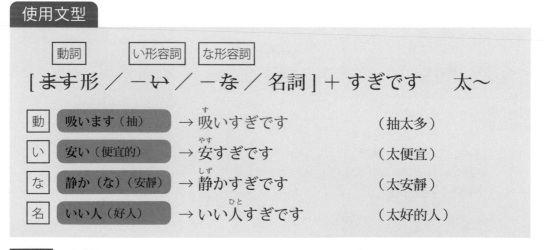

用法　要委婉提醒抽菸的人不要抽太多時，可以說這句話。

會話練習

浩二：（タバコを吐く）フゥー。
　　　吐出菸圈　　　　呼〜

紗帆：浩二君、吸いすぎは体に良くないよ。

浩二：わかっていても*、なかなかやめられない*んだ。
　　　即使知道，但也…　　　　　　　　　很難戒除　　　　　表示：強調

紗帆：ふうん、そういうものなの？
　　　是那樣嗎？（「〜の？」用法請參考P025）

使用文型

| 動詞 | い形容詞 | な形容詞 |

[て形／－い＋くて／－な＋で／名詞＋で]＋も　即使〜，也〜

動	わかっています（知道）	→ わかっていても*	（即使知道，也〜）
い	面白い（有趣的）	→ 面白くても	（即使有趣，也〜）
な	綺麗（な）（漂亮）	→ 綺麗でも	（即使漂亮，也〜）
名	大人（大人）	→ 大人でも	（即使是大人，也〜）

動詞

なかなか＋[可能形的ない形]　　很難[做]〜、不容易[做]〜

やめます（戒除）	→ なかなかやめられない*	（很難戒除）
眠ります（睡覺）	→ なかなか眠れない	（很難睡著）
覚えます（記住）	→ なかなか覚えられない	（很難記住）

中譯　浩二：（吐出菸圈）呼〜。
　　　紗帆：浩二，抽太多菸對身體不好喔。
　　　浩二：我知道，但也很難戒除。
　　　紗帆：哼〜，是那樣嗎？

153

提醒&建議 067

你看你看，那個。

ほらほら、あれ見て。

| 感嘆詞：
喂、瞧 | 助詞：
表示動作作用對象
（口語時可省略） | 動詞：看
（見ます⇒て形） | 補助動詞：請
（くださいます
⇒命令形[くださいませ]
除去[ませ]）
（口語時可省略） |

ほら　ほら　、あれ　[を]　見て　[ください]　。

喂　　喂　　　　　　　[請]看　那個。

使用文型

動詞

[て形] ＋ ください　請 [做] ～

見ます（看）	→見てください	（請看）
使います（使用）	→使ってください	（請使用）
読みます（讀）	→読んでください	（請讀）

用法 某個東西希望對方也能看到時，所使用的一句話。

會話練習

雄一：ほらほら、あれ見て。あの明るい星。
　　　　　　　　　　　　　　　　　明亮的

紗帆：ずいぶん明るいわね。
　　　相當…

雄一：あれは宵の明星といって*、金星なんだ*。
　　　　　夜晚的明星　～という：叫做…；　　　表示：強調
　　　　　　　　　　　「て形」表示「並述」

紗帆：へえ、知らなかった。
　　　哦？　　　　　不知道

使用文型

[名詞] ＋ という　　叫做～、稱為～

宵の明星（夜晚的明星）	→ 宵の明星という*	（叫做夜晚的明星）
桜（櫻花）	→ 桜という	（叫做櫻花）
富士山（富士山）	→ 富士山という	（叫做富士山）

動詞／い形容詞／な形容詞＋な／名詞＋な

[　　　　普通形　　　　] ＋ んだ　　強調

※ 此為「普通體文型」用法，「丁寧體文型」為「～んです」。
※「な形容詞」、「名詞」的「普通形-現在肯定形」，需要有「な」再接續。

動	売ります（賣）	→ 売るんだ	（要賣）
い	つまらない（無聊的）	→ つまらないんだ	（很無聊）
な	綺麗（な）（漂亮）	→ 綺麗なんだ	（很漂亮）
名	金星（金星）	→ 金星なんだ*	（就是金星）

中譯　雄一：你看你看，那個。那顆很亮的星星。
　　　紗帆：相當明亮耶。
　　　雄一：那顆稱為「夜晚的明星」，就是金星。
　　　紗帆：哦？我都不知道。

你好像有掉東西喔。

あ、何か落ちたよ。

| 感嘆詞：啊 | 名詞（疑問詞）：什麼、任何 | 助詞：表示不特定 | 動詞：掉下、掉落（落ちます⇒た形） | 助詞：表示提醒 |

あ 、 何 か 落ちた よ 。

啊　　好像有什麼　掉了。

使用文型

動詞

何か ＋ [ました形]　　好像發生了～什麼

※ 此為「丁寧體文型」用法，「普通體文型」為「何か＋動詞た形」。

落ちます（掉落）　→ 何か落ちました　　　（好像掉了什麼）

言います（說）　→ 何か言いました　　　（好像說了什麼）

失くします（遺失）→ 何か失くしました　　（好像遺失了什麼）

用法　要提醒對方好像掉了什麼東西時，可以說這句話。

會話練習

紗帆：あ、何か落ちたよ。

雄一：え？　あ、切符だ。
　　　　唭？　　　　車票

紗帆：お財布の中*にしまっておけば*？
　　　錢包裡面　　　採取收拾到…的措施吧

使用文型

[名詞] + の中　　～的裡面

お財布（錢包）	→ お財布の中*	（錢包裡面）
かばん（皮包）	→ かばんの中	（皮包裡面）
箱（箱子）	→ 箱の中	（箱子裡面）

動詞

[て形] + おけば？　　善後措施（建議他人）

しまいます（收拾）	→ しまっておけば?*	（採取收拾到～的措施吧？）
洗います（清洗）	→ 洗っておけば？	（採取清洗的措施吧？）
戻します（放回去）	→ 戻しておけば？	（採取放回去的措施吧？）

中譯　紗帆：啊，你好像有掉東西喔。
　　　雄一：唭？啊，是車票。
　　　紗帆：要不要好好地收在錢包裡面？

你不要太勉強囉。

あまり無理^{むり}しないでね。

| 副詞：（接否定）
不要那麼～、
沒有那麼～ | 動詞：勉強
（無理します
⇒ない形） | 助詞：
表示
樣態 | 補助動詞：請
（くださいます
⇒命令形［くださいませ］
除去［ませ］）
（口語時可省略） | 助詞：
表示
親近・
柔和 |

あまり 　無理しない　 で 　［ください］　 ね 。

［請］ 　不要　 那麼 　勉強　 。

使用文型

動詞

［ない形］＋で＋ください　　請不要［做］～

無理します（勉強）	→ 無理^{むり}しないでください	（請不要勉強）
遠慮します（客氣）	→ 遠慮^{えんりょ}しないでください	（請不要客氣）
使います（使用）	→ 使^{つか}わないでください	（請不要使用）

用法　想提醒太過努力的人，要注意健康，不要傷了身體時，可以說這句話。

會話練習

紗帆：眼の下に隈ができてる＊よ。
<small>出現黑眼圈；「隈ができている」的省略説法</small>

雄一：ああ、昨日徹夜でレポート書いてたから。
<small>表示：樣態　　　　　　　　　　因為</small>

紗帆：あまり無理しないでね。体を大事にして＊。
<small>要保重身體；
口語時「て形」後面可省略「ください」（請參考下方文型）</small>

雄一：うん、気をつけるよ。
<small>會注意</small>

使用文型

[名詞] ＋ が ＋ できている　　長出～、出現～

※ 此為「普通體文型」，「丁寧體文型」為「名詞 ＋ が ＋ できています」。
※ 口語時，通常採用「普通體文型」説法，並可省略「できている」的「い」。

隈（黑眼圈）	→ 隈ができて[い]る＊	（出現黑眼圈）
あざ（瘀青）	→ あざができて[い]る	（出現瘀青）
にきび（青春痘）	→ にきびができて[い]る	（長出青春痘）

[動詞]

[て形] ＋ [ください]　　請 [做]～

※「丁寧體文型」為「動詞て形 ＋ ください」。
※ 口語時，通常採用「普通體文型」説法，可省略「ください」。

大事にします（保重）	→ 大事にして[ください]＊	（請保重）
書きます（寫）	→ 書いて[ください]	（請寫）
言います（說）	→ 言って[ください]	（請說）

中譯
紗帆：你的眼睛下方有黑眼圈喔。
雄一：啊～，因為昨天熬夜寫報告。
紗帆：你不要太勉強囉。要保重身體。
雄一：嗯，我會注意的。

小心車子喔。
車に気をつけてね。

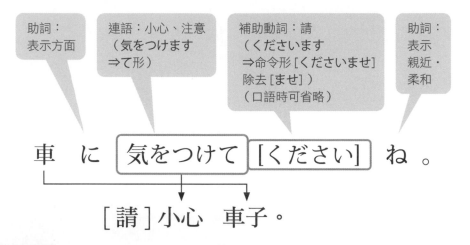

助詞：
表示方面

連語：小心、注意
（気をつけます
⇒て形）

補助動詞：請
（くださいます
⇒命令形 [くださいませ]
除去 [ませ]）
（口語時可省略）

助詞：
表示
親近・
柔和

車　に　気をつけて　[ください]　ね　。

[請] 小心　車子。

使用文型

動詞

[て形] ＋ ください　　請 [做] 〜

気をつけます（小心）	→ 気をつけてください	（請小心）
掃除します（打掃）	→ 掃除してください	（請打掃）
入ります（進入）	→ 入ってください	（請進）

用法　朋友或家人準備出門，想提醒對方一切小心、避免發生意外時，可以說這句話。

會話練習

雄一：じゃ、行ってきます。１６時 ごろ* には帰ってくる*
　　　　　　　我要走了；寒暄固定用語　　下午4點通常　左右　　回來
　　　　　　　　　　　　　　　　　寫成「16時」，
　　　　　　　　　　　　　　　　　但唸成「よじ」較多

　　　　よ。
　　　　表示：提醒

紗帆：うん、車に気をつけてね。行ってらっしゃい。
　　　　　　　　　　　　　　　　　　　　慢走

使用文型

動詞

[て形] ＋ くる　　動作和移動（做～，再回來）

※ 此為「普通體文型」用法，「丁寧體文型」為「動詞て形 ＋ きます」。

帰ります（回去）	→ 帰ってくる*	（回來）
食べます（吃）	→ 食べてくる	（吃，再回來）
飲みます（喝）	→ 飲んでくる	（喝，再回來）

[時間詞] ＋ ごろ　　～左右

１６時（下午4點）	→ １６時ごろ*	（下午4點左右）
8月（8月）	→ 8月ごろ	（8月左右）
二十日（20號）	→ 二十日ごろ	（20號左右）

中譯　雄一：那麼，我走了。下午4點左右就會回來囉。
　　　紗帆：嗯，小心車子喔。慢走。

不需要那麼急吧。

そんな焦(あせ)らなくたってだいじょうぶだよ。

| 連體詞：
那麼、
那樣的 | 動詞：焦躁、急躁
（焦ります
⇒ない形除去 [い] 加く） | 表示逆接
假定條件 | な形容詞：沒問題
（だいじょうぶ
⇒普通形-現在肯定形） | 助詞：
表示
提醒 |

そんな　焦らなく　たって　だいじょうぶだ　よ　。

即使　不要　那麼　焦躁　也　沒問題。

使用文型

| 動詞 | い形容詞 | な形容詞 |

[た形 ／ ーい＋く ／ ーな ／ 名詞] ＋ たって ／ だって　即使～也

※「動詞濁音的た形」、「な形容詞」、「名詞」要接續「だって」。

動	焦ります（焦躁）	→ 焦(あせ)ったって	（即使焦躁也～）
動一濁	読みます（讀）	→ 読(よ)んだって	（即使讀也～）
い	安い（便宜的）	→ 安(やす)くたって	（即使便宜也～）
な	嫌い（な）（討厭）	→ 嫌(きら)いだって	（即使討厭也～）
名	先生（老師）	→ 先生(せんせい)だって	（即使老師也～）

| 動詞／い形容詞／な形容詞／名詞 |

[　否定形 ーない ＋く 　] ＋ たって 　　即使不～也

動	焦ります（焦躁）	→ 焦(あせ)らなくたって	（即使不焦躁也～）
い	安い（便宜的）	→ 安(やす)くなくたって	（即使不便宜也～）
な	嫌い（な）（討厭）	→ 嫌(きら)いじゃなくたって	（即使不討厭也～）
名	先生（老師）	→ 先生(せんせい)じゃなくたって	（即使不是老師也～）

用法　面對焦躁不安的人，想要提醒對方冷靜一點時，可以說這句話。

會話練習

雄一：どうしよう。みんなだいたい<ruby>就職<rt>しゅうしょく</rt></ruby>が<ruby>決<rt>き</rt></ruby>まってるのに*…。
<small>差不多　決定好了，卻…；「決まっているのに」的省略說法</small>

<ruby>紗帆<rt>さほ</rt></ruby>：そんな<ruby>焦<rt>あせ</rt></ruby>らなくたってだいじょうぶだよ。

雄一：そうは<ruby>言<rt>い</rt></ruby>っても、<ruby>焦<rt>あせ</rt></ruby>るよ。
<small>雖說是那樣，但…</small>

紗帆：<ruby>他人<rt>たにん</rt></ruby>は<ruby>他人<rt>たにん</rt></ruby>、<ruby>自分<rt>じぶん</rt></ruby>は<ruby>自分<rt>じぶん</rt></ruby>でしょ*。
<small>別人是別人　　　　　　　　　…對不對？</small>

使用文型

動詞／い形容詞／な形容詞＋な／名詞＋な

[　　　　普通形　　　　]＋のに　〜，卻〜

※「な形容詞」、「名詞」的「普通形-現在肯定形」，需要有「な」再接續。

動	決まって[い]ます（決定了）	→ 決まって[い]るのに*	（決定了，卻〜）
い	高い（貴的）	→ 高いのに	（很貴，卻〜）
な	不便（な）（不方便）	→ 不便なのに	（不方便，卻〜）
名	子供（小孩子）	→ 子供なのに	（是小孩子，卻〜）

動詞／い形容詞／な形容詞／名詞

[　　　　普通形　　　　]＋でしょ　〜對不對？

※ 此為「〜でしょう」的「省略說法」，口語時常使用「省略說法」。

動	買います（買）	→ 買うでしょ[う]	（要買對不對？）
い	高い（貴的）	→ 高いでしょ[う]	（很貴對不對？）
な	綺麗（な）（漂亮）	→ 綺麗でしょ[う]	（很漂亮對不對？）
名	自分（自己）	→ 自分は自分でしょ[う]*	（自己是自己對不對？）

中譯　雄一：怎麼辦？大家差不多都決定好工作了，我卻…。
　　　紗帆：不需要那麼急吧。
　　　雄一：雖說是那樣，但我就是著急啊。
　　　紗帆：別人是別人，自己是自己對吧。

不要再刺激他了啦。

そっとしといてあげようよ。

動詞：不要刺激 （そっとします ⇒て形）	補助動詞： 善後措施 （おきます ⇒て形）	補助動詞： （あげます ⇒意向形）	助詞： 表示提醒

そっとして ｜ おいて ｜ あげよう ｜ よ 。

為別人 ｜ 採取 ｜ 不刺激（他）的 ｜ 善後措施 ｜ 。

※「そっとしておいて」的「縮約表現」是「そっとしといて」，口語時常使用「縮約表現」。

使用文型

動詞

[て形]＋おきます　　善後措施（為了以後方便）

そっとします（不要刺激）	→ そっとしておきます	（採取不要刺激的措施）
開けます（打開）	→ 開けておきます	（採取打開的措施）
置きます（放置）	→ 置いておきます	（採取放置的措施）

動詞

[て形]＋あげます　　為別人 [做] ～

そっとしておきます（採取不要刺激的措施）	→ そっとしておいてあげます	（幫別人採取不要刺激的措施）
紹介します（介紹）	→ 紹介してあげます	（幫別人介紹）
洗います（清洗）	→ 洗ってあげます	（幫別人清洗）

用法　建議對方不要去刺激悲傷的人時，可以說這句話。

會話練習

雄一：ねえ、花子ちゃん、彼氏に ふられたらしい*よ。

表示：動作的對方　　聽說好像被甩了

紗帆：そうなのよ。慰めてあげたほうがいい* かな。

是啊　　　　　　給…安慰比較好　　　　　表示：自言自語式疑問

雄一：今は、そっとしといてあげようよ。

紗帆：そうね。しばらくしたら、遊びに誘いましょう。

說得也是　　　過一陣子之後　　約…去玩吧；「に」表示「目的」

使用文型

動詞／い形容詞／な形容詞／名詞

[　　　　　普通形　　　　　] ＋ らしい　　（聽說）好像～

動	ふられます（被甩）→ ふられたらしい*	（聽說好像被甩了）
い	暑い（炎熱的）→ 暑いらしい	（聽說好像很熱）
な	大切（な）（重要）→ 大切らしい	（聽說好像很重要）
名	外国人（外國人）→ 外国人らしい	（聽說好像是外國人）

動詞

[て形] ＋ あげたほうがいい　　為別人 [做] ～比較好

※ 此為「普通體文型」，「丁寧體文型」為「動詞て形 ＋ あげたほうがいいです」。

慰めます（安慰）→ 慰めてあげたほうがいい*	（給他安慰比較好）
持ちます（拿）→ 持ってあげたほうがいい	（幫他拿比較好）
書きます（寫）→ 書いてあげたほうがいい	（幫他寫比較好）

中譯　雄一：喂，聽說花子好像被男朋友甩了耶。
紗帆：是啊。是不是要安慰她比較好？
雄一：現在不要再刺激她了啦。
紗帆：說得也是。過一陣子之後，約她去玩吧。

我覺得這個比較適合你耶。

こっちのほうが似合<ruby>に<rt></rt></ruby>合<ruby>あ<rt></rt></ruby>うと思<ruby>おも<rt></rt></ruby>うけど。

| 助詞：
表示
所屬 | 助詞：
表示
焦點 | 動詞：合適
（似合います
⇒辭書形） | 助詞：
提示
內容 | 動詞：覺得、認為
（思います
⇒辭書形） | 助詞：
表示微弱
主張 |

こっち　の　ほう　が　似合う　と　思う　けど。

這個（二選一的其中一方）（我）覺得　合適。

使用文型

動詞／い形容詞／な形容詞＋だ／名詞＋だ

[　　　　普通形　　　　]＋と＋思います

覺得～、認為～、猜想～

※「な形容詞」、「名詞」的「普通形-現在肯定形」，需要有「だ」再接續。

動	似合います（合適）	→ 似合<ruby>に<rt></rt></ruby>合<ruby>あ<rt></rt></ruby>うと思<ruby>おも<rt></rt></ruby>います	（覺得合適）
い	高い（貴的）	→ 高<ruby>たか<rt></rt></ruby>いと思<ruby>おも<rt></rt></ruby>います	（覺得貴）
な	不便（な）（不方便）	→ 不便<ruby>ふ べん<rt></rt></ruby>だと思<ruby>おも<rt></rt></ruby>います	（覺得不方便）
名	犯人（犯人）	→ 犯人<ruby>はんにん<rt></rt></ruby>だと思<ruby>おも<rt></rt></ruby>います	（覺得是犯人）

用法　朋友正要做選擇，要建議他哪一個比較適合他時，可以說這句話。

會話練習

雄一：どう？　これ、このサングラス かっこよくない？
怎麼樣？　　　　　　太陽眼鏡　　　是不是很酷？

紗帆：うーん、こっちのほうが似合うと思うけど。

雄一：そうかなあ、僕はこのデザインが好きなんだ*けどなあ。
是嗎？　　　　　　　設計　　　　表示：強調　表示：微弱主張

紗帆：ま、雄一が好きなほうを買えばいい*よ。
嗯　　喜歡的那一方　　買…就可以了

使用文型

動詞／い形容詞／な形容詞＋な／名詞＋な

[　　　　　普通形　　　　　]＋んだ　　強調

※ 此為「普通體文型」用法，「丁寧體文型」為「～んです」。
※「な形容詞」、「名詞」的「普通形-現在肯定形」，需要有「な」再接續。

動	来ます（來）	→ 来るんだ	（要來）
い	暑い（炎熱的）	→ 暑いんだ	（很熱）
な	好き（な）（喜歡）	→ 好きなんだ*	（很喜歡）
名	外国人（外國人）	→ 外国人なんだ	（是外國人）

動詞

[條件形（～ば）]＋いい　　[做]～就可以了、[做]～就好了

※ 此為「普通體文型」用法，「丁寧體文型」為「動詞條件形（～ば）＋いいです」。

買います（買）	→ 買えばいい*	（買～就可以了）
運動します（運動）	→ 運動すればいい	（運動就可以了）
洗います（清洗）	→ 水で洗えばいい	（用水清洗就可以了）

中譯　雄一：怎麼樣？這副太陽眼鏡是不是很酷？
　　　紗帆：嗯～，我覺得這個比較適合你耶。
　　　雄一：是嗎？可是我喜歡這種設計耶。
　　　紗帆：嗯，雄一買自己喜歡的就可以了。

欸？我有這樣說嗎？

え？　そんなこと言ったっけ？

| 感嘆詞：
啊、欸 | 連體詞：
那麼、
那樣的 | 助詞：
表示動作作用對象
（口語時可省略） | 動詞：説、講
（言います
⇒た形） | 助詞：
表示確認 |

え？　　　そんな　こと　[を]　言った　っけ？

欸？（我）（是不是）說了　那樣的 事情 來著？

使用文型

動詞／い形容詞／な形容詞＋だ／名詞＋だ

[　　　　　　普通形　　　　　　]＋っけ？　　是不是～來著？

※「な形容詞」、「名詞」的「普通形-現在肯定形」，需要有「だ」再接續。

動	言います（說）	→ 言ったっけ？	（是不是說了～來著？）
い	安い（便宜的）	→ 安かったっけ？	（是不是很便宜來著？）
な	嫌い（な）（討厭）	→ 嫌いだったっけ？	（是不是很討厭來著？）
名	先月（上個月）	→ 先月だったっけ？	（是不是上個月來著？）

動詞／い形容詞／な形容詞／名詞

[　　　　丁寧形　　　　]＋っけ？　　是不是～來著？

動	言います（說）	→ 言いましたっけ？	（是不是說了～來著？）
い	おいしい（好吃的）	→ おいしかったですっけ？	（是不是很好吃來著？）
な	好き（な）（喜歡）	→ 好きでしたっけ？	（是不是很喜歡來著？）
名	明日（明天）	→ 明日でしたっけ？	（是不是明天來著？）

用法　不記得自己有沒有說過某句話時，可以用這句話來表達自己的疑惑。另外，明明說過，卻想要裝傻時，也可以說這句話。

會話練習

紗帆：ねえ、いつになったら蟹料理の店に
　　　　　　　　　到了什麼時候才會…

連れて行ってくれる*の？
帶我去呢？（「～の？」用法請參考P025）

雄一：え？　そんなこと言ったっけ？

紗帆：言ったわよ。とぼけないでよ。
　　　表示：女性語氣　　不要裝傻；口語時「ないで」後面可省略「ください」

雄一：ごめんごめん、バイトの給料入ったら*、連れて行く
　　　　　　　　　　　薪水進來之後；「給料が入ったら」的省略說法　　帶你去

から。
表示：宣言

使用文型

[動詞]

[て形] ＋ くれる　　別人為我 [做] ～

※ 此為「普通體文型」用法，「丁寧體文型」為「動詞て形 ＋ くれます」。

| 連れて行きます（帶我去） | → 連れて行ってくれる* | （別人帶我去） |
| 作ります（製作） | → 作ってくれる | （別人幫我製作） |

[動詞]

[た形] ＋ ら　　～之後，～

入ります（進入）	→ 給料[が]入ったら*	（薪水進來之後，～）
生まれます（出生）	→ 息子が生まれたら	（兒子出生之後，～）
使います（使用）	→ 使ったら	（使用之後，～）

中譯　紗帆：喂，你什麼時候才要帶我去螃蟹料理店呢？
　　　雄一：欸？我有這樣說嗎？
　　　紗帆：你說過啊。不要裝傻喔。
　　　雄一：抱歉抱歉，等打工薪水進來之後就帶你去。

欸？那個是放在哪裡？

あれ？　どこ<ruby>置<rt>お</rt></ruby>いたっけ？

| 感嘆詞：
呀、哎呀 | 名詞（疑問詞）：
哪裡 | 助詞：
表示動作進行位置
（口語時可省略） | 動詞：放置
（置きます
⇒た形） | 助詞：
表示
確認 |

あれ？　　どこ　　[に]　置いた　っけ？

　↓

欸？　（我）（是不是）放置　在　哪裡　來著？

使用文型

動詞／い形容詞／な形容詞＋だ／名詞＋だ

[　　　　　普通形　　　　　]＋っけ？　　是不是～來著？

※「な形容詞」、「名詞」的「普通形-現在肯定形」，需要有「だ」再接續。

動	置きます（放置）	→ <ruby>置<rt>お</rt></ruby>いたっけ？	（是不是放了～來著？）
い	高い（貴的）	→ <ruby>高<rt>たか</rt></ruby>かったっけ？	（是不是很貴來著？）
な	好き（な）（喜歡）	→ <ruby>好<rt>す</rt></ruby>きだったっけ？	（是不是喜歡來著？）
名	去年（去年）	→ <ruby>去年<rt>きょねん</rt></ruby>だったっけ？	（是不是去年來著？）

動詞／い形容詞／な形容詞／名詞

[　　　　　丁寧形　　　　　]＋っけ？　　是不是～來著？

動	買います（買）	→ <ruby>買<rt>か</rt></ruby>いましたっけ？	（是不是買了～來著？）
い	おいしい（好吃的）	→ おいしかったですっけ？	（是不是很好吃來著？）
な	綺麗（な）（漂亮）	→ <ruby>綺麗<rt>きれい</rt></ruby>でしたっけ？	（是不是很漂亮來著？）
名	日曜日（星期天）	→ <ruby>日曜日<rt>にちようび</rt></ruby>でしたっけ？	（是不是星期天來著？）

用法　忘記某個東西放在哪裡時，可以這樣說。旁邊聽到的人如果知道，就會告訴你了。

會話練習

雄一：あれ？　どこ置いたっけ？

紗帆：何？
什麼東西？

雄一：ほら、昨日借りたＤＶＤ。今見ようと思った*んだ
引起對方注意的感嘆詞　　　　　　　　　　　　因為打算要看；「んだ」表示「理由」

　　　けど…。
表示：微弱主張

紗帆：あ、それなら*玄関の棚のところに あった よ。
　　　　　要是那個的話　架子　　表示：存在位置 在　表示：提醒

使用文型

動詞

[意向形] ＋ と思った　　打算 [做] 〜

見ます（看）	→ 見ようと思った*	（打算看）
買います（買）	→ 買おうと思った	（打算買）
行きます（去）	→ 行こうと思った	（打算去）

動詞／い形容詞／な形容詞／名詞

[　　　普通形　　　] ＋ なら、〜　　要是〜的話，〜

動	行きます（去）	→ 行くなら	（要是要去的話，〜）
い	おいしい（好吃的）	→ おいしいなら	（要是好吃的話，〜）
な	元気（な）（有精神）	→ 元気なら	（要是有精神的話，〜）
名	それ（那個）	→ それなら*	（要是那個的話，〜）

中譯　雄一：欸？那個是放在哪裡？
　　　紗帆：什麼東西？
　　　雄一：喏，就是昨天借來的DVD啊。因為我現在打算要看…。
　　　紗帆：啊，要是指那個的話，就在玄關的架子上啊。

欸？明天放假不是嗎？

え？　明日休みじゃないの？
（あしたやす）

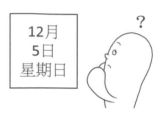

12月
5日
星期日

感嘆詞：
啊、欸

助詞：表示主題
（口語時省略）

名詞：放假天、休息天
（休み⇒普通形-現在否定形）

形式名詞：
んですか⇒普通形
現在疑問表現

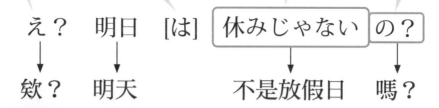

え？　明日　[は]　休みじゃない　の？

↓　　　↓　　　　　　　↓　　　　　↓

欸？　明天　　　不是放假日　嗎？

使用文型

動詞／い形容詞／な形容詞＋な／名詞＋な

[　　　　　普通形　　　　　]＋んですか　　關心好奇、期待回答

※ 此為「丁寧體文型」用法，「普通體文型」為「～の？」。
※「な形容詞」、「名詞」的「普通形-現在肯定形」，需要有「な」再接續。

動	食べます（吃）	→ 食べるんですか	（要吃嗎？）
い	寒い（寒冷的）	→ 寒いんですか	（冷嗎？）
な	安全（な）（安全）	→ 安全なんですか	（安全嗎？）
名	休み（放假日）	→ 休みじゃないんですか	（不是放假日嗎？）

用法　要確認自己所想的（明天放假）是否有誤，或是發覺自己誤解（誤以為明天放假）的時候，都可以說這句話。

會話練習

雄一：明日、どこへ行こうか*。
要不要去？

紗帆：何言ってるの。学校がある でしょ*。
你在說什麼啊？　學校要上課　對不對？

雄一：え？　明日休みじゃないの？　先生が学会に出るから
因為要出席

って…。
表示：提示傳聞內容

紗帆：それは、来週。明日じゃないわ。
下星期　　　　　不是明天

使用文型

動詞

[意向形] ＋ か　要不要 [做] 〜？

行きます（去）	→行こうか*	（要不要去？）
買います（買）	→買おうか	（要不要買？）
見ます（看）	→見ようか	（要不要看？）

動詞／い形容詞／な形容詞／名詞

[　　　　普通形　　　　] ＋ でしょ　〜對不對？

※ 此為「〜でしょう」的「省略説法」，口語時常使用「省略説法」。

動	あります（有）	→学校があるでしょ[う]*	（學校要上課對不對？）
い	寒い（寒冷的）	→寒いでしょ[う]	（很冷對不對？）
な	静か（な）（安靜）	→静かでしょ[う]	（很安靜對不對？）
名	先生（老師）	→先生でしょ[う]	（是老師對不對？）

中譯　雄一：明天要不要去哪裡走走？
　　　紗帆：你在說什麼啊？明天學校要上課對不對？
　　　雄一：欸？明天放假不是嗎？聽說因為老師要出席學會活動…。
　　　紗帆：那是下星期。不是明天啦。

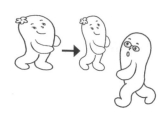

欸？你是不是瘦了？

あれ？　ちょっと痩せた？

| 感嘆詞：
呀、哎呀 | 副詞：一下、有點、
稍微 | 動詞：瘦
（痩せます⇒た形） |

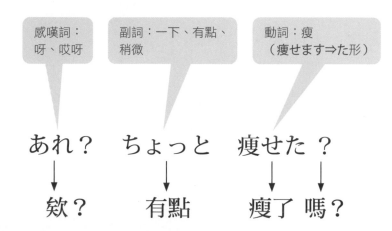

あれ？　　ちょっと　　痩せた ？
　↓　　　　　↓　　　　　↓　　↓
　欸？　　　有點　　　瘦了 嗎？

使用文型

[動詞]

ちょっと ＋ [ました形]　有點 [做] ～了

※ 此為「丁寧體文型」用法，「普通體文型」為「ちょっと＋動詞た形」。

痩せます（痩）	→ ちょっと痩せました	（有點瘦了）
疲れます（疲累）	→ ちょっと疲れました	（有點累了）
空きます（空）	→ お腹がちょっと空きました	（肚子有點餓了）

用法　面對好久不見的朋友或熟人時，可以說的一句話。也可以當成好聽的應酬話來使用。

會話練習

貫太：あ、久しぶり～。
　　　　　　好久不見

紗帆：あ、貫太君、久しぶりだね。
　　　　　　　　　　好久不見；「ね」表示「感嘆」

貫太：あれ？　ちょっと痩せた？

紗帆：そう？　そう言ってくれる*と*嘘でも嬉しいわ。
　　　是嗎？　　　你為我而那樣說的話　　就算是說謊也…　　表示：女性語氣

使用文型

[動詞]

[て形] ＋ くれる　　別人為我 [做] ～

※ 此為「普通體文型」，「丁寧體文型」為「動詞て形 ＋ くれます」。

言います（說）	→ そう言ってくれる*	（別人為我那樣說）
持ちます（拿）	→ 持ってくれる	（別人為我拿）
買います（買）	→ 買ってくれる	（別人為我買）

動詞／い形容詞／な形容詞＋だ／名詞＋だ

[　　普通形（限：現在形）　　] ＋ と、～　　條件表現

※「な形容詞」、「名詞」的「普通形-現在肯定形」，需要有「だ」再接續。

動	言ってくれます（為我說）	→ そう言ってくれると*	（別人為我而那樣說的話，就～）
い	高い（貴的）	→ 高いと	（貴的話，就～）
な	楽（な）（輕鬆）	→ 楽だと	（輕鬆的話，就～）
名	台風（颱風）	→ 台風だと	（是颱風天的話，就～）

中譯　貫太：啊，好久不見了～。
　　　紗帆：啊，貫太，好久不見啊。
　　　貫太：欸？你是不是瘦了？
　　　紗帆：是嗎？你為我而那樣說的話，就算是說謊，我也很高興。

欸，你已經結婚了？看不出來耶。

え、もう結婚してるの？　見えないねえ。
けっこん　　　　　　　　　　み

感嘆詞： 啊、欸	副詞： 已經	動詞：結婚 （結婚します ⇒て形）	補助動詞： （います ⇒辭書形） （口語時 可省略い）	形式名詞： んですか ⇒普通形 現在疑問 表現	動詞： 看來、看得出 （見えます ⇒ない形）	助詞： 表示 感嘆

え、　もう　　結婚して　[い]る　　の？　見えない　ねえ　。

↓　　　↓　　　　　↓　　　　　　　　↓　　　↓

欸，　已經　　　已婚的狀態　　　嗎？　看不出來。

使用文型

動詞

[て形] ＋ います　　　目前狀態

結婚します（結婚）　→ 結婚しています　　　　（目前是已婚的狀態）
　　けっこん

起きます（醒著、起床）　→ 起きています　　　　（目前是醒著的狀態）
　　　お

動詞／い形容詞／な形容詞＋な／名詞＋な

[　　　　普通形　　　　　]＋んですか　關心好奇、期待回答

※ 此為「丁寧體文型」用法，「普通體文型」為「～の？」。
※ 「な形容詞」、「名詞」的「普通形-現在肯定形」，需要有「な」再接續。

動	結婚しています（已婚的狀態）	→ 結婚しているんですか（已經結婚了嗎？）
い	難しい（困難的）	→ 難しいんですか（困難嗎？） 　むずか
な	便利（な）（方便）	→ 便利なんですか（方便嗎？） 　べんり
名	先生（老師）	→ 先生なんですか（是老師嗎？） 　せんせい

用法　覺得對方看起來很年輕，不像已經結婚的人，可以對他這樣說。不過要小心，
　　　可能會讓對方誤以為你覺得他不夠穩重。

會話練習

雄一：裕子さんって*、彼氏とか いるんですか？
　　　　　　　　　表示：主題（=は）　　之類的　有嗎？「んですか」表示「關心好奇」

裕子：私、もう主人がいるんですよ。
　　　　　　　老公　　　　　表示：強調

雄一：え、もう結婚してるの？　見えないねえ。

裕子：はは、よくそう言われる*のよ。
　　　　　　　　　被那樣說　　表示：強調

使用文型

[名詞] ＋ って　　表示主題（＝は）

裕子さん（裕子小姐） → 裕子さんって*　　　　（裕子小姐…）

日本（日本） → 日本って　　　　（日本…）

富士山（富士山） → 富士山って　　　　（富士山…）

動詞

そう ＋ [受身形]　　被那樣 [做]～

言います（說） → そう言われる*　　　　（被那樣說）

叱ります（責罵） → そう叱られる　　　　（被那樣責罵）

褒めます（讚美） → そう褒められる　　　　（被那樣讚美）

中譯　雄一：裕子小姐有男朋友之類的嗎？
　　　裕子：我已經有老公了呀。
　　　雄一：欸，你已經結婚了？看不出來耶。
　　　裕子：哈哈，經常被人家那樣說啊。

你的時間還 OK 嗎？

まだ時間だいじょうぶ？

| 副詞： 還、未 | 助詞：表示對比（區別） （口語時可省略） | な形容詞：沒問題、沒事 |

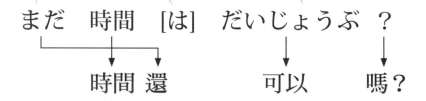

まだ　時間　[は]　だいじょうぶ　？

　　　　時間　還　　　　可以　　　嗎？

相關表現

明天有時間嗎？

※ 想跟對方確認明天是否有空時，可以說這句話。

| 助詞：表示焦點 （口語時可省略） | 動詞：有、在 （あります⇒辭書形） |

明日　時間　[が]　ある　？

明天　時間　　　有　嗎？

用法 要詢問對方時間上有沒有問題時，可以說這句話。

會話練習

（電話している）
正在講電話

雄一：へえ、そうなんだ。（もう２時間も 電話してる*よ…）
　　　哦？　　　　　　　　　　　　　　　表示：強調 講電話的狀態；「電話している」的省略說法

紗帆：そうなのよ～。それで…ペチャクチャペチャクチャ…
　　　就是說啊～　　　　然後　　　　譏譏喳喳（形容滔滔不絕講電話的聲音）

雄一：ふーん。あ、ところで、まだ時間だいじょうぶ？
　　　　　　　　　　對了；表示「轉移話題」的接續詞

紗帆：平気平気～、でね…ペチャクチャペチャクチャ…
　　　沒問題沒問題　　然後啊

使用文型

動詞

[て形] ＋ いる　　目前狀態

※此為「普通體文型」，「丁寧體文型」為「動詞て形 ＋ います」。
※口語時，通常採用「普通體文型」說法，並可省略「動詞て形 ＋ いる」的「い」。

電話します（講電話）	→ 電話して[い]る*	（目前是講電話的狀態）
結婚します（結婚）	→ 結婚して[い]る	（目前是已婚的狀態）
知ります（知道）	→ 知って[い]る	（目前是知道的狀態）

中譯　（正在講電話）

雄一：哦？是這樣啊。（已經講了2個小時的電話…）
紗帆：就是說啊～。然後…譏譏喳喳…
雄一：嗯～。啊，對了，你的時間還 OK 嗎？
紗帆：沒問題沒問題～。然後啊…譏譏喳喳…

那個，在哪裡有賣？

それどこで売ってるの？

助詞： 表示主題 （口語時 可省略）	名詞（疑問詞）： 哪裡	助詞： 表示動作 進行地點	動詞：賣 （売ります ⇒て形）	補助動詞： （います ⇒辭書形） （口語時 可省略い）	形式名詞： んですか ⇒普通形 現在疑問 表現

それ　[は]　どこ　で　売って　[い]る　の？

那個　在　哪裡　　販賣著　　呢？

使用文型

[動詞]

[て形] ＋ います　　目前狀態

売ります（販賣）→ 売っています　　　　（目前是有販賣的狀態）

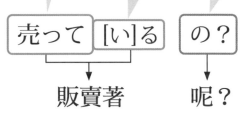
知ります（知道）→ 知っています　　　　（目前是知道的狀態）

[動詞／い形容詞／な形容詞＋な／名詞＋な]

[　　　　　普通形　　　　　]＋んですか　　關心好奇、期待回答

※ 此為「丁寧體文型」用法，「普通體文型」為「～の？」。
※「な形容詞」、「名詞」的「普通形-現在肯定形」，需要有「な」再接續。

動	売っています（目前是販賣的狀態）	→ 売っているんですか	（有販賣嗎？）
い	厳しい（嚴格的）	→ 厳しいんですか	（很嚴格嗎？）
な	不便（な）（不方便）	→ 不便なんですか	（不方便嗎？）
名	嘘（謊言）	→ 嘘なんですか	（是謊言嗎？）

用法　對對方所擁有的東西有興趣，想知道哪裡有販賣時，可以說這句話來詢問。

會話練習

雄一：このイヤホン、かっこいいでしょ。
耳機　　　　　　　　　　很帥氣對不對？

紗帆：あ、イヤホンのコードがチャックになってる のね。
　　　　　兩條耳機線　　　　　可以拉起來成為一條拉鍊　　表示：強調

雄一：そうなんだよ。これなら 絡みにくい*し*、
　　　　　　　　　　　　這樣的話　不容易纏住又…

お洒落でしょう？
很時髦對不對？

紗帆：それ、どこで売ってるの？ 私も買いたい。
　　　　　　　　　　　　　　　　　　　　想要買

使用文型

【動詞】

[ます形] ＋ にくい　不好 [做] 〜、不容易 [做] 〜

絡みます（纏住）	→ 絡みにくい*	（不容易纏住）
運転します（駕駛）	→ 運転しにくい	（不容易駕駛）
使います（使用）	→ 使いにくい	（不好用）

【動詞／い形容詞／な形容詞＋だ／名詞＋だ】

[　　　　　普通形　　　　　] ＋ し、〜　列舉評價

※「な形容詞」、「名詞」的「普通形-現在肯定形」，需要有「だ」再接續。

動	守ります（遵守）	→ 時間を守るし	（又守時，又〜）
い	絡みにくい（不容易纏住）	→ 絡みにくいし*	（又不容易纏住，又〜）
な	にぎやか（な）（熱鬧）	→ にぎやかだし	（又熱鬧，又〜）
名	経営者（經營者）	→ 経営者だし	（又是經營者，又〜）

中譯　雄一：這個耳機很帥氣對不對？
　　　紗帆：啊，兩條耳機的線是設計成可以拉起來成為一條拉鍊的耶。
　　　雄一：就是啊。這樣的話，又不容易纏在一起，又很時髦，對不對？
　　　紗帆：那個，在哪裡有賣？我也想要買。

181

那個是可以吃的嗎？

それって食_くえるの？

助詞：表示主題（＝は）

動詞：吃
（食います
⇒可能形［食えます］的辭書形）

形式名詞：
んですか
⇒普通形現在疑問表現

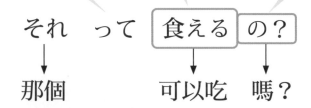

それ　って　食える　の？

↓　　　　　↓　　　↓

那個　　　可以吃　嗎？

使用文型

動詞／い形容詞／な形容詞＋な／名詞＋な
[　　　　　普通形　　　　　]＋んですか　　關心好奇、期待回答

※ 此為「丁寧體文型」用法，「普通體文型」為「～の？」。
※「な形容詞」、「名詞」的「普通形-現在肯定形」，需要有「な」再接續。
※「食える」是「食べられる」的粗魯説法，比較不會與有禮貌的丁寧體「～んですか」一起使用，多半和語氣坦白又親近的普通體「～の？」一起使用。

動	食べられます（可以吃）	→ 食べられるんですか	（可以吃嗎？）
い	暑い（炎熱的）	→ 暑いんですか	（很熱嗎？）
な	便利（な）（方便）	→ 便利なんですか	（方便嗎？）
名	半額（半價）	→ 半額なんですか	（是半價嗎？）

用法　不確定那是不是可以吃的東西時，可以用這句話表示疑惑。

會話練習

（台湾の屋台で）
攤販

紗帆：この屋台、すごいもの 売ってる*わよ！
　　　　　　　厲害的　　　　目前販賣著；「売っている」的省略說法

雄一：これは…、鶏のトサカ！
　　　　　　　　雞冠

紗帆：こっちは、鶏の脚よ。
　　　　這個　　雞腳

雄一：それって食えるの…？
　　　　　　　　這裡的「…」是表示「驚訝」的語感

使用文型

動詞

[て形] ＋ いる　　目前狀態

※ 此為「普通體文型」，「丁寧體文型」為「動詞て形 ＋ います」。
※ 口語時，通常採用「普通體文型」說法，並可省略「動詞て形 ＋ いる」的「い」。

売ります（販賣）　→ 売って[い]る*　　　　（目前是販賣著的狀態）
働きます（工作）　→ 働いて[い]る　　　　（目前是有工作的狀態）
かけます（配戴）　→ 眼鏡をかけて[い]る　（目前是配戴眼鏡的狀態）

中譯　（在台灣的攤販前）
　　　紗帆：這個攤販有賣很厲害的東西喔！
　　　雄一：這個是…雞冠！
　　　紗帆：這個是雞腳喔。
　　　雄一：那個是可以吃的嗎…？

什麼？我沒聽清楚。

え？　今何つった？
<small>いまなん</small>

感嘆詞：
啊、欸

名詞（疑問詞）：
什麼、任何

助詞：提示內容

動詞：說、講
（言います⇒た形）

え？　今　[何]　[と]　[言った]　？

欸？　現在　[說了]　[什麼]　？

※「何と言った」的「縮約表現」是「何つった」，口語時常使用「縮約表現」。
※ 但「何つった」的語氣有點粗魯，要小心使用。

使用文型

動詞／い形容詞／な形容詞＋[だ]／名詞＋[だ]／文型

[　　　　　　　普通形　　　　　　　]＋と＋言います　說～

※「な形容詞」、「名詞」的「普通形-現在肯定形」，有沒有「だ」都可以。
※ 但是「何」這個字，不需要有「だ」再接續。

動	行く（去）	→ 行くと言います	（說「要去」）
い	おいしい（好吃的）	→ おいしいと言います	（說「很好吃」）
な	大変（な）（辛苦）	→ 大変[だ]と言います	（說「很辛苦」）
名	何（什麼）	→ 何と言います	（說「什麼」）

用法　沒聽清楚對方說什麼，或是聽到令人不快的事情而感到生氣時，可以說這句話
　　　來回應對方。

會話練習

雄一：最近、ちょっと太ったんじゃない？*
　　　　　　　　　　　變胖　　　　　不是…嗎？

紗帆：え？　今何つった？

雄一：ああ、いや、何でもない…。
　　　　　　　　不　　　沒什麼事

紗帆：そう、それならいい*わ。
　　　是嗎？　　要是那樣的話就算了　　表示：女性語氣

使用文型

動詞／い形容詞／な形容詞＋な／名詞＋な

[　　　　　　　　普通形　　　　　　　]＋んじゃない？　不是～嗎？

※「な形容詞」、「名詞」的「普通形-現在肯定形」，需要有「な」再接續。

動	太ります（變胖）	→ 太ったんじゃない？*	（不是變胖了嗎？）
い	高い（貴的）	→ 高いんじゃない？	（不是很貴嗎？）
な	不便（な）（不方便）	→ 不便なんじゃない？	（不是很不方便嗎？）
名	外国人（外國人）	→ 外国人なんじゃない？	（不是外國人嗎？）

動詞／い形容詞／な形容詞／名詞

[　　　　　　普通形　　　　　]＋ならいい　要是～的話，就算了

動	降ります（下（雨））	→ 雨が降るならいい	（要是下雨的話，就算了）
い	つまらない（無聊的）	→ つまらないならいい	（要是無聊的話，就算了）
な	嫌（な）（討厭）	→ 嫌ならいい	（要是討厭的話，就算了）
名	それ（那樣）	→ それならいい*	（要是那樣的話，就算了）

中譯　雄一：最近，是不是有點變胖了？
　　　紗帆：什麼？我沒聽清楚。
　　　雄一：啊～，不，沒什麼事…。
　　　紗帆：是嗎？那樣的話就算了。

那，現在是怎樣？

で、今は？

接續詞：後來、然後
（口語時可省略それ）

助詞：表示對比（區別）

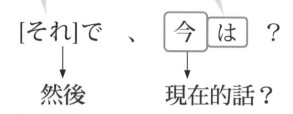

[それ]で　、　今　は　？

↓　　　　　↓

然後　　現在的話？

使用文型

[名詞] ＋ は　　表示：對比・區別

※ 助詞「は」可以表示：（1）主題・主語（2）對比・區別（3）動作主。
※ 上方主題句的「は」是表示「對比・區別」。

今（現在）→ 今は？　　　　　　　　　　　（現在的話，是…？）

※ 區別出「現在」，其他先不管

肉（肉）→ 肉は食べません　　　　　（肉的話，不吃）

※ 區別出「肉」不吃，暗示其他東西會吃

明日（明天）→ 明日は働きません　　　　（明天的話，不工作）

※ 區別出「明天」不工作，暗示其他天要工作

用法　想詢問現在的狀況是怎麼樣時，可以說這句話。

會話練習

雄一：山田君、もうお笑い芸人になるの 諦めたらしい*よ。
要成為搞笑藝人；「の」表示「具體的某事」　（聽說）好像放棄了

紗帆：ふーん。で、今は？

雄一：今は、映画俳優を目指してるんだって*。
電影演員　　聽說目前以～為目標；「目指しているんだって」的省略說法

紗帆：そ、そうなんだ…。

使用文型

動詞／い形容詞／な形容詞／名詞

[　　　　普通形　　　　]＋らしい　　　（聽說）好像～

動	諦めます（放棄）	→ 諦めたらしい*	（聽說好像放棄了）
い	辛い（辣的）	→ 辛いらしい	（聽說好像是辣的）
な	便利（な）（方便）	→ 便利らしい	（聽說好像很方便）
名	独身（單身）	→ 独身らしい	（聽說好像是單身）

動詞／い形容詞／な形容詞＋な／名詞＋な

[　　　　普通形　　　　]＋んだって　　　聽說

※「な形容詞」、「名詞」的「普通形-現在肯定形」，需要有「な」再接續。

動	目指して[い]ます（目前以～為目標）	→ 目指して[い]るんだって*	（聽說目前以～為目標）
い	優しい（溫柔的）	→ 優しいんだって	（聽說很溫柔）
な	静か（な）（安靜）	→ 静かなんだって	（聽說很安靜）
名	画家（畫家）	→ 画家なんだって	（聽說是畫家）

中譯　雄一：聽說山田好像已經放棄要成為搞笑藝人了。
　　　紗帆：嗯～。那，現在是怎樣？
　　　雄一：現在聽說是以當電影演員為目標。
　　　紗帆：是、是這樣啊…。

這個用日文要怎麼說？
これ日本語で何て言うの？

助詞： 表示主題 （口語時 可省略）	助詞： 表示 手段	名詞（疑問詞）： 什麼、任何	助詞： 提示 內容	動詞：説、講 （言います ⇒辭書形	形式名詞： んですか ⇒普通形現在 疑問表現

これ	[は]	日本語	で	何	て	言う	の？
這個	用	日文		要說	什麼		呢？

使用文型

動詞／い形容詞／な形容詞＋な／名詞＋な

[　　　　　　普通形　　　　　　]＋んですか　　關心好奇、期待回答

※ 此為「丁寧體文型」用法，「普通體文型」為「～の？」。
※「な形容詞」、「名詞」的「普通形-現在肯定形」，需要有「な」再接續。

動	言います（說）	→ 何て言うんですか	（要說什麼呢？）
い	辛い（辣的）	→ 辛いんですか	（很辣嗎？）
な	大切（な）（重要）	→ 大切なんですか	（重要嗎？）
名	友達（朋友）	→ 友達なんですか	（是朋友嗎？）

用法　想知道用日文該怎麼說時，可以這樣問。是很方便的一句話。

會話練習

（<ruby>文房具屋<rt>ぶんぼうぐ や</rt></ruby>で）
文具店

ヤン：<ruby>雄一<rt>ゆういち</rt></ruby>さん、これ<ruby>日本語<rt>に ほん ご</rt></ruby>で<ruby>何<rt>なん</rt></ruby>て<ruby>言<rt>い</rt></ruby>うの？

<ruby>雄一<rt>ゆういち</rt></ruby>：それは、ホッチキスだ*よ。
　　　　　　　　　　　是釘書機

ヤン：ああ、わかりました。ありがとう。
　　　　　　　　　知道了

<ruby>雄一<rt>ゆういち</rt></ruby>：いえいえ。
　　　　哪裡哪裡

使用文型

[な形容詞 ／ 名詞] ＋ だ　　「普通形-現在肯定形」表現

※「な形容詞」和「名詞」的「普通形-現在肯定形」在句尾時如果加上「だ」，聽起來或看起來會有「感慨或斷定的語感」。所以如果沒有特別想要表達上述的感受，多半不加上「だ」。

な	<ruby>静<rt>しず</rt></ruby>か（な）（安靜）	→ <ruby>静<rt>しず</rt></ruby>か[だ]	（安靜）
名	ホッチキス（釘書機）	→ ホッチキス[だ]*	（是釘書機）
名	<ruby>宿題<rt>しゅくだい</rt></ruby>（作業）	→ <ruby>学生<rt>がくせい</rt></ruby>の<ruby>宿題<rt>しゅくだい</rt></ruby>[だ]	（是學生的作業）

中譯　（在文具店）
　　　楊：雄一先生，這個用日文要怎麼說？
　　雄一：那個是「ホッチキス」（釘書機）喔。
　　　　楊：啊～，我知道了。謝謝你。
　　雄一：哪裡哪裡。

好像有什麼怪味道。

何か変な匂いしない？
なん　へん　にお

副詞：總覺得、不知道為什麼（口語時可省略だ）	な形容詞：奇怪（名詞接續用法）	助詞：表示主體（口語時可省略）	動詞：有（感覺）（します⇒ない形）

何[だ]か	変な	匂い	[が]	しない	？
↓	↓	↓		↓	↓
總覺得（有）	奇怪的	味道		沒感覺	嗎？

使用文型

[名詞] ＋ が ＋ します　　感覺到～味道、～聲音

匂い（味道）	→ 変な匂いがします	（聞到奇怪的味道）
	へん　にお	
音（聲音）	→ 雨の音がします	（聽到下雨的聲音）
	あめ　おと	
声（聲音）	→ 子供の声がします	（聽到小孩的聲音）
	こども　こえ	

用法　聞到怪味道時，可以這樣子詢問一下，和其他人做個確認。

會話練習

紗帆：ん？ 何か変な匂いしない？

雄一：そう？ あ、確かに…。
　　　　　是嗎？　　　確實是

紗帆：あ、鍋が吹きこぼれて*火が消えてる！
　　　　　　因為煮沸而溢出來；「て形」表示「原因」　目前是熄滅的；「消えている」的省略說法

雄一：ああ、ガス漏れの匂い か。
　　　　　瓦斯漏氣　　味道　表示：感嘆

　　　早く 気付いてよかった*…。
　　　　提早　幸虧有發現

使用文型

| 動詞 | い形容詞 | な形容詞 |

[て形／－い＋くて／－な＋で／名詞＋で]、～　因為～，所以～

動	吹きこぼれます（煮沸而溢出來）	→ 吹きこぼれて*	（因為煮沸而溢出來，所以～）
い	寒い（寒冷的）	→ 寒くて	（因為很冷，所以～）
な	不便（な）（不方便）	→ 不便で	（因為很不方便，所以～）
名	台風（颱風）	→ 台風で	（因為颱風，所以～）

| 動詞 |

[て形]＋よかった　幸虧[做]～、好在[做]～

気付きます（發現）	→ 気付いてよかった*	（幸虧有發現）
います（有人或動物）	→ あなたがいてよかった	（幸虧有你）
買います（買）	→ 買ってよかった	（幸虧有買）

中譯　紗帆：嗯？好像有什麼怪味道。
　　　雄一：是嗎？啊，確實是有…。
　　　紗帆：啊，因為鍋子裡的東西煮沸之後溢出來，所以火熄掉了！
　　　雄一：啊～，原來是瓦斯漏氣的味道啊。幸虧有提早發現…。

那件事，好像在哪裡聽說過！

その話、どっかで聞いたことがある！

| 連體詞：
那個 | 名詞
（疑問詞）：
哪裡 | 助詞：
表示動作
進行地點 | 動詞：聽、問
（聞きます
⇒た形） | 形式名詞：
文法需要而
存在的名詞 | 助詞：
表示
焦點 | 動詞：有、在
（あります
⇒辭書形） |

その　話、どっか　で　聞いた　こと　が　ある　！

那個　話題，　　　　在　哪裡　曾經有聽過　！

使用文型

動詞

[た形] ＋ ことがあります　　曾經有 [做] 過～

聞きます（聽）	→ 聞いたことがあります	（曾經有聽過）
食べます（吃）	→ 食べたことがあります	（曾經有吃過）
見ます（看）	→ 見たことがあります	（曾經有看過）

用法　對方所說的內容，之前已經聽說過時，可以說這句話。但是如果當時對方說得眉飛色舞，或許不要說出這句話比較好。

會話練習

（怪談を話している*）
鬼故事　　　正在講

雄一：そうしたら、ベットの下に斧を持った男が…。
　　　結果　　　　　床底下　　　拿著斧頭

紗帆：その話、どっかで聞いたことがある！

雄一：な～んだ。もう知ってる*のか。
　　　什～麼嘛！　　已經知道了嗎？「もう知っているのか」的省略說法

紗帆：あ、でもよく覚えてないから、続き聞かせて。
　　　　　記得不是很清楚的狀態；　　　　　讓我聽後續的內容；
　　　　　「よく覚えていない」的省略說法　　　「続きを聞かせてください」的省略說法

使用文型

[動詞]

[て形]＋いる　　正在[做]～

※ 此為「普通體文型」，「丁寧體文型」為「動詞て形 ＋ います」。
※ 口語時，通常採用「普通體文型」說法，並可省略「動詞て形 ＋ いる」的「い」。

話します（講）→ 話している*　　　　　　　　（正在講）

見ます（看）→ 見ている　　　　　　　　　　（正在看）

[動詞]

[て形]＋いる　　目前狀態

※ 此為「普通體文型」，「丁寧體文型」為「動詞て形 ＋ います」。
※ 口語時，通常採用「普通體文型」說法，並可省略「動詞て形 ＋ いる」的「い」。

知ります（知道）→ 知って[い]る*　　　　　（目前是知道的狀態）

結婚します（結婚）→ 結婚して[い]る　　　　（目前是已婚的狀態）

中譯　（正在講鬼故事）
　　　雄一：結果，床底下有一個拿著斧頭的男人…。
　　　紗帆：那件事，好像在哪裡聽說過！
　　　雄一：什～麼嘛。你已經知道了嗎？
　　　紗帆：啊，可是我記得不是很清楚，讓我聽後續的內容。

你剛剛有打電話給我嗎？

さっき電話してくれた？

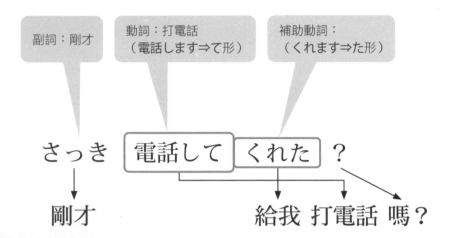

副詞：剛才

動詞：打電話
（電話します⇒て形）

補助動詞：
（くれます⇒た形）

さっき　電話して　くれた　？

剛才　　　　　　　　給我 打電話 嗎？

使用文型

動詞

[て形] ＋ くれます　　別人為我 [做] ～

電話します（打電話）	→ 電話してくれます	（別人打電話給我）
作ります（製作）	→ 作ってくれます	（別人幫我製作）
持ちます（拿）	→ 持ってくれます	（別人幫我拿）

用法　發現手機有未接來電，想詢問是否對方有什麼事情時，可以使用這句話。

194

會話練習

雄一：あ、もしもし。雄一だけど。
　　　　　　喂喂　　　　　　　表示：說話的前言

紗帆：あら、どうしたの？*
　　　哎呀　　怎麼了嗎？

雄一：さっき電話してくれた？　着信があったみたい*なんだ
　　　　　　　　　　　　　　　　　　　因為好像有來電的樣子；「んだ」表示「理由」，
　　　　　　　　　　　　　　　　　　　※「みたい」屬於「な形容詞」的接續原則，所以需要有
けど。　　　　　　　　　　　　　　　「な」再接續「んだ」。
表示：前言

紗帆：そう？　電話してないけど…。
　　　　　　　沒有打電話；「電話していない」的省略說法；「けど」表示「微弱主張」

使用文型

動詞／い形容詞／な形容詞＋な／名詞＋な

[　　　　　　普通形　　　　　]＋の？　關心好奇、期待回答

※ 此為「普通體文型」用法，「丁寧體文型」為「～んですか」。
※「な形容詞」、「名詞」的「普通形-現在肯定形」，需要有「な」再接續。

動	どうします（怎麼了）	→ どうしたの？*	（怎麼了嗎？）
い	高い（貴的）	→ 高いの？	（很貴嗎？）
な	不便（な）（不方便）	→ 不便なの？	（不方便嗎？）
名	友達（朋友）	→ 友達なの？	（是朋友嗎？）

動詞／い形容詞／な形容詞／名詞

[　　　　　　普通形　　　　　]＋みたい　（推斷）好像～

動	あります（有）	→ あったみたい*	（推斷好像有）
い	難しい（難的）	→ 難しいみたい	（推斷好像很難）
な	新鮮（な）（新鮮）	→ 新鮮みたい	（推斷好像很新鮮）
名	男（男性）	→ 男みたい	（推斷好像是男性）

中譯　雄一：啊，喂喂，我是雄一。
　　　紗帆：哎呀，怎麼了嗎？
　　　雄一：你剛剛有打電話給我嗎？因為好像有來電的樣子。
　　　紗帆：是嗎？我沒有打給你…。

像這樣可以嗎？

こんな感じでいい？

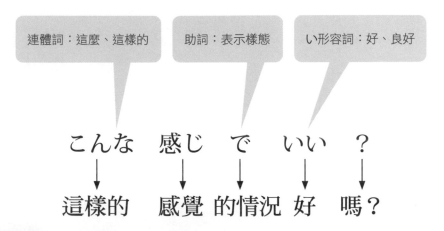

| 連體詞：這麼、這樣的 | 助詞：表示樣態 | い形容詞：好、良好 |

こんな　感じ　で　いい　？

→　→　→　→　→

這樣的　感覺　的情況　好　嗎？

使用文型

[名詞]＋で＋いいですか（いい？）　～的情況是沒問題的嗎？

※「丁寧體」是「～でいいですか」，「普通體」是「～でいい？」。

感じ（感覺）	→ こんな感じでいいですか	（這樣的感覺是沒問題的嗎？）
サイン（簽名）	→ サインでいいですか	（簽名是沒問題的嗎？）
一緒（一起）	→ 友達と一緒でいいですか？	（和朋友一起是沒問題的嗎？）

用法　正在進行某項工作或作業時，將自己完成的成果給別人看，並詢問對方覺得「好」或「壞」時，所使用的一句話。

會話練習

（うどんを作っている）
烏龍麵

雄一：じゃ、生地に水を入れて、こねて。
　　　麵團　　加水進去　　　要揉；口語時「て形」後面可省略「ください」

紗帆：わかった。…こんな感じでいい？

雄一：もっと強くこねて*。水はもう少し入れて*。
　　　再、更加　用力地揉　　　　　　再多一點

紗帆：オッケー。

使用文型

動詞

強く ＋ [て形] ＋ [ください]　　　請用力地 [做] ～

※「丁寧體文型」為「強く ＋ 動詞て形 ＋ ください」。
※ 口語時，通常採用「普通體文型」說法，可省略「ください」。

こねます（揉）	→ 強くこねて[ください]*	（請用力地揉）
押します（按壓）	→ 強く押して[ください]	（請用力地按壓）
抱きしめます（抱）	→ 強く抱きしめて[ください]	（請用力地抱）

動詞

もう少し ＋ [て形] ＋ [ください]　　　請再多 [做] ～一點

※「丁寧體文型」為「もう少し ＋ 動詞て形 ＋ ください」。
※ 口語時，通常採用「普通體文型」說法，可省略「ください」。

入れます（放入）	→ もう少し入れて[ください]*	（請再多放一點）
休みます（休息）	→ もう少し休んで[ください]	（請再多休息一下）
食べます（吃）	→ もう少し食べて[ください]	（請再多吃一點）

中譯　（正在製作烏龍麵）
　　　雄一：那麼，加水到麵團中，再搓揉。
　　　紗帆：我知道了。…像這樣可以嗎？
　　　雄一：要更用力搓揉，水再多放一點點。
　　　紗帆：OK。

我有說錯話嗎？

何か間違ったこと言った？

名詞（疑問詞）： 什麼、任何	助詞： 表示 不特定	動詞：弄錯、搞錯 （間違います ⇒た形）	助詞：表示動作 作用對象 （口語時可省略）	動詞：説、講 （言います ⇒た形）

何　か　間違った　こと　[を]　言った　？

（我）說了　任何 搞錯的事情　　　　　　　　　　嗎？

使用文型

> 動　詞

[辭書形 ／ た形] ＋ こと　　～的事情

た	間違います（搞錯）	→ 間違ったこと	（搞錯的事情）
た	困ります（困擾）	→ 困ったこと	（困擾的事情）
辭	言います（說）	→ あなたが言うこと	（你所說的事情）

用法 自己的發言惹怒對方，卻不知道哪裡出錯時，可以用這句話詢問。

會話練習

紗帆：……。

雄一：え？　怒ってるの？　何か間違ったこと言った？
　　　嗯？　　生氣了嗎？

紗帆：さっき、みんなの前で私がたくさん食べるって言った*でしょ。
　　　剛才　　　　　表示：動作進行地點　吃很多　　　說了…對不對？

雄一：え？　事実じゃん*。本当のことでしょう？
　　　　　　不是事實嗎？　　　是真實的事情，對不對？

使用文型

| 動詞／い形容詞／な形容詞＋[だ]／名詞＋[だ] |

[　　　　　　普通形　　　　　　]＋って言った　說了～

※ 此為「普通體文型」用法，「丁寧體文型」為「～って言いました」。
※「な形容詞」、「名詞」的「普通形-現在肯定形」，有沒有「だ」都可以。

動	食べます（吃）	→ たくさん食べるって言った*	（說了「吃很多」）
い	高い（貴的）	→ 高いって言った	（說了「是貴的」）
な	大切（な）（重要）	→ 大切[だ]って言った	（說了「很重要」）
名	明日（明天）	→ 明日[だ]って言った	（說了「是明天」）

| 動詞／い形容詞／な形容詞／名詞 |

[　　　普通形　　　]＋じゃん　不是～嗎？

※ 此為「～じゃないか」的「縮約表現」，口語時常使用「縮約表現」。
※ 屬於「普通體文型」，「丁寧體文型」為「～ではありませんか」或「～ではないですか」。

動	言います（說）	→ 言ったじゃん	（我不是說了嗎？）
い	おいしい（好吃的）	→ おいしいじゃん	（不是很好吃嗎？）
な	静か（な）（安靜）	→ 静かじゃん	（不是很安靜嗎？）
名	事実（事實）	→ 事実じゃん*	（不是事實嗎？）

中譯
紗帆：……。
雄一：嗯？你生氣了嗎？我有說錯話嗎？
紗帆：剛才你在大家面前說我吃很多對不對？
雄一：嗯？那不是事實嗎？是千真萬確的，不是嗎？

真的沒辦法嗎？
何<ruby>何<rt>なん</rt></ruby>とかならない？

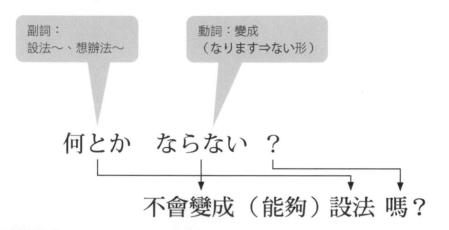

副詞：
設法～、想辦法～

動詞：變成
（なります⇒ない形）

何とか　ならない　？

不會變成（能夠）設法　嗎？

使用文型

何とか ＋ [動詞]　　設法～、想辦法～

します（做）	何<ruby>何<rt>なん</rt></ruby>とか<u>して</u>よ	（想想辦法吧！）
貸してくれます（借給我）	何<ruby>何<rt>なん</rt></ruby>とか<ruby>貸<rt>か</rt></ruby><u>してくれません</u>か	（有沒有辦法借給我？）
なります（變成）	何<ruby>何<rt>なん</rt></ruby>とか<u>なる</u>でしょ	（總會有辦法的吧！）

用法　之前對方已經拒絕過，再度拜託對方時；或是拜託對方不容易處理的問題時，
　　　所使用的一句話。

雄一：どうしよう。タイヤがパンクしちゃった*。
怎麼辦？　　　輪胎　　　　爆胎了

紗帆：ねえ、コンサートの開始まで ３０分しかないよ。
　　　　　　　　　　　　到…為止　　　只有30分鐘

何とかならない？

雄一：よし。じゃ、自分で タイヤ交換やってみよう*。
　　　好　　　　表示：行動單位　更換輪胎看看吧

使用文型

動詞

[そ形（〜て／〜で）] ＋ ちゃった／じゃった　（無法挽回的）遺憾

※ 此為「動詞て形 ＋ しまった」的「縮約表現」，口語時常使用「縮約表現」。
※ 屬於「普通體文型」，「丁寧體文型」為「動詞て形除去 [て／で] ＋ ちゃいました／じゃいました」。

パンクします（爆胎）	→ パンクしちゃった*	（很遺憾爆胎了）
忘れます（忘記）	→ 忘れちゃった	（很遺憾忘記了）
落とします（弄丟）	→ 落としちゃった	（很遺憾弄丟了）

動詞

[て形] ＋ みよう　　[做]〜看看吧

やります（做）	→ やってみよう*	（做看看吧）
食べます（吃）	→ 食べてみよう	（吃看看吧）
聞きます（聽）	→ 聞いてみよう	（聽看看吧）

中譯　雄一：怎麼辦？輪胎爆掉了。
　　　紗帆：喂，距離演唱會開始只有30分鐘了。真的沒辦法嗎？
　　　雄一：好。那麼，我們就自己換輪胎看看吧。

喂，你知道嗎？

ねえ、知ってた？

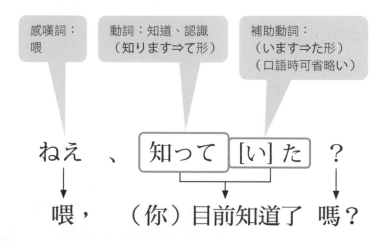

| 感嘆詞：
喂 | 動詞：知道、認識
（知ります⇒て形） | 補助動詞：
（います⇒た形）
（口語時可省略い） |

ねえ　、　知って　[い] た　？

喂，　（你）目前知道了　嗎？

使用文型

動詞

[て形] ＋ います　　目前狀態

知ります（知道）	→ 知っています	（目前是知道的狀態）
閉まります（關閉）	→ ドアが閉まっています	（門目前是關閉的狀態）
働きます（工作）	→ 働いています	（目前是有工作的狀態）

用法　要跟對方說有趣的事情時，通常會先用這句話作為開場白，然後再說出內容。

會話練習

雄一：ねえ、知ってた？

紗帆：何を？
　　　知道什麼？

雄一：ガラスの板は水の中に入れると*はさみで*切れるんだよ。
　　　玻璃板　　　　　　　放入的話，就…　用剪刀可以剪斷；「んだ」表示「強調」

紗帆：まさかあ。
　　　怎麼可能～？

使用文型

動詞／い形容詞／な形容詞＋だ／名詞＋だ

[　　普通形（限：現在形）　　]＋と、～　　條件表現

※「な形容詞」、「名詞」的「普通形-現在肯定形」，需要有「だ」再接續。

動	入れます（放入）	→ 入れると*	（放入的話，就～）
い	安い（便宜的）	→ 安いと	（便宜的話，就～）
な	楽（な）（輕鬆）	→ 楽だと	（輕鬆的話，就～）
名	雨（下雨天）	→ 雨だと	（是雨天的話，就～）

[名詞]＋で＋[動詞]　　利用～[做]～

辭書	切れます（可以剪斷）	→ はさみで切れる*	（用剪刀可以剪斷）
て形	行きます（去）	→ 電車で行ってください	（請搭乘電車去）
た形	書きます（寫）	→ 英語で書いた方がいい	（用英文寫比較好）

中譯　雄一：喂，你知道嗎？
　　　紗帆：知道什麼？
　　　雄一：把玻璃板放入水中的話，用剪刀可以剪斷喔。
　　　紗帆：怎麼可能～？

怎麼可能會有這種事！

あり得ない！

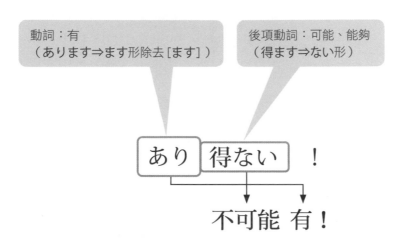

動詞：有
（あります⇒ます形除去［ます］）

後項動詞：可能、能夠
（得ます⇒ない形）

あり　得ない　！

不可能 有！

※ あり得ない：複合型態（＝あり＋得ない）

使用文型

動詞

［ます形］＋ 得ます　　有可能〜、能夠〜

あります（有）	→ あり得ます	（有可能有）
起こります（發生）	→ 起こり得ます	（有可能發生）
なります（成為）	→ なり得ます	（能成為）

用法 不想接受，或是不相信眼前的事實時，可以說這句話。相關用法還有「まさか　そんなこと。」（怎麼可能？）和「そんな馬鹿な…。」（怎麼可能會有那種事…。）。

會話練習

紗帆：雄一、冷蔵庫にあったケーキ知らない？
　　　　　　　存放在冰箱裡　　　　　　知不知道？

雄一：あ、あれなら全部食べちゃった* けど。
　　　　　如果是那個的話　　吃完了　　　表示：前言

紗帆：ちょっと、なんで私に一言言わなかったのよ？　有り得ない！
　　　喂　　為什麼　　　　一句話都沒說呢？

雄一：だって、食べていい？って聞いたら、
　　　因為　　　如果問可以吃嗎；「って」表示「提示內容」

　　　だめって言うでしょう*。
　　　會說不行，對不對？「って」表示「提示內容」

使用文型

[動詞]

[そ形（〜て／〜で）] ＋ ちゃった／じゃった　（快速）[做] 完

※ 此為「動詞て形 ＋ しまった」的「縮約表現」，口語時常使用「縮約表現」。
※ 屬於「普通體文型」，「丁寧體文型」為「動詞て形除去 [て／で] ＋ ちゃいました／じゃいました」。

食べます（吃）	→ 食べちゃった*	（吃完了）
言います（說）	→ 言っちゃった	（說完了）
書きます（寫）	→ 書いちゃった	（寫完了）

[動詞／い形容詞／な形容詞／名詞]

[　　　　普通形　　　　] ＋ でしょう　〜對不對？

※「〜でしょう」表示「應該〜吧」的「推斷語氣」時，語調要「下降」。
　「〜でしょう」表示「〜對不對？」的「再確認語氣」時，語調要「提高」。

動	言います（說）	→ だめって言うでしょう*	（會說不行，對不對？）
い	熱い（熱的、燙的）	→ 熱いでしょう	（很燙對不對？）
な	静か（な）（安靜）	→ 静かでしょう	（很安靜對不對？）
名	学生（學生）	→ 学生でしょう	（是學生對不對？）

中譯　紗帆：雄一，你知道放在冰箱裡的蛋糕嗎？
　　　雄一：啊，如果是那個的話，我全部吃完了呀。
　　　紗帆：喂，為什麼完全都沒跟我說一聲？怎麼可能會有這種事！
　　　雄一：因為如果我問你可不可以吃，你會說不行，對不對？

沒想到竟然會變成這樣…。

まさかこんなことになるとは…。

副詞： 難道、怎麼會	連體詞： 這麼、這樣的	助詞： 表示變化結果	動詞：變成 （なります ⇒辭書形）	助詞： 表示驚訝

まさか　| こんな　こと | に | なる |　とは…。

怎麼會　變成　這樣的　　事情…。

使用文型

| 動詞 | い形容詞 | な形容詞 |

[辭書形＋ように／－い＋く／－な＋に／名詞＋に]＋なります　變成

動	読みます（讀）	→ 読むようになります	（變成有讀的習慣）
い	安い（便宜的）	→ 安くなります	（變便宜）
な	静か（な）（安靜）	→ 静かになります	（變安靜）
名	こと（事情）	→ こんなことになります	（變成這樣的事情）

用法　事情發展成完全沒有預料到的惡劣結果時，可以說這句話。

（紗帆が雄一の部屋の掃除を手伝いに来た*）
來幫忙;「に」表示「目的」

紗帆：雄一、カップ麺の食べ残し片付けないから、
杯麺　　　　　　　沒有處理吃剩的東西

キノコ生えてる*よ！
目前是長出香菇的狀態;「キノコが生えている」的省略說法

雄一：え、ほんと？
真的嗎？

紗帆：一体、何日前のなの？　臭い！
到底　幾天前的東西啊？「何日前のものなの？」的省略說法

雄一：まさかこんなことになるとは…。

使用文型

【動詞】

[ます形 / 動作性名詞] ＋ に ＋ 来た　　來 [做] 〜

※ 此為「普通體文型」用法，「丁寧體文型」為「〜に来ました」。

| 動 | 遊びます（玩） | → 遊びに来た | （來玩） |
| 名 | 手伝い（幫忙） | → 手伝いに来た* | （來幫忙） |

【動詞】

[て形] ＋ いる　　目前狀態

※ 此為「普通體文型」，「丁寧體文型」為「動詞て形 ＋ います」。
※ 口語時，通常採用「普通體文型」說法，並可省略「動詞て形 ＋ いる」的「い」。

| 生えます（長出來） | → 生えて[い]る* | （目前是長出來的狀態） |
| 覚えます（記住） | → 覚えて[い]る | （目前是記住的狀態） |

【中譯】　（紗帆來幫忙打掃雄一的房間）
紗帆：雄一，因為你沒有處理吃剩的杯麵，所以長出香菇了！
雄一：啊，真的嗎？
紗帆：這到底是幾天前的啊？臭死了！
雄一：沒想到竟然會變成這樣…。

哎～，你幫了一個大忙，真是謝謝。
いやあ、助^{たす}かったよ。ありがとう。

感嘆詞：哎～　　動詞：得救、有幫助
（助かります⇒た形）　　助詞：表示感嘆　　招呼用語

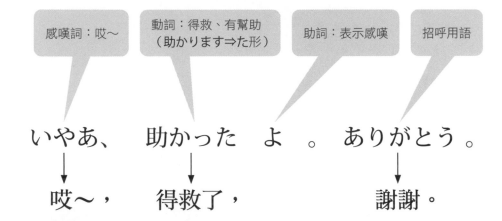

いやあ、　　助かった　　よ　。　ありがとう。

↓　　　　　↓　　　　　　　　　↓

哎～，　　得救了，　　　　　謝謝。

相關表現

感恩。

※ 表達感謝之意的另一種說法。屬於比較老派的說法。

連語：感恩
（恩に着ます⇒辭書形）　　助詞：表示感嘆

恩^{おん}に着^きる　　よ。

↓

感恩。

用法　在危險的狀況、或是困境下獲得幫助時，可以說這句話來表達謝意。

會話練習

（紗帆が雄一の宿題を<u>手伝う</u>*）
       幫忙

紗帆：じゃ、これで全部ね？
        表示：言及範圍　表示：再確認

雄一：うん、いやあ、<u>助</u>かったよ。ありがとう～。

紗帆：<u>困ったとき</u>*は、<u>お互</u>いさまよ。
       有困難的時候   互相

使用文型

[名詞] ＋ を ＋ 手伝う　　幫忙～

宿題（作業）	→ 宿題を手伝う*	（幫忙做作業）
掃除（打掃）	→ 掃除を手伝う	（幫忙打掃）
研究（研究）	→ 研究を手伝う	（幫忙做研究）

動詞

[た形] ＋ とき　　[做] 了～的時候

困ります（有困難）	→ 困ったとき*	（有困難的時候）
悩みます（煩惱）	→ 悩んだとき	（煩惱的時候）
忘れます（忘記）	→ 忘れたとき	（忘記的時候）

中譯　（紗帆幫雄一做作業）
紗帆：那麼，這些就是全部囉？
雄一：嗯，哎～，你幫了一個大忙，真是謝謝～。
紗帆：有困難的時候，本來就應該互相的嘛。

嗯～，獲益良多。

いやあ、いい勉強になったよ。

| 感嘆詞：
嗯～ | い形容詞：
好、良好 | 連語：見識、經驗
（勉強になります⇒た形） | 助詞：表示感嘆 |

いやあ 、 いい 勉強 に なった よ 。

嗯～， 變成了 好的 經驗 。

使用文型

| 動詞 | | い形容詞 | な形容詞 |

[辭書形＋ように／－い＋く／－な＋に／名詞＋に]＋なります　變成

動	使います（使用）	→ 使うようになります	（變成有使用的習慣）
い	寒い（寒冷的）	→ 寒くなります	（變冷）
な	綺麗（な）（漂亮）	→ 綺麗になります	（變漂亮）
名	勉強（經驗）	→ 勉強になります	（獲得經驗）

用法　從朋友那裡學到很好的知識、或是寶貴的經驗時，可以說這句話。

會話練習

紗帆：ねえ、知ってる？　津波って* 英語でもTSUNAMI
　　　　　知道嗎？「知っている」的省略說法　海嘯…；「って」表示「主題」（＝は）　用英文也…

　　　って言うんだよ。
　　　　叫做…

雄一：へえ、知らなかった。
　　　哦？　　　　　不知道

紗帆：過労死はKAROSHIって書くそう* よ。
　　　　　　　　　　　　聽說是寫成…

雄一：いやあ、いい勉強になったよ。

使用文型

[名詞] ＋って　　表示主題（＝は）

津波（海嘯）	→ 津波って*	（海嘯…）
京都（京都）	→ 京都って	（京都…）
冬（冬天）	→ 冬って	（冬天…）

動詞／い形容詞／な形容詞＋だ／名詞＋だ

[　　　　普通形　　　　] ＋ そう　　聽說～

※「な形容詞」、「名詞」的「普通形-現在肯定形」，需要有「だ」再接續。

動	書きます（寫）	→ KAROSHIって書くそう*	（聽說是寫成「KAROSHI」）
い	辛い（辣的）	→ 辛いそう	（聽說是辣的）
な	元気（な）（有精神）	→ 元気だそう	（聽說很有精神）
名	大学生（大學生）	→ 大学生だそう	（聽說是大學生）

中譯
紗帆：喂，你知道嗎？「海嘯」用英文說，也是「TSUNAMI」耶。
雄一：哦？我還真不知道呢。
紗帆：聽說「過勞死」是寫成「KAROSHI」喔。
雄一：嗯～，獲益良多。

那這樣就麻煩你了。

じゃ、それでお願い。

接續詞： 那麼	助詞： 表示樣態	接頭辭： 表示美化、 鄭重	動詞：拜託、祈願 （願います ⇒ます形除去[ます]）	動詞：做 （口語時可省略）

じゃ　、　それ　で　[お] [願い] [[します]]　。

那麼　　　那個　情況　　[拜託您]　。

※「お願いします」是「願います」的謙讓表現。

使用文型

[動詞]

お ＋ [ます形] ＋ します　　謙讓表現：

動作涉及另一方的 [做] ～

願います（拜託）	→ お願いします	（我拜託您）
呼びます（呼叫）	→ お呼びします	（我為您呼叫）
持ちます（拿）	→ お持ちします	（我為您拿）

用法　同意對方提出的內容，並請求對方幫忙做時，可以說這句話。

會話練習

雄一：弁当<u>買ってくる</u>*<u>けど</u>、紗帆<u>の</u>分<u>も</u>買ってこようか。
買…再回來　　　表示：前言　　　　　　　　　　　要不要連…也買回來？

紗帆：うん、<u>どんな</u>お弁当があるの？
什麼樣的

雄一：ここの焼き肉弁当は<u>安くて</u>*おいしいんだ。
便宜，而且好吃；「んだ」表示「強調」

　　　<u>おすすめ</u>だよ。
推薦

紗帆：じゃ、それでお願い。

使用文型

動詞

[て形] ＋ くる　　動作和移動（做～，再回來）

※ 此為「普通體文型」用法，「丁寧體文型」為「動詞て形 ＋ きます」。

買います（買）	→ 買ってくる*	（買，再回來）
見ます（看）	→ 見てくる	（看，再回來）
遊びます（玩）	→ 遊んでくる	（玩，再回來）

動詞　　い形容詞　　な形容詞　　名詞

[て形／－い＋くて／－な＋で／－の＋で]、～　　～，而且～

動	あります（有）	→ 金があって	（有錢，而且～）
い	安い（便宜的）	→ 安くて*	（便宜，而且～）
な	親切（な）（親切）	→ 親切で	（親切，而且～）
名	学生（學生）	→ 学生で	（是學生，而且～）

中譯　雄一：我要去買便當，要連紗帆的份也買回來嗎？
　　　紗帆：嗯，有什麼樣的便當呢？
　　　雄一：這家的燒肉便當便宜又好吃。我很推薦喔。
　　　紗帆：那這樣就麻煩你了。

你有什麼需要幫忙的，請隨時告訴我。

困ったことがあったら、いつでも言ってね。

| 動詞：困難
（困ります
⇒た形） | 助詞：表示焦點 | 動詞：有、在
（あります
⇒た形＋ら） | 名詞（疑問詞）：
什麼時候、隨時 | 助詞：
表示全肯定 |

困った　こと　が　[あった][ら]　、いつ　でも

[如果有]　困難的　事情　[的話]　　　什麼時候　都

| 動詞：説、講
（言います
⇒て形） | 補助動詞：請
（くださいます
⇒命令形［くださいませ］
除去［ませ］）
（口語時可省略） | 助詞：
表示親近・柔和 |

言って　[ください]　ね。

[請]說。

※［動詞て形 ＋ ください］：請參考P064

使用文型

[動詞／い形容詞／な形容詞／名詞]
[　た形／なかった形　]＋ら　　如果～的話

動	あります（有）	→ あったら	（如果有的話）
い	面白い（有趣的）	→ 面白かったら	（如果有趣的話）
な	便利（な）（方便）	→ 便利だったら	（如果方便的話）
名	大人（大人）	→ 大人だったら	（如果是大人的話）

用法　要告訴對方今後如果有需要，自己隨時都願意出手幫忙時，可以說這句話。

會話練習

ヤン：隣に引っ越してきた*ヤンです。どうぞよろしく
<small>搬過來隔壁；「に」表示「動作歸著點」</small>

お願いします。

雄一：こちらこそよろしく。困ったことがあったら、
<small>彼此彼此，也請多多指教</small>

いつでも言ってね。

ヤン：はい、これからお世話になります。
<small>要受您照顧了</small>

使用文型

動詞

[て形] ＋ きた　動作和移動（做～而來的）

※ 此為「普通體文型」用法，「丁寧體文型」為「動詞て形 ＋ きました」。

引っ越します（搬家）	→ 引っ越してきた*	（搬過來的）
歩きます（走路）	→ 歩いてきた	（走過來的）
走ります（跑）	→ 走ってきた	（跑來的）

中譯　楊：我是搬來隔壁的楊。請多多指教。
　　　雄一：彼此彼此，也請多多指教。你有什麼需要幫忙的，請隨時告訴我。
　　　楊：好的，往後要受您照顧了。

要不要去接你？
迎えに行こうか？

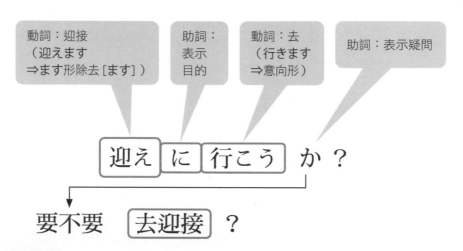

| 動詞：迎接（迎えます⇒ます形除去［ます］） | 助詞：表示目的 | 動詞：去（行きます⇒意向形） | 助詞：表示疑問 |

迎え に 行こう か？

要不要 去迎接 ？

使用文型

動詞

[ます形／動作性名詞] ＋ に ＋ 行きます／来ます／帰ります　去／來／回去 [做] ～

迎えます（迎接）	→ 迎えに行きます	（去迎接）
取ります（拿）	→ 資料を取りに帰ります	（回去拿資料）
旅行（旅行）	→ 旅行に来ます	（來旅行）

用法　朋友或熟人要來訪，詢問對方需不需要去迎接時，可以說這句話。

會話練習

紗帆：あ、もしもし、今駅に着いたんだ＊けど。

さ ほ　　　　　　　　　　いまえき　つ
抵達車站了；「んだ」表示「強調」　表示：微弱主張

雄一：そうか、雨降ってる＊から、迎えに行こうか？

ゆういち　　　　　　あめ ふ　　　　　　むか　い
是嗎？　　　正在下雨；「雨が降っている」的省略説法

紗帆：うん、お願い。助かる わ。

さ ほ　　　　　ねが　　たす
麻煩你了　　　太好了　表示：女性語氣

使用文型

動詞／い形容詞／な形容詞＋な／名詞＋な

[　　　　　普通形　　　　　] ＋んだ　　強調

※ 此為「普通體文型」用法，「丁寧體文型」為「～んです」。
※「な形容詞」、「名詞」的「普通形-現在肯定形」，需要有「な」再接續。

動	着きます（抵達）	→ 着いたんだ＊	（抵達了）
い	寒い（寒冷的）	→ 寒いんだ	（很冷）
な	新鮮（な）（新鮮）	→ 新鮮なんだ	（很新鮮）
名	雨（下雨天）	→ 雨なんだ	（是下雨天）

動詞

[て形] ＋ いる　　正在 [做] ～

※ 此為「普通體文型」，「丁寧體文型」為「動詞て形 ＋ います」。
※ 口語時，通常採用「普通體文型」説法，並可省略「動詞て形 ＋ いる」的「い」。

降ります（下（雨））	→ 雨[が]降って[い]る＊	（正在下雨）
洗います（清洗）	→ 洗って[い]る	（正在洗）
遊びます（玩）	→ 遊んで[い]る	（正在玩）

中譯　紗帆：啊，喂喂，我現在抵達車站了。

　　　雄一：是嗎？因為現在正在下雨，要不要去接你？

　　　紗帆：嗯，麻煩你了。太好了。

是出了什麼事嗎？

え？　どうかしたの？

感嘆詞： 啊、欸	副詞（疑問詞）： 怎麼樣、如何	助詞： 表示 不特定	動詞：做 （します ⇒た形）	形式名詞： んですか⇒普通形 現在疑問表現

え？　　どう　　か　　した　　[の？]

↓　　　　↓　　　　　　　　↓　　　↓

欸？　怎麼樣（的事）做了　嗎？

使用文型

動詞／い形容詞／な形容詞＋な／名詞＋な

[　　　　　　普通形　　　　　　]＋んですか　　關心好奇、期待回答

※ 此為「丁寧體文型」用法，「普通體文型」為「～の？」。
※「な形容詞」、「名詞」的「普通形-現在肯定形」，需要有「な」再接續。

動	します（做）	→ どうか<u>し</u>たんですか	（是做了怎麼樣的事情嗎？）
い	危ない（危險的）	→ 危ないんですか	（危險嗎？）
な	簡単（な）（簡單）	→ 簡単なんですか	（簡單嗎？）
名	無料（免費）	→ 無料なんですか	（是免費嗎？）

用法　對方因為什麼事而感到困擾、或是有任何異狀時，可以說這句話來表示關心。

會話練習

雄一：あ、やばい！
　　　　　完蛋了

紗帆：え？　どうかしたの？

雄一：今日バイトの日だった！　また、店長に怒られる*。
　　　　　打工的日子　　　　　　　　　　　　被店長罵

紗帆：あら、そうだったの。
　　　　　是這樣嗎？

使用文型

動詞

[名詞（某人）] ＋ に ＋ [受身形]　　被某人 [做]～

店長（店長）、怒ります（責罵）	→ 店長に怒られる*	（被店長罵）
先生（老師）、褒めます（讚美）	→ 先生に褒められる	（被老師讚美）
友達（朋友）、告白します（告白）	→ 友達に告白される	（被朋友告白）

中譯　雄一：啊，完了！
　　　　紗帆：是出了什麼事嗎？
　　　　雄一：今天是打工的日子！我又要被店長罵了。
　　　　紗帆：哎，是這樣嗎？

欸？你換髮型了哦？

あれ？　髪型変えた？

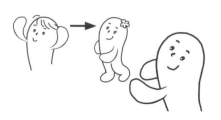

感嘆詞：
呀、哎呀

助詞：表示動作作用對象
（口語時可省略）

動詞：改變
（変えます⇒た形）

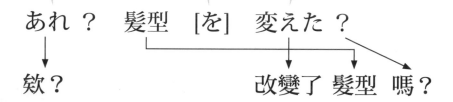

あれ　？　髪型　[を]　変えた　？

↓

欸？　　　　　　　　改變了　髮型　嗎？

相關表現

你剪頭髮了哦？

※ 發現對方好像剪頭髮時，可以說這句話。

感嘆詞：
呀、哎呀

助詞：表示
動作作用對象
（口語時可省略）

動詞：剪、切
（切ります⇒た形）

あれ　？　髪　[を]　切った　？

↓

欸？　　　　　剪了　頭髮　嗎？

用法 和朋友見面時，發現對方換了髮型，可以說這句話來表示關心。朋友一定會很高興你注意到他的改變。

會話練習

紗帆：雄一…、<u>気付かないの？</u>*
　　　　　　　　　沒發現嗎？

雄一：え？　うーん、あれ？　<u>髪型換えた？</u>

紗帆：<u>換えてないわよ</u>。もう、<u>マスカラ</u>のタイプを<u>換えたのよ</u>。
　　　沒有換；「換えていない」的省略說法　　　睫毛膏　　　　　　換了；「の」表示「強調」

雄一：え？　<u>そんなの</u>　<u>わかるわけない</u>*よ。
　　　　　那樣的事情；　　　　不可能會知道
　　　　　「の」表示「代替名詞（＝事）」

使用文型

動詞／い形容詞／な形容詞＋な／名詞＋な

[　　　　　　普通形　　　　　]＋の？　　關心好奇、期待回答

※ 此為「普通體文型」用法，「丁寧體文型」為「～んですか」。
※「な形容詞」、「名詞」的「普通形-現在肯定形」，需要有「な」再接續。

動	気付きます（發現）	→ 気付かないの？*	（沒發現嗎？）
い	新しい（新的）	→ 新しいの？	（是新的嗎？）
な	静か（な）（安靜）	→ 静かなの？	（安靜嗎？）
名	小学生（小學生）	→ 小学生なの？	（是小學生嗎？）

動詞

[辭書形] ＋ わけがない　　不可能 [做] ～

※ 此為「普通體文型」，「丁寧體文型」為「動詞辭書形 ＋ わけがありません」。
※ 口語時，通常採用「普通體文型」説法，並可省略「わけがない」的「が」。

わかる（知道）	→ わかるわけ[が]ない*	（不可能知道）
言います（說）	→ 言うわけ[が]ない	（不可能說）
買います（買）	→ 買うわけ[が]ない	（不可能買）

中譯　紗帆：雄一…，你沒發現嗎？
　　　雄一：啊？嗯～，欸？你換髮型了哦？
　　　紗帆：沒換啦。真是的，我是換了睫毛膏的類型啦。
　　　雄一：啊？那種事情我不可能會知道啦。

好久不見～，你好嗎？
久_{ひさ}しぶり～、元気_{げんき}してた？

な形容詞：	動詞：做、過、弄	補助動詞：
有精神、健康	（します⇒て形）	（います⇒た形）
（副詞用法）		（口語時可省略い）
（口語時可省略に）		

久しぶり～、 元気 [に] | して | [い]た ？

好久不見，　　　健康地　　過著的狀態　　嗎？

使用文型

動詞

[て形] ＋ います　　目前狀態

元気にします（身體弄得很健康） → 元気_{げんき}に<u>して</u>います（身體弄得很健康的狀態）

結婚します（結婚） → 結婚_{けっこん}<u>して</u>います　　（目前是已婚的狀態）

座ります（坐） → 座_{すわ}<u>って</u>います　　（目前是坐著的狀態）

用法　和好久不見的熟人或朋友見面時，可以說這句話來表示關心。

會話練習

チン：あ、紗帆さん、久_{ひさ}しぶり〜、元気_{げんき}してた？

紗帆：あら、チンさん。私_{わたし}は相変_{あいか}わらずよ。チンさんは？
　　　　　　　　　　　　沒有改變

チン：おかげさまで、元気_{げんき}ですよ*。
　　　托您的福　　　　　　　表示：提醒

使用文型

動詞／い形容詞／な形容詞＋[だ]／名詞＋[だ]

[　　　　普通形　　　　]＋よ　　〜喔、〜囉（表示提醒）

※「な形容詞」、「名詞」的「普通形-現在肯定形」，有沒有「だ」都可以。

動	帰ります（回去）	→ 帰_{かえ}るよ	（要回去囉）
い	寒い（寒冷的）	→ 寒_{さむ}いよ	（很冷喔）
な	元気（な）（有精神）	→ 元気_{げんき}[だ]よ	（很有精神喔）
名	無料（免費）	→ 無料_{むりょう}[だ]よ	（是免費喔）

動詞／い形容詞／な形容詞／名詞

[　　　　丁寧形　　　　]＋ よ　　〜喔、〜囉（表示提醒）

動	帰ります（回去）	→ 帰_{かえ}りますよ	（要回去囉）
い	寒い（寒冷的）	→ 寒_{さむ}いですよ	（很冷喔）
な	元気（な）（有精神）	→ 元気_{げんき}ですよ*	（很有精神喔）
名	無料（免費）	→ 無料_{むりょう}ですよ	（是免費喔）

中譯　　陳：啊，紗帆小姐，好久不見〜，你好嗎？
　　　　　紗帆：哎，陳先生。我還是一樣啊，陳先生呢？
　　　　　　陳：托您的福，我很好。

讓你久等了，你等很久了嗎？

お待^またせ。待^まった？

接頭辭：
表示美化、
鄭重

動詞：等待
（待ちます
⇒使役形[待たせます]
除去[ます]）

動詞：做
（します
⇒過去肯定形）
（口語時可省略）

動詞：等待
（待ちます
⇒た形）

お 待たせ [しました] 。 待った ？

讓您久等了 ， 等了 嗎？

使用文型

動詞

お ＋ [ます形] ＋ します 　　謙讓表現：

動作涉及另一方的 [做] 〜

待たせます（讓〜等待） → お待^またせします 　　（我讓您等待了）

持ちます（拿） → お持^もちします 　　（我為您拿）

調べます（調査） → お調^{しら}べします 　　（我為您調査）

用法 約好碰面但是讓對方久等時，可以說這句話。

會話練習

雄一：お待たせ。待った？

紗帆：もう、３０分も 待ったんだよ。
真是的　　　　　表示：強調　「待っていたんだ」的省略說法

雄一：ごめんごめん、道が混んでて*…。
路上處於塞車的狀態；「道が混んでいて」的省略說法；「て形」表示「原因」

紗帆：もう、気をつけてよね。さっ、早く行こう。
真是的　　　　　要注意一下啊　　　好吧　　　趕快去吧

映画始まっちゃう*。
電影要開始了；「映画が始まっちゃう」的省略說法

使用文型

[動詞]

［て形］＋いる　　目前狀態

※ 此為「普通體文型」，「丁寧體文型」為「動詞て形 ＋ います」。
※ 口語時，通常採用「普通體文型」說法，並可省略「動詞て形 ＋ いる」的「い」。

混みます（擁擠）→ 道が混んで[い]る*　　（目前路上是塞車的狀態）

知ります（知道）→ 知って[い]る　　（目前是知道的狀態）

[動詞]

［そ形（〜て／〜で）］＋ちゃう／じゃう　　無法抵抗、無法控制

※ 此為「動詞て形 ＋ しまう」的「縮約表現」，口語時常使用「縮約表現」。
※ 屬於「普通體文型」，「丁寧體文型」為「動詞て形除去[て／で]＋ちゃいます／じゃいます」。

始まります（開始）→ 映画[が]始まっちゃう*　　（電影要開始了）

出発します（出發）→ 電車[が]出発しちゃう　　（電車要出發了）

漏れます（漏出來）→ おしっこ[が]漏れちゃう　　（快要尿出來了）

中譯　雄一：讓你久等了，你等很久了嗎？
紗帆：真是的，我已經等了30分鐘了。
雄一：抱歉抱歉，因為路上塞車…。
紗帆：真是的，你自己要注意一下啊。好吧，快走吧。電影要開始了。

你還沒睡哦？
まだ<ruby>起<rt>お</rt></ruby>きてるの？

| 副詞：
還、未 | 動詞：醒著、起床
（起きます⇒て形） | 補助動詞：
（います⇒辭書形）
（口語時可省略い） | 形式名詞：
んですか⇒普通形
現在疑問表現 |

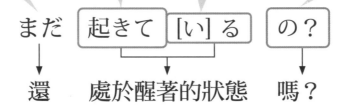

まだ　起きて　[い]る　の？

↓　　　↓　　　　　↓

還　處於醒著的狀態　嗎？

使用文型

動詞

[て形] ＋います　　目前狀態

起きます（醒著、起床）	→ <ruby>起<rt>お</rt></ruby>き<u>て</u>います	（目前是醒著的狀態）
つきます（點燃）	→ <ruby>電気<rt>でんき</rt></ruby>がつい<u>て</u>います	（電燈目前是亮著的狀態）
働きます（工作）	→ <ruby>働<rt>はたら</rt></ruby>い<u>て</u>います	（目前是有工作的狀態）

動詞／い形容詞／な形容詞＋な／名詞＋な

[　　　　　普通形　　　　　]＋んですか　　關心好奇、期待回答

※ 此為「丁寧體文型」用法，「普通體文型」為「～の？」。
※「な形容詞」、「名詞」的「普通形-現在肯定形」，需要有「な」再接續。

動	起きて[い]ます（醒著）	→ <ruby>起<rt>お</rt></ruby>きて[い]<u>る</u>んですか	（是醒著的狀態嗎？）
い	つまらない（無聊的）	→ つまらないんですか	（無聊嗎？）
な	便利（な）（方便）	→ <ruby>便利<rt>べんり</rt></ruby>なんですか	（方便嗎？）
名	半額（半價）	→ <ruby>半額<rt>はんがく</rt></ruby>なんですか	（是半價嗎？）

用法　時間已經很晚了，但對方卻還沒睡時，可以說這句話來表示關心。網路聊天時也經常使用這句話。

會話練習

（パソコンのチャット<u>で</u>）
　　　　　　聊天室

雄一：<u>あれ</u>、まだ起きてるの？
ゆういち　　嗱？　　お

紗帆：うん。<u>眠れなくて</u>*。
さ ほ　　　　　　ねむ
　　　　因為睡不著；「て形」表示「原因」

雄一：<u>そうか</u>、<u>僕</u>はもう<u>寝る</u>*よ。（^-^）ノ　<u>おやすみ～</u>。
ゆういち　是嗎？　　ぼく　　　　　ね　　　　　　　　　　　　晚安

紗帆：（^-^）ノ　おやすみ～。
さ ほ

使用文型

| 動詞 ／ い形容詞 ／ な形容詞 ／ 名詞 |

[普通形（限：現在否定形－<del>ない</del>＋くて）]、～　因為不～，所以～

動	眠れます（睡著）	→ 眠れなくて*	（因為睡不著）
い	安い（便宜的）	→ 安くなくて	（因為不便宜）
な	元気（な）（有精神）	→ 元気じゃなくて	（因為沒精神）
名	本物（真貨）	→ 本物じゃなくて	（因為不是真貨）

動詞

もう＋[辭書形]　已經要去 [做] ～

※ 此為「普通體文型」用法，「丁寧體文型」為「もう＋動詞ます形」。

寝ます（睡覺）	→ もう寝る*	（已經要去睡）
出かけます（出門）	→ もう出かける	（已經要出門）
帰ります（回去）	→ もう帰る	（已經要回去）

中譯　（在電腦的聊天室）
　　　雄一：咦？你還沒睡哦？
　　　紗帆：嗯。因為睡不著。
　　　雄一：是嗎？我已經要去睡了。（^-^）ノ　晚安～。
　　　紗帆：（^-^）ノ　晚安～。

為了避免感冒，多加件衣服喔。

風邪引かないように厚着してね。

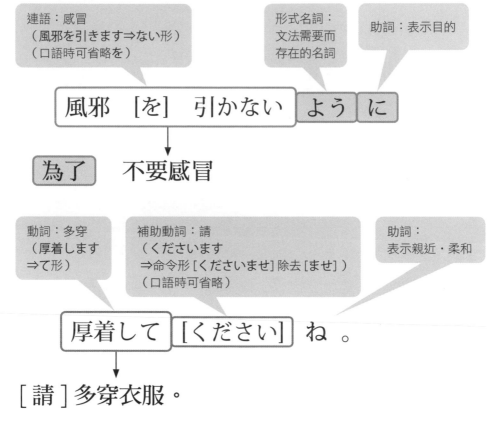

連語：感冒
（風邪を引きます⇒ない形）
（口語時可省略を）

形式名詞：
文法需要而
存在的名詞

助詞：表示目的

風邪　[を]　引かない　よう　に

↓

為了　不要感冒

動詞：多穿
（厚着します
⇒て形）

補助動詞：請
（くださいます
⇒命令形[くださいませ]除去[ませ]）
（口語時可省略）

助詞：
表示親近・柔和

厚着して　[ください]　ね　。

↓

[請]多穿衣服。

※[動詞て形 + ください]：請參考P064

使用文型

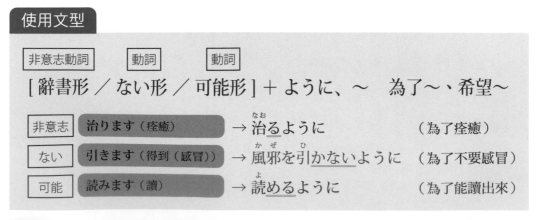

非意志動詞	動詞	動詞

[辭書形 ／ ない形 ／ 可能形] + ように、～　為了～、希望～

非意志	治ります（痊癒）	→ 治るように	（為了痊癒）
ない	引きます（得到（感冒））	→ 風邪を引かないように	（為了不要感冒）
可能	読みます（讀）	→ 読めるように	（為了能讀出來）

用法　因為天氣寒冷，想勸對方多穿一點衣服，以免感冒時，可以說這句話。

會話練習

雄一：じゃ、<u>また明日</u>ね。
　　　明天見吧！「ね」表示「親近・柔和」

紗帆：うん、明日は<u>冷えるらしい</u>*から、
　　　　　　　　　聽說好像會很冷

　　　風邪引かないように厚着してね。

雄一：わかった。紗帆もね。じゃ、<u>バイバイ</u>。
　　　紗帆也一樣喔；「ね」表示「要求同意」　　　掰掰

紗帆：うん、<u>おやすみ</u>。
　　　　　　　晚安

動詞／い形容詞／な形容詞／名詞		
[　　　　普通形　　　　]＋らしい		（聽說）好像～
動　冷えます（冷）	→ 冷えるらしい*	（聽說好像會冷）
い　冷たい（冷淡）	→ 冷たいらしい	（聽說好像很冷淡）
な　綺麗（な）（漂亮）	→ 綺麗らしい	（聽說好像很漂亮）
名　美人（美女）	→ 美人らしい	（聽說好像是美女）

中譯
雄一：那麼，明天見吧！
紗帆：嗯，聽說明天好像會很冷，為了避免感冒，多加件衣服喔。
雄一：我知道了。紗帆也一樣喔。那麼，掰掰。
紗帆：嗯，晚安。

今天你要不要早點休息？

今日は早めに休んだら？
きょう　はや　やす

助詞： 表示 對比 （區別）	副詞： 提前、 提早	動詞：休息 （休みます ⇒た形＋ら）	どう＋です どう…副詞（疑問詞）：如何、怎麼樣 です…助動詞：表示斷定 （現在肯定形） （口語時可省略どうです）	助詞： 表示疑問 （口語時 可省略）

今日　　は　　早めに　　休んだ　ら　　[どうです]　　[か]？

↓　　　↓　　↓　　　　　　　　　　　↓　　　　　　↓

今天　[如果]　提早　[休息的話]　　　怎麼樣　　呢？

使用文型

動詞

[た形] ＋ ら　　～的話，如何？

休みます（休息）	→ 休んだら やす	（休息的話，如何？）
寝ます（睡覺）	→ 早く寝たら はや　ね	（早一點睡的話，如何？）
運動します（運動）	→ 運動したら うんどう	（運動的話，如何？）

用法　關心對方，建議對方今天早點睡覺時，可以說這句話。

會話練習

雄一：明日は面接か。緊張するなあ。
ゆういち　あした　めんせつ　　　　　きんちょう
　　　　　　　　面試　表示：感嘆　　　好緊張啊

紗帆：頑張ってね*。今日は早めに休んだら？
さほ　がんば　　　　　きょう　はや　やす
　　　要加油喔；口語時「て形」後面可省略「ください」（請參考下方文型）

雄一：うん、そうするよ。
ゆういち
　　　　　　　　就那樣做吧

使用文型

動詞

[て形] + [ください] + ね　　請 [做] ～喔

※「丁寧體文型」為「動詞て形 + ください + ね」。
※ 口語時，通常採用「普通體文型」説法，可省略「ください」。

頑張ります（加油）　→ 頑張って[ください]ね*　　　　　　　（請加油喔）
　　　　　　　　　　　　がんば

返します（歸還）　→ 返して[ください]ね　　　　　　　　　（請歸還喔）
　　　　　　　　　　　かえ

洗います（清洗）　→ 洗って[ください]ね　　　　　　　　　（請洗喔）
　　　　　　　　　　　あら

中譯　雄一：明天要面試了。好緊張啊。
　　　紗帆：要加油喔。今天你要不要早點休息？
　　　雄一：嗯，就那樣做吧。

那副眼鏡很適合你。
その眼鏡似合ってるね。

| 連體詞：那個 | 助詞：表示主題（口語時可省略） | 動詞：合適（似合います⇒て形） | 補助動詞：（います⇒辭書形）（口語時可省略い） | 助詞：表示親近・柔和 |

その　眼鏡　[は]　似合って　[い]る　ね。

那個　眼鏡　　呈現很合適的狀態。

使用文型

動詞

[て形] ＋ います　　目前狀態

似合います（合適）	→ 似合っています	（目前是合適的狀態）
消えます（熄滅）	→ 電気が消えています	（電燈目前是熄滅的狀態）
起きます（醒著、起床）	→ 起きています	（目前是醒著的狀態）

～[は]似合って[い]るね。　　～很適合（你）

その髪型[は]似合って[い]るね。	（那個髮型很適合（你））
その服[は]似合って[い]るね。	（那件衣服很適合（你））
そのネックレス[は]似合って[い]るね。	（那條項鍊很適合（你））

用法　對方的眼鏡很適合他時，可以用這句話來表達讚美。

會話練習

雄一：あれ？　今日はコンタクトじゃないの？*

不是配戴隱形眼鏡啊？

紗帆：うん、ちょっと目が疲れてるから。

眼睛處於疲勞的狀態；「目が疲れている」的省略說法

雄一：その眼鏡似合ってるね。

紗帆：そう？　お世辞でも嬉しいわ。

即使是客套話也…

使用文型

動詞／い形容詞／な形容詞／名詞

[普通形（限：否定形）] ＋の？　不～啊？

動	行きます（去）	→ 行かないの?	（不去啊？）
い	寒い（寒冷的）	→ 寒くないの?	（不冷啊？）
な	綺麗（な）（乾淨）	→ 綺麗じゃないの?	（不乾淨啊？）
名	コンタクト（隱形眼鏡）	→ コンタクトじゃないの?*	（不是戴隱形眼鏡啊？）

動詞　　い形容詞　　な形容詞

[て形／－い＋くて／－な＋で／名詞＋で]＋も　即使～，也～

動	降ります（下（雨））	→ 雨が降っても	（即使下雨，也～）
い	安い（便宜的）	→ 安くても	（即使便宜，也～）
な	便利（な）（方便）	→ 便利でも	（即使方便，也～）
名	お世辞（客套話）	→ お世辞でも*	（即使是客套話，也～）

中譯　雄一：咦？你今天不是戴隱形眼鏡啊？
　　　紗帆：嗯，因為覺得眼睛有點疲勞。
　　　雄一：那副眼鏡很適合你。
　　　紗帆：是嗎？即使是客套話，聽了也很高興。

呀～，我不曉得耶。

さあ、僕にはわかんないなあ。

| 感嘆詞：呀 | 助詞：表示方面 | 助詞：表示對比（區別） | 動詞：懂（わかります ⇒ない形） | 助詞：表示感嘆 |

さあ、　僕 に は　わからない　なあ 。

↓　　　↓　　　　　　↓

呀～，　對我而言的話　　不曉得。

※「わからない」的「縮約表現」是「わかんない」，口語時常使用「縮約表現」。

使用文型

[僕／私] ＋には～　　對我而言的話，～

※ 助詞「に」的用法很多，上方主題句的「に」是表示「方面」。
※ 上方主題句的「は」和單元 083 相同，都是表示「對比・區別」。
※「僕」和「私」都是「我」的意思。「僕」適用於男性，「私」則是男女皆適用。

わかります（懂）	→ 僕にはわからない	（對我而言的話，不曉得）
できます（能夠）	→ 私にはできない	（對我而言的話，做不到）
聞こえます（聽得到）	→ 私には聞こえない	（對我而言的話，聽不到）

用法　有人提問時，如果是自己不懂的問題，可以說這句話來回應對方。

會話練習

紗帆：ねえ、男の人って*、どうしてすぐ浮気するの？
男人…；「って」表示「主題」（＝は）　　　　容易　外遇呢？（「～の？」用法請參考P025）

雄一：さあ、僕にはわかんないなあ。

紗帆：とぼけないで、雄一なら わかるはず*よ。
不要裝傻　　　如果是雄一的話　照理說應該知道

雄一：そんな…。僕はまじめな男だよ。
哪有這種事　　　　　認真的

使用文型

[名詞] ＋って　　表示主題（＝は）

男の人（男人）　→ 男の人って*　　　　　（男人…）

アメリカ（美國）　→ アメリカって　　　　（美國…）

夏（夏天）　→ 夏って　　　　　　　　　（夏天…）

動詞／い形容詞／な形容詞＋な／名詞＋の

[　　　　普通形　　　　] ＋はず　　（照理說）應該～

※「な形容詞」的「普通形-現在肯定形」需要有「な」；「名詞」需要有「の」再接續。

動	わかります（知道）	→ わかるはず*	（照理說應該知道）
い	強い（強大的）	→ 強いはず	（照理說應該很強）
な	簡単（な）（簡單）	→ 簡単なはず	（照理說應該很簡單）
名	無料（免費）	→ 無料のはず	（照理說應該是免費）

中譯　紗帆：喂，男人為什麼容易外遇呢？
雄一：呀～，我不曉得耶。
紗帆：不要裝傻，雄一的話，照理說應該知道吧。
雄一：哪有這種事…。我可是個認真的男人耶。

我總覺得無法理解。

どうも納得できないなあ。

副詞：怎麼也

動詞：理解、信服
（納得します
⇒可能形[納得できます]
的ない形）

助詞：表示感嘆

どうも　納得できない　なあ。

↓　　　　　↓

怎麼也　　無法理解。

相關表現

不曉得為什麼，我就是不能接受。

※ 被問到不喜歡某個人、事、物的理由，想表達自己「沒有為什麼，就是不喜歡」時，所使用的一
　句話。

な形容詞：生理上
（生理的⇒副詞用法）

な形容詞：
難以辦到、不能接受

生理的に　無理 。

↓　　　　↓

生理上 不能接受。

用法　聽過對方的說明，仍然無法理解、接受時，可以說這句話。

會話練習

雄一：どうも納得できないなあ。
　　　　　（なっとく）

紗帆：何が？
　　　（なに）

雄一：同期で入ったバイトの同僚に時給聞いたら*、
　　　同時期進來　　　　　　　　　　表示：動作的對方　問了之後，發現…

　　　僕より２０円高いんだよ。
　　　比我高20日圓；「んだ」表示「強調」

紗帆：ふーん、その人が経験者だったんじゃない？*
　　　　　　　　　ひと　けいけんしゃ
　　　　　　　　　　　　　　不是有經驗的人嗎？

使用文型

動詞

[た形] ＋ ら、〜　　[做]〜了・結果〜

聞きます（詢問）	→ 聞いたら*	（問了，結果〜）
告白します（告白）	→ 告白したら	（告白了，結果〜）
買います（買）	→ 買ったら	（買了，結果〜）

動詞／い形容詞／な形容詞＋な／名詞＋な

[　　　　　普通形　　　　　]＋んじゃない？　　不是〜嗎？

※「な形容詞」、「名詞」的「普通形-現在肯定形」，需要有「な」再接續。

動	行きます（去）	→ 行くんじゃない？	（不是要去嗎？）
い	おもしろい（有趣的）	→ おもしろいんじゃない？	（不是很有趣嗎？）
な	にぎやか（な）（熱鬧）	→ にぎやかなんじゃない？	（不是很熱鬧嗎？）
名	経験者（有經驗的人）	→ 経験者だったんじゃない？*	（不是有經驗的人嗎？）

中譯　雄一：我總覺得無法理解。
　　　紗帆：什麼事？
　　　雄一：我問了跟我同時期進來的打工同事的時薪，結果發現他比我多20日圓。
　　　紗帆：嗯～，那個人不是有經驗的人嗎？

237

早知道我就不做了…。

やめときゃよかった…。

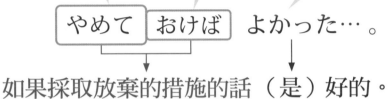

動詞：放棄、取消
（やめます⇒て形）

補助動詞：善後措施
（おきます⇒條件形）

い形容詞：好
（いい⇒普通形-過去肯定形）

| やめて | おけば | よかった…。 |

如果採取放棄的措施的話（是）好的。

※ 「やめておけば」的「縮約表現」是「やめときゃ」，口語時常使用「縮約表現」。

使用文型

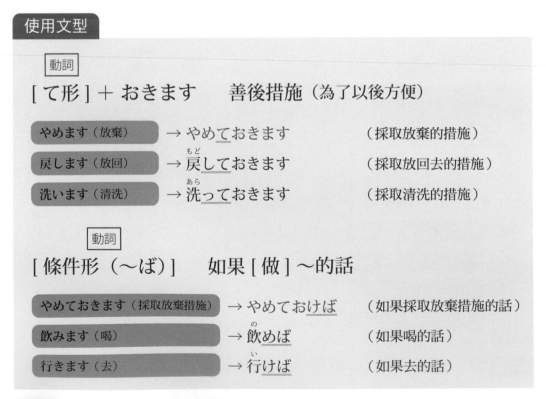

動詞

[て形] + おきます　善後措施（為了以後方便）

やめます（放棄）	→ やめておきます	（採取放棄的措施）
戻します（放回）	→ 戻しておきます	（採取放回去的措施）
洗います（清洗）	→ 洗っておきます	（採取清洗的措施）

動詞

[條件形（〜ば）]　如果 [做] 〜的話

やめておきます（採取放棄措施）	→ やめておけば	（如果採取放棄措施的話）
飲みます（喝）	→ 飲めば	（如果喝的話）
行きます（去）	→ 行けば	（如果去的話）

用法　做了某事之後，覺得很後悔時，可以說這句話。

會話練習

雄一：うわ、質感が思ってたのと 全然違う…
和所想的…；「思っていたのと」的省略說法　完全不一樣

紗帆：どこで買ったの？*
買的呢？

雄一：ネットで…。やめときゃよかった…。
在網路上

紗帆：そうね、実際に目で確かめてからでないと*ね。
對啊　　　　　　　　　若不先用眼睛確認，就不能（買）

使用文型

動詞／い形容詞／な形容詞＋な／名詞＋な

[　　　　普通形　　　　]＋の？　　關心好奇、期待回答

※ 此為「普通體文型」，「丁寧體文型」為「～んですか」。
※「な形容詞」、「名詞」的「普通形-現在肯定形」，需要有「な」再接續。

動	買います（買）	→ どこで買ったの？*	（在哪裡買的呢？）
い	優しい（溫柔的）	→ 優しいの？	（溫柔嗎？）
な	静か（な）（安靜）	→ 静かなの？	（很安靜嗎？）
名	恋人（情人）	→ 恋人なの？	（是情人嗎？）

動詞

[て形]＋からでないと　　若不先[做]～的話，就（不）～

確かめます（確認）	→ 確かめてからでないと*	（不先確認，就（不）～）
洗います（清洗）	→ 洗ってからでないと	（不先清洗，就（不）～）
相談します（商量）	→ 相談してからでないと	（不先商量，就（不）～）

中譯　雄一：哇～，質感和我想的完全不一樣…
　　　紗帆：你在哪裡買的呢？
　　　雄一：在網路上…。早知道我就不做（買）了…。
　　　紗帆：對啊，沒有先親眼確認就不能買啊。

並沒有那樣的打算。

そういうつもりじゃないんだけどね。

| 副詞：
那樣、
這樣 | 動詞：
為了接名詞放的
（いいます
⇒辭書形） | 名詞：打算
（つもり
⇒普通形-
現在否定形） | 連語：ん＋だ
ん…形式名詞
（の⇒縮約表現）
だ…助動詞：表示斷定
（です⇒普通形-現在肯定形） | 助詞：
表示
微弱
主張 | 助詞：
表示
親近・
柔和 |

そう　いう　つもりじゃない　んだ　けど　ね。

不是　那樣的　打算　。

使用文型

| 動詞 | | 動詞 |

[辭書形 ／ ない形] ＋ つもりです　　打算 [做] ～

| 辭書 | いいます（為了接名詞放的）| → そういうつもりです　（打算那樣）|
| ない | 帰ります（回去）| → 帰らないつもりです　（打算不要回去）|

| 動詞 ／ い形容詞 ／ な形容詞＋な ／ 名詞＋な |

[　　　　　　普通形　　　　　　] ＋ んです　　強調

※ 此為「丁寧體文型」用法，「普通體文型」為「～んだ」。
※「な形容詞」、「名詞」的「普通形-現在肯定形」，需要有「な」再接續。

動	買います（買）	→ 買うんです	（要買）
い	悲しい（悲傷的）	→ 悲しいんです	（很悲傷）
な	安全（な）（安全）	→ 安全なんです	（很安全）
名	～つもり（～的打算）	→ ～つもりじゃないんです	（不是～的打算）

用法　想說明自己並沒有像對方所想的那種打算時，可以說這句話。

會話練習

紗帆：どうしたの？　スーツ なんて買って。
你怎麼了？　　　　西裝　　之類的　　原本的語順是：
　　　　　　　　　　　　　　　　　　スーツなんて買ってどうしたの？

雄一：似合うかな？
適合嗎？「かな」表示「自言自語式疑問、沒有強制要求對方回應」

紗帆：別のバイト探すの？
　　　　　　　　　要尋找嗎？

雄一：そういうつもりじゃないんだけどね。

　　　いつか 必要になる* と思って*…。
　　　某一天　會變成必需的　〜と思う：覺得…；「て形」表示「原因」

使用文型

| 動詞 | い形容詞 | な形容詞 |

[辭書形＋ように／−い＋く／−な＋に／名詞＋に]＋なる　變成

動	読みます（讀）	→ 読むようになる	（變成有閱讀的習慣）
い	安い（便宜的）	→ 安くなる	（變便宜）
な	必要（な）（必需）	→ 必要になる*	（變成必需的）
名	美人（美女）	→ 美人になる	（變成美女）

動詞／い形容詞／な形容詞＋だ／名詞＋だ

[　　　　　　普通形　　　　　　]＋と＋思う　覺得〜、認為〜

※「な形容詞」、「名詞」的「普通形-現在肯定形」，需要有「だ」再接續。

動	なります（變成）	→ 必要になると思う*	（覺得會變成必需的）
い	高い（貴的）	→ 高いと思う	（覺得很貴）
な	不便（な）（不方便）	→ 不便だと思う	（覺得不方便）
名	外国人（外國人）	→ 外国人だと思う	（覺得是外國人）

中譯　紗帆：你怎麼了？買西裝之類的。
　　　雄一：適合嗎？
　　　紗帆：要找別的打工工作嗎？
　　　雄一：並沒有那樣的打算，是覺得某一天會需要的…。

我的意思不是那樣啦。

そんなつもりで言ったんじゃないよ。

連體詞： 那麼、 那樣的	助詞： 表示樣態	動詞：説、講 （言います ⇒た形）	連語：ん＋じゃない ん…形式名詞：（の⇒縮約表現） じゃない…です ⇒普通形-現在否定形	助詞： 表示 提醒

そんな　つもり　で　　言った　んじゃない　よ。

並不是　那樣的　打算　的情況下　說出口。

使用文型

動詞／い形容詞／な形容詞＋な／名詞＋な

[　　　　　　　普通形　　　　　　　]＋んです　　強調

※ 此為「丁寧體文型」用法，「普通體文型」為「～んだ」。
※「な形容詞」、「名詞」的「普通形-現在肯定形」，需要有「な」再接續。

動	言います（說）	→ 言ったんです	（說了）
い	安い（便宜的）	→ 安いんです	（很便宜）
な	にぎやか（な）（熱鬧）	→ にぎやかなんです	（很熱鬧）
名	誤解（誤會）	→ 誤解なんです	（是誤會）

用法　自己說的話遭到別人誤解時，可以說這句話來辯解。

會話練習

雄一：太郎君、またバイトの面接に落ちたそう*だね。
　　　　　　　　　　　　　　　聽說面試落選了

太郎：ええ、ぼくはほんとだめな人間なんです。
　　　　　　　　　　一無是處的人；「んです」表示「強調」

雄一：いや、そんなつもりで言ったんじゃないよ。
　　　　不

　　　よかったら、僕が働いてる所に来ない？　ちょうど今、
　　　　不嫌棄的話　　　　工作的地方；「働いている所」的省略說法　　　現在剛好

　　　人手が必要なんだ*。
　　　因為需要人手；「んだ」表示「理由」

使用文型

動詞／い形容詞／な形容詞＋だ／名詞＋だ

[　　　　　普通形　　　　　]＋そう　　聽說～

※「な形容詞」、「名詞」的「普通形-現在肯定形」，需要有「だ」再接續。

動	落ちます（落選）	→ 落ちたそう*	（聽說落選了）
い	難しい（困難的）	→ 難しいそう	（聽說會很難）
な	有名（な）（有名）	→ 有名だそう	（聽說很有名）
名	俳優（演員）	→ 俳優だそう	（聽說是演員）

動詞／い形容詞／な形容詞＋な／名詞＋な

[　　　　　普通形　　　　　]＋んだ　　理由

※「な形容詞」、「名詞」的「普通形-現在肯定形」，需要有「な」再接續。

動	食べます（吃）	→ 食べるんだ	（因為要吃）
い	易しい（簡單的）	→ 易しいんだ	（因為很簡單）
な	必要（な）（必需）	→ 必要なんだ*	（因為是必需的）
名	学生（學生）	→ 学生なんだ	（因為是學生）

中譯　雄一：太郎，聽說你打工的面試又落選了。
　　　太郎：對啊，我真是個一無是處的人。
　　　雄一：不，我的意思不是那樣啦。不嫌棄的話，要不要來我工作的地方？因為
　　　　　　現在剛好需要人手。

啊！那個我知道！

あ、それ知ってる！

感嘆詞： 啊	助詞：表示對比（區別） （口語時可省略）	動詞：知道、認識 （知ります⇒て形）	補助動詞： （います⇒辭書形） （口語時可省略い）

あ　、　それ　[は]　知って　[い]る　！

↓　　　　　↓　　　　　　　　　↓

啊　　　那個 [的話]　　　已經知道了！

使用文型

動詞

[て形] ＋ います　　目前狀態

知ります（知道）	→ 知っています	（目前是知道的狀態）
起きます（醒著、起床）	→ 起きています	（目前是醒著的狀態）
働きます（工作）	→ 働いています	（目前是有工作的狀態）

用法　當對方說的是自己已經知道的事情時，可以說這句話。

會話練習

雄一：悪の教典って映画*見た？
　　　　　叫做…　　　　　　　看了嗎？

紗帆：あ、それ知ってる！　貴志佑介の小説のでしょ。
　　　　　　　　　　　　　　　　是～的小說的電影對不對？「～の小説の映画でしょう」的省略說法

雄一：そうそう。怖かったよ。今まで見た映画で 一番怖かった。
　　　沒錯沒錯　　恐怖的　　目前為止　　表示：範圍　　最恐怖的

紗帆：そうね。私は小説を読んだけど、
　　　　　　　　　　　　表示：前言

怖くて眠れなくなった*わ。
因為太恐怖，所以睡不著；「て形」表示「原因」

使用文型

[名詞A] ＋ って ＋ [名詞B]　　叫做A的B

悪の教典（悪之教典）、映画（電影）→	悪の教典って映画* （叫做「悪之教典」的電影）
山田（山田）、人（人）→	山田って人 （叫做「山田」的人）
武蔵商社（武蔵商社）、会社（公司）→	武蔵商社って会社 （叫做「武蔵商社」的公司）

動詞 ／ い形容詞 ／ な形容詞 ／ 名詞

[普通形（限：現在否定形－ない＋く）] ＋ なった　　變成不～了

動	眠れます（睡著）→	眠れなくなった* （變成睡不著了）
い	おいしい（好吃的）→	おいしくなくなった （變成不好吃）
な	にぎやか（な）（熱鬧）→	にぎやかじゃなくなった （變成不熱鬧了）
名	独身（單身）→	独身じゃなくなった （變成不是單身了）

中譯　雄一：你看過一部叫做「悪之教典」的電影嗎？
　　　紗帆：啊，那個我知道！是貴志佑介的小說的電影對不對？
　　　雄一：沒錯沒錯。很恐怖喔！是我到目前為止看過的電影中，最恐怖的一部。
　　　紗帆：就是啊。我看了小說，還因為太恐怖，所以睡不著呢。

唬你的啦。

なんちゃって。

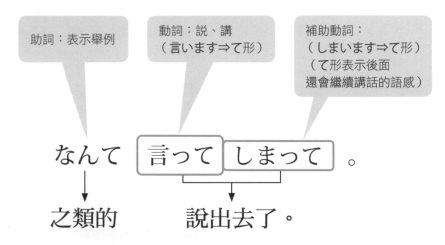

助詞：表示舉例

動詞：說、講
（言います⇒て形）

補助動詞：
（しまいます⇒て形）
（て形表示後面
還會繼續講話的語感）

なんて 言って しまって 。

↓ ↓
之類的 說出去了。

※「なんて言ってしまって」的「縮約表現」是「なんちゃって」，口語時常使用「縮約表現」。
※「なんちゃって」口語時也常說成「な～んちゃって」（如右頁）。

使用文型

動詞

[て形] ＋ しまいます　　動作乾脆進行

言います（說）→ 言ってしまいます　　（說出去了）

買います（買）→ 買ってしまいます　　（買下來了）

捨てます（丟棄）→ 捨ててしまいます　　（乾脆丟掉了）

用法　開玩笑之後，可以用這句話來告訴對方，剛剛說的只是一個玩笑。

會話練習

雄一：紗帆、実は僕、好きな人ができたんだ。
　　　　　 其實　　　　　 喜歡的人　　　 出現了；「んだ」表示「強調」

紗帆：え！？　ほんと！？
　　　　　　　　　 真的嗎？

雄一：な～んちゃって。

紗帆：もう、雄一ったら*。
　　　 真是的　　　 我說…

使用文型

[名詞] ＋ったら　我說～啊（提起話題）、說到～（表示驚訝、不滿）

雄一（雄一）	→ 雄一ったら*	（我說雄一啊）
あなた（你）	→ あなたったら	（我說你啊）
旦那（老公）	→ うちの旦那ったら	（說到我老公啊）

中譯　雄一：紗帆，其實，我有喜歡的人了。
　　　紗帆：啊！？真的嗎！？
　　　雄一：唬妳的啦。
　　　紗帆：真是的，我說雄一你啊。

嗯～，老樣子。

ん～、相変わらずだね。
あい か

感嘆詞：
嗯～

副詞：
照舊、往常一樣

助動詞：表示斷定
（です⇒普通形-現在肯定形）

助詞：
表示親近・柔和

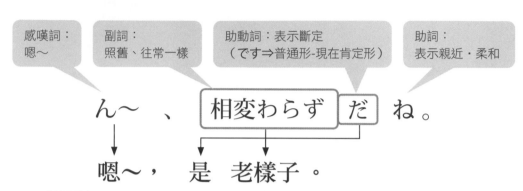

ん～　、　相変わらず　だ　ね。

嗯～，　是　老樣子。

使用文型

動詞／い形容詞／な形容詞＋だ／名詞＋だ／副詞＋だ

[　　　　　　　普通形　　　　　　　]＋ね　表示親近・柔和

※「な形容詞」、「名詞」的「普通形-現在肯定形」，需要有「だ」再接續。
※「副詞」則用「だ」和「です」來表示「普通形」和「丁寧形」的差異。

動	納得します（理解）	→ 納得<u>でき</u>ないね	（無法理解）
い	良い（好的）	→ 良<u>く</u>ないね	（是不好的）
な	嫌（な）（不要）	→ 嫌<u>だ</u>ね	（是不要的）
名	反対（反對）	→ 反対<u>だ</u>ね	（是反對的）
副	相変わらず（照舊）	→ 相変わらず<u>だ</u>ね	（是照舊的）

動詞／い形容詞／な形容詞／名詞／副詞

[　　　　　丁寧形　　　　　]＋ね　　表示親近・柔和

動	納得します（理解）	→ 納得<u>でき</u>ませんね	（無法理解）
い	良い（好的）	→ 良<u>く</u>ないですね	（是不好的）
な	嫌（な）（不要）	→ 嫌<u>です</u>ね	（是不要的）
名	反対（反對）	→ 反対<u>です</u>ね	（是反對的）
副	相変わらず（照舊）	→ 相変わらず<u>です</u>ね	（是照舊的）

用法　被問到最近的狀況時，可以用這句話來告訴對方自己跟以前一樣，沒什麼改變。

會話練習

雄一：あ、貫太君、久しぶり。
好久不見

貫太：ああ、雄ちゃん。最近どう？
過得怎麼樣？

雄一：ん～、相変わらずだね。そっちは？
你（那邊）呢？

貫太：実は最近新しいバイト始めたんだ*。
其實　　　　　　　　開始打工；「バイトを始めたんだ」的省略說法；「んだ」表示「強調」

使用文型

動詞／い形容詞／な形容詞＋な／名詞＋な

[　　　　　普通形　　　　　]＋んだ　　強調

※ 此為「普通體文型」用法，「丁寧體文型」為「～んです」。
※「な形容詞」、「名詞」的「普通形-現在肯定形」，需要有「な」再接續。

動	始めます（開始）	→ 始めたんだ*	（開始了）
い	安い（便宜的）	→ 安いんだ	（很便宜）
な	丈夫（な）（堅固）	→ 丈夫なんだ	（很堅固）
名	無料（免費）	→ 無料なんだ	（是免費）

中譯　雄一：啊，貫太，好久不見。
　　　貫太：啊，小雄。最近過得怎樣？
　　　雄一：嗯～老樣子。你呢？
　　　貫太：其實，我最近開始做新的打工工作了。

我現在在忙，等一下回電給你。

ちょっと取り込み中だから、

こっちからかけ直すね。

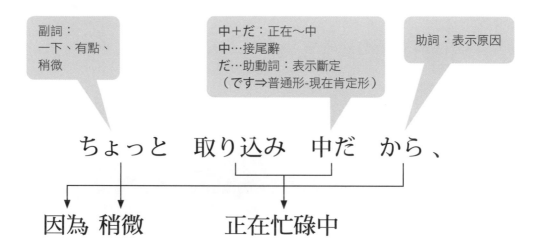

副詞：
一下、有點、
稍微

中＋だ：正在〜中
中…接尾辭
だ…助動詞：表示斷定
（です⇒普通形-現在肯定形）

助詞：表示原因

ちょっと　取り込み　中だ　から、

因為　稍微　　　　正在忙碌中

助詞：
表示
起點

動詞：打（電話）
（かけます
⇒ます形除去［ます］）

後項動詞：重新
（直します
⇒辭書形）

助詞：
表示親近
・柔和

こっち　から　かけ　直す　ね　。

從　我這邊　　　會重新打（電話）給你。

※ かけ直す：複合型態（＝かけ＋直す）

用法 現在正在忙，無法和對方長時間講電話時，可以說這句話。

會話練習

（携帯で話す[*]）
用手機講話

雄一：あ、<u>もしもし</u>、紗帆？　<u>今</u>だいじょうぶ？
喂喂　　　　　　　　　可以講電話嗎？

紗帆：雄一。ちょっと取り込み中だから、

こっちからかけ直すね。

雄一：あ、<u>はいはい</u>〜。
好的、好的

使用文型

[名詞] ＋ で ＋ 話す　　用〜講話

携帯（手機）	→ 携帯で話す[*]	（用手機講話）
英語（英文）	→ 英語で話す	（用英文講話）
スカイプ（Skype）	→ スカイプで話す	（用 Skype 講話）

中譯　（用手機講話）
雄一：啊，喂喂，紗帆？現在可以講電話嗎？
紗帆：雄一。我現在在忙，等一下回電給你。
雄一：啊，好的、好的〜。

e-mail 亂碼沒辦法看。

メール文字化けしてて読めないんだけど。

助詞：表示焦點	動詞：變亂碼	補助動詞：
（口語時可省略）	（文字化けします⇒て形）	（います⇒て形）
		（て形表示原因）
		（口語時可省略い）

メール　[が]　　文字化けして　[い]て

↓

電子郵件　　　　因為處於亂碼的狀態

動詞：閱讀	連語：ん＋だ	助詞：表示微弱主張
（読みます	ん…形式名詞（の⇒縮約表現）	
⇒可能形[読めます]	だ…助動詞：表示斷定	
的ない形）	（です⇒普通形-現在肯定形）	

読めない　んだ　けど。

↓

沒辦法閱讀。

使用文型

※［動詞て形＋います］：請參考P022

動詞／い形容詞／な形容詞＋な／名詞＋な

[　　　　普通形　　　　]＋んです　　強調

※ 此為「丁寧體文型」用法，「普通體文型」為「～んだ」。
※「な形容詞」、「名詞」的「普通形-現在肯定形」，需要有「な」再接續。

動	読めます（可以閱讀）	→ 読めないんです	（沒辦法閱讀）
い	おいしい（好吃的）	→ おいしいんです	（很好吃）
な	静か（な）（安靜）	→ 静かなんです	（很安靜）
名	先生（老師）	→ 先生なんです	（是老師）

用法　傳送過來的電子郵件變成亂碼無法閱讀時，可以說這句話。

會話練習

紗帆：雄一、<u>チンさんからのメール</u>なんだけど*。
　　　　　　　來自陳先生　　　　　　　　　　　表示：前言

雄一：<u>どうかした？</u>
　　　　　怎麼了嗎？

紗帆：メール<u>文字化け</u>してて<u>読めない</u>んだけど。
　　　　　　　　もじばけ　　　　　　よ

雄一：ああ、<u>エンコード</u>を<u>中国語に</u> <u>換えれば</u> <u>読める</u>よ。
　　　　　　　編碼　　　　　　ちゅうごくご　か　　　　よ
　　　　　　　　　　　　　　轉換的話　　可以閱讀

使用文型

動詞／い形容詞／な形容詞＋な／名詞＋な

[　　　　　　普通形　　　　　　]＋んだけど*　　表示前言

※ 此為「普通體文型」用法，「丁寧體文型」為「～んですが」。
※「な形容詞」、「名詞」的「普通形-現在肯定形」，需要有「な」再接續。
※ 表示前言的「～んだけど」接續其他文型的用法很常見，整理如下：

前句	後句	
理由 んだけど、	（1）ない形 ～ない？	…邀請、邀約
	（2）て形 [ください]	…要求
※助詞「けど」：前言的用法	（3）ない形 で [ください]	…要求
陳述重點在後句，但是直接說後句會覺得冒昧或意思不夠清楚時，先講出來前句，讓句意清楚，並在前句句尾加「けど」，再接續後句。	（4）て形 も いい？	…請求許可
	（5）た形 ら いい？	…請求建議
	…etc	

（1）チケットが2枚あるんだけど、一緒に見に行かない？（我有兩張票，要不要一起去看？）
　　　　　　　　にまい　　　　　　　　いっしょ　み　い

（2）東京駅へ行きたいんだけど、ちょっと地図をかいて[ください]。
　　　とうきょうえき　い　　　　　　　　　　　ちず
　　　（我想要去東京車站，請幫我畫一下地圖。）

（3）もう寝たいんだけど、大きい声で話さないで[ください]。
　　　　　ね　　　　　　　おお　こえ　はな
　　　（我已經想睡了，請不要大聲說話。）

（4）暑いんだけど、クーラーをつけてもいい？（好熱，可以開冷氣嗎？）
　　　あつ

（5）日本人の友達が欲しいんだけど、どうしたらいい？
　　　にほんじん　ともだち　ほ
　　　（我想結交日本朋友，要怎麼做比較好？）

中譯　紗帆：雄一，關於陳先生傳來的電子郵件…
　　　雄一：怎麼了嗎？
　　　紗帆：e-mail 亂碼沒辦法看。
　　　雄一：啊～，把編碼換成中文的話，就可以閱讀了。

那，猜拳決定吧。

じゃあ、じゃんけんで決<small>き</small>めよう。

接續詞：那麼	助詞：表示手段、方法	動詞：決定 （決めます⇒意向形）

じゃあ　、　じゃんけん　で　決めよう。
↓　　　　　　↓　　　↓　　　↓
那麼，　　　　猜拳　　的方式　決定吧。

使用文型

[名詞] ＋ で＋ 決めよう　　用～決定吧

じゃんけん（猜拳）	→ じゃんけんで決<small>き</small>めよう	（用猜拳決定吧）
くじ引き（抽籤）	→ くじ引<small>び</small>きで決<small>き</small>めよう	（用抽籤決定吧）
多数決（多數表決）	→ 多数決<small>たすうけつ</small>で決<small>き</small>めよう	（用多數表決決定吧）

用法　為了某個事物互不相讓，建議用猜拳來決定時，可以說這句話。

會話練習

紗帆：このチョコ、食べちゃっ*てもいい？*
「食べちゃう＋でもいい？」可以吃完嗎？

雄一：あ、僕も食べたい。
想要吃

紗帆：ええ〜、一個しかないよ。
只有一個

雄一：じゃあ、じゃんけんで決めよう。

使用文型

動詞

[て形（〜て／〜で）]＋ちゃう／じゃう　動作乾脆進行

※ 此為「動詞て形＋しまう」的「縮約表現」，口語時常使用「縮約表現」。
※ 屬於「普通體文型」，「丁寧體文型」為「動詞て形除去[て／で]＋ちゃいます／じゃいます」。

食べます（吃）	→ 食べちゃう*	（吃掉）
飲みます（喝）	→ 飲んじゃう	（喝掉）
捨てます（丟棄）	→ 捨てちゃう	（乾脆丟掉）

動詞

[て形]＋も＋いい？　可以[做]〜嗎？

※ 此為「普通體文型」用法，「丁寧體文型」為「動詞て形＋も＋いいですか」。

食べちゃいます（吃掉）	→ 食べちゃってもいい？*	（可以吃掉嗎？）
帰ります（回去）	→ 帰ってもいい？	（可以回去嗎？）
遊びます（玩）	→ 遊んでもいい？	（可以玩嗎？）

中譯　紗帆：我可以吃掉這塊巧克力嗎？
雄一：啊，我也想吃。
紗帆：啊〜，只有一個耶。
雄一：那，猜拳決定吧。

把過去的都付諸流水，…
これまでのことは水に流して、…

| 助詞：表示界限 | 助詞：表示所屬 | 助詞：表示對比（區別） | 助詞：表示動作歸著點 | 動詞：沖走（流します⇒て形）（て形表示後面還會繼續講話的語感） |

これ　まで　の　こと　は　水　に　流して　、…

這個　為止　的　事情　的話　在　水裡　沖走，…

使用文型

[名詞] ＋ まで　　表示界限

これ（這個）→ これまで　　（到這個為止）

五歳（五歲）→ 五歳まで　　（到五歲為止）

前回（上次）→ 前回まで　　（到上次為止）

[名詞] ＋ は　　表示：對比・區別

※ 助詞「は」可以表示：（1）主題・主語（2）對比・區別（3）動作主。
※ 上方主題句的「は」是表示「對比・區別」。

これまでのこと（目前為止的事情）→ これまでのことは
（目前為止的事情的話，…）
※ 區別出「目前為止的事情」，其他先不管

肉（肉）→ 肉は食べません　　（肉的話，不吃）
※ 區別出「肉」不吃，暗示其他東西會吃

明日（明天）→ 明日は働きません　　（明天的話，不工作）
※ 區別出「明天」不工作，暗示其他天要工作

用法　想表達要把過去各種不愉快的事情都忘掉，保持積極樂觀的心態時，可以說這句話。

會話練習

花子（はなこ）：どうして 仲直（なかなお）りしなきゃいけない*の？
為什麼　　　　一定要和好呢？（「～の？」用法請參考P025）

紗帆（さほ）：まあまあ、これまでのことは水（みず）に流（なが）して、
好了，好了

二人（ふたり）は幼馴染（おさななじ）みなんでしょう？*
是青梅竹馬對不對？

雄一（ゆういち）：花子（はなこ）ちゃん、もう 機嫌（きげん）を直（なお）してよ。僕（ぼく）が悪（わる）かったよ。
真是的；表示不耐煩的語氣　消消氣吧；口語時「て形」後面　　是我的錯啦
　　　　　　　　　　　　　可省略「ください」

使用文型

[動詞]

[ない形] ＋ なきゃいけない　　一定要 [做] ～

※ 此為「普通體文型」用法，「丁寧體文型」為「動詞ない形 ＋ なければいけません」。

仲直（なかなお）りします（和好）　→ 仲直（なかなお）りしなきゃいけない*　（一定要和好）

買（か）います（買）　→ 買（か）わなきゃいけない　　（一定要買）

見（み）ます（看）　→ 見（み）なきゃいけない　　（一定要看）

[動詞／い形容詞／な形容詞＋な／名詞＋な]

[　　　　　普通形　　　　　]＋んでしょう？　　～對不對？（強調語氣）

※「な形容詞」、「名詞」的「普通形-現在肯定形」，需要有「な」再接續。
※「～んでしょう」為「～でしょう」的強調語氣。

動　来（き）ます（來）　→ 来（く）るんでしょう？　　（會來對不對？）

い　易（やさ）しい（簡單的）　→ 易（やさ）しいんでしょう？　　（很簡單對不對？）

な　好（す）き（な）（喜歡）　→ 好（す）きなんでしょう？　　（很喜歡對不對？）

名　幼馴染（おさななじ）み（青梅竹馬）　→ 幼馴染（おさななじ）みなんでしょう？*　（是青梅竹馬對不對？）

中譯　花子：為什麼一定要和好呢？
　　　紗帆：好了好了，把過去的都付諸流水，你們兩人是青梅竹馬的朋友對不對？
　　　雄一：花子，你真是的，消消氣吧。都是我的錯啦。

啊～，我就是在找這個。

ああ、これこれ、探<small>さが</small>してたんだよ。

| 感嘆詞：
啊～ | 動詞：尋找
（探します
⇒て形） | 補助動詞：
（います⇒た形）
（口語時可省略い） | 連語：ん＋だ
ん…形式名詞（の⇒縮約表現）
だ…助動詞：表示斷定
（です⇒普通形-現在肯定形） | 助詞：
表示
感嘆 |

ああ、 これ これ、 探して [い]た んだ よ。

↓ ↓ ↓
啊～， 這個 這個 就是 一直尋找的 。

使用文型

動詞

[て形] ＋ います　　目前狀態

探します（尋找）	→ 探<small>さが</small>しています	（目前處於尋找的狀態）
壊れます（損壞）	→ 壊<small>こわ</small>れています	（目前是損壞的狀態）
結婚します（結婚）	→ 結婚<small>けっこん</small>しています	（目前是已婚的狀態）

動詞／い形容詞／な形容詞＋な／名詞＋な

[　　　　　普通形　　　　　] ＋んです　　強調

※ 此為「丁寧體文型」用法，「普通體文型」為「～んだ」。
※「な形容詞」、「名詞」的「普通形-現在肯定形」，需要有「な」再接續。

動	探しています（尋找著）	→ 探<small>さが</small>していたんです	（就是一直在尋找的）
い	長い（長久的）	→ 長<small>なが</small>いんです	（非常長久的）
な	大変（な）（辛苦）	→ 大変<small>たいへん</small>なんです	（很辛苦）
名	独身（單身）	→ 独身<small>どくしん</small>なんです	（是單身）

用法　找到很久以前就一直在尋找的東西時，可以說這句話。

會話練習

紗帆：あ、この映画、雄一が見たいって言ってた*やつ

之前說想要看的那部；「見たいって言っていたやつ」的省略説法

じゃない？

不是…嗎？

雄一：ああ、これこれ、探してたんだよ。

紗帆：じゃ、さっそく 借りて、家で見よう*よ。

快點　　　借了之後　　　在家裡看吧

雄一：そうだね。えっと、会員カード は…。

說得也是　　嗯～　　　會員卡　　表示：主題

使用文型

動詞／い形容詞／な形容詞＋（だ）／名詞＋（だ）

[　　　　　普通形　　　　　]＋って言っていた　轉達某人說了～

※ 此為「普通體文型」，「丁寧體文型」為「～って言っていました」。
※ 口語時，通常採用「普通體文型」說法，並省略「～って言っていた」的「い」。
※「な形容詞」、「名詞」的「普通形-現在肯定形」，有沒有「だ」都可以。

動	来ます（來）	→ 来るって言って[い]た	（說了「會來」）
い	見たい（想看）	→ 見たいって言って[い]た*	（說了「想要看」）
な	嫌い（な）（討厭）	→ 嫌い[だ]って言って[い]た	（說了「討厭」）
名	無料（免費）	→ 無料[だ]って言って[い]た	（說了「是免費」）

動詞　　　　　　動詞

[て形A]＋[意向形B]　　[做] A，再 [做] B 吧

借ります（借入）、見ます（看）	→ 借りて、家で見よう*	（借入後，再在家裡看吧）
食べます（吃）、出かけます（出去）	→ 朝ごはんを食べて、出かけよう	（吃早餐後，再出門吧）
書きます（寫）、寝ます（睡覺）	→ 日記を書いて、寝よう	（寫日記後，再睡覺吧）

中譯　紗帆：啊，這部電影不就是雄一之前說想要看的那部嗎？
　　　雄一：啊～，我就是在找這個。
　　　紗帆：那麼，趕快借回家看吧。
　　　雄一：說得也是。嗯～，會員卡…。

是錯覺吧。
気のせい気のせい。

連語：因為心情的緣故
（語句分析同右）

助詞：表示所屬

気のせい

↓

因為心情的緣故

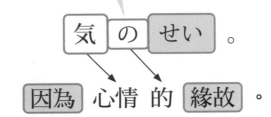

| 気 | の | せい | 。 |

因為 心情 的 緣故 。

使用文型

動詞／い形容詞／な形容詞＋な／名詞＋の

[　　　　普通形　　　　]＋せい、〜　　因為〜導致非正面結果

※「な形容詞」的「普通形-現在肯定形」，需要有「な」；「名詞」需要有「の」再接續。

動	寝坊します（睡過頭）	→ 寝坊したせい	（因為睡過頭，導致〜）
い	寒い（寒冷的）	→ 寒かったせい	（因為很冷，導致〜）
な	不便（な）（不方便）	→ 不便なせい	（因為不方便，導致〜）
名	気（心情）	→ 気のせい	（因為心情，導致〜）

用法　想傳達是對方想太多、或是那是對方的錯覺時，可以說這句話。

紗帆：あれ？　雄一、ちょっと太った？
変胖了嗎？

雄一：そう？　気のせい気のせい。
是嗎？

紗帆：いや、絶対太ったよ、ちょっとお菓子食べすぎ*よ。
一定　　　　　　　　　　　　　　吃太多

雄一：いいじゃないか。太ったら運動すればいい*だろう？
有什麼關係？　　變胖的話　　運動就可以了吧　　…對不對？

使用文型

動詞　　い形容詞　な形容詞

[ます形 / －い / －な / 名詞] ＋ すぎ　　太～

動	食べます（吃）	→ 食べすぎ*	（吃太多）
い	濃い（濃的）	→ 濃すぎ	（太濃）
な	綺麗（な）（漂亮）	→ 綺麗すぎ	（太漂亮）
名	いい人（好人）	→ いい人すぎ	（太好的人）

動詞

[條件形（～ば）] ＋ いい　　[做]～就可以了、[做]～就好了

※ 此為「普通體文型」用法，「丁寧體文型」為「動詞條件形（～ば）＋いいです」。

運動します（運動）	→ 運動すればいい*	（運動就可以了）
売ります（賣）	→ 売ればいい	（賣掉就好了）
食べます（吃）	→ 食べればいい	（吃掉就好了）

中譯　紗帆：咦？雄一，你是不是有一點變胖了？
雄一：是嗎？是錯覺吧。
紗帆：不，一定是胖了。你的點心稍微吃多了啦。
雄一：有什麼關係？變胖的話，運動就可以了吧，對不對？

終於做到了！

ついにやったぞ！

| 副詞：終於 | 動詞：出色的完成
（やります⇒た形） | 助詞：表示強調 |

ついに　やった　ぞ　！
↓　　　　↓
終於 出色的完成了！

使用文型

[動詞]

ついに ＋ [ました形]　　終於 [做]〜了

※ 此為「丁寧體文型」用法，「普通體文型」為「ついに＋動詞た形」。

やります（出色的完成）	→ ついにやりました	（終於出色的完成了）
実現します（實現）	→ ついに実現（じつげん）しました	（終於實現了）
完成します（完成）	→ ついに完成（かんせい）しました	（終於完成了）

用法　自己或別人完成某件事情時，可以說這句話來表達喜悅的心情。

會話練習

雄一：紗帆、このニュース見て*！
_{看這則新聞；「このニュースを見てください」的省略説法}

紗帆：うん？　どれどれ？　あっ！
_{哪個？哪個？}

雄一：ついにやったぞ！　山中氏がノーベル賞だって*。
_{說是得到諾貝爾獎}

紗帆：へえ、すごいね。雄一の高校の先輩、すごいね。
_{厲害的　　　　　　高中學長}

使用文型

動詞

[て形] ＋ [ください]　　請 [做] ～

※「丁寧體文型」為「動詞て形 ＋ ください」。
※ 口語時，通常採用「普通體文型」説法，可省略「ください」。

見ます（看）	→ 見て[ください]*	（請看）
使います（使用）	→ 使って[ください]	（請使用）
決めます（決定）	→ 決めて[ください]	（請決定）

動詞／い形容詞／な形容詞＋だ／名詞＋だ

[　　　　普通形　　　　] ＋って　　提示傳聞內容（聽說、根據自己所知）

※「な形容詞」、「名詞」的「普通形-現在肯定形」，需要有「だ」再接續。

動	買います（買）	→ 買うって	（聽說會買）
い	まずい（難吃的）	→ まずいって	（聽說很難吃）
な	元気（な）（有精神）	→ 元気だって	（聽說很有精神）
名	ノーベル賞（諾貝爾獎）	→ ノーベル賞だって*	（聽說是得到諾貝爾獎）

中譯　雄一：紗帆，你看這則新聞！
　　　紗帆：嗯？哪個？哪個？啊！
　　　雄一：終於做到了！山中先生得到諾貝爾獎了。
　　　紗帆：哇，真厲害啊。雄一的高中學長真厲害耶。

我就是在等這一刻！

待ってました！

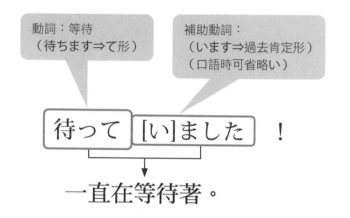

動詞：等待
（待ちます⇒て形）

補助動詞：
（います⇒過去肯定形）
（口語時可省略い）

待って [い]ました ！

一直在等待著。

使用文型

動詞

[て形] ＋います 　目前狀態

待ちます（等待）	→ 待っています	（目前是等待的狀態）
知ります（知道）	→ 知っています	（目前是知道的狀態）
結婚します（結婚）	→ 結婚しています	（目前是已婚的狀態）

用法 一直期盼的事情實現時，可以說這句話。

會話練習

（カラオケで）
卡拉OK

紗帆：それじゃ、歌わせてもらう*わ。
　　　那麼　　　　　讓我唱歌　　　　表示：女性語氣

雄一：待ってました！みんな紗帆の歌声を聞きたがってた*んだよ。
　　　　　　　　　　　　　　　　　　　　　　　從以前就想要聽；「聞きたがっていたんだ」的省略說法；
　　　　　　　　　　　　　　　　　　　　　　　「んだ」表示「強調」

紗帆：そんな大げさよ。そんな期待しないで。
　　　那麼　　誇張　　　　　　　　　不要期待；口語時「ないで」後面可省略「ください」

使用文型

動詞

[使役て形] ＋ もらう　　請讓我 [做] ～

※ 此為「普通體文型」，「丁寧體文型」為「動詞使役て形（使役形的て形）＋ もらいます」。

歌います（唱歌）	→ 歌わせてもらう*	（請讓我唱）
帰ります（回去）	→ 帰らせてもらう	（請讓我回去）
休みます（休息）	→ 休ませてもらう	（請讓我休息）

動詞

[ます形] ＋ たがっていた　　從以前就想要 [做] ～（說明第三人稱的要求）

※ 此為「普通體文型」，「丁寧體文型」為「動詞ます形 ＋ たがっていました」。
※ 口語時，通常採用「普通體文型」說法，並省略「～たがっていた」的「い」。

聞きます（聽）	→ 聞きたがって[い]た*	（某人之前想要聽）
行きます（去）	→ 行きたがって[い]た	（某人之前想要去）
食べます（吃）	→ 食べたがって[い]た	（某人之前想要吃）

中譯　（在卡拉OK）
　　紗帆：那麼，就讓我來唱歌給大家聽。
　　雄一：（我們）就是在等這一刻！大家之前就想要聽紗帆的歌聲呢。
　　紗帆：別說得那麼誇張啦。不要那麼期待啦。

就是啊。

ですよねえ。

そう＋です：是那樣、是這樣	助詞：	助詞：
そう…副詞：那樣、這樣	表示	表示
です…助動詞：表示斷定（現在肯定形）	感嘆	同意
（口語時可省略そう）		

[そう] です　よ　ねえ　。

↓

是那樣。

動詞／い形容詞／な形容詞＋だ／名詞＋だ／副詞＋だ

[　　　　　　普通形　　　　　]＋よねえ　就是〜啊（本來就這麼覺得）

※「な形容詞」、「名詞」的「普通形-現在肯定形」，需要有「だ」再接續。
※「副詞」則用「だ」和「です」來表示「普通形」和「丁寧形」的差異。

動	持ちます（拿）	→ 持っているよねえ	（就是有拿著啊）
い	難しい（困難的）	→ 難しいよねえ	（就是很難啊）
な	にぎやか（な）（熱鬧）	→ にぎやかだよねえ	（就是很熱鬧啊）
名	嘘（謊話）	→ 嘘だよねえ	（就是謊話啊）
副	そう（那樣）	→ そうだよねえ	（就是那樣啊）

動詞／い形容詞／な形容詞／名詞／副詞

[　　　　　　丁寧形　　　　　]＋よねえ　就是〜啊（本來就這麼覺得）

動	持ちます（拿）	→ 持っていますよねえ	（就是有拿著啊）
い	難しい（困難的）	→ 難しいですよねえ	（就是很難啊）
な	にぎやか（な）（熱鬧）	→ にぎやかですよねえ	（就是很熱鬧啊）
名	嘘（謊話）	→ 嘘ですよねえ	（就是謊話啊）
副	そう（那樣）	→ そうですよねえ	（就是那樣啊）

用法　贊成對方所說的話時，可以說這句話。

會話練習

（バイトの店長と休みを交渉する）
表示：動作夥伴

雄一：あのう、来週は全部休ませてほしい*んですが
那個…　　　　　　　　　　希望讓我請假　　　表示：強調　表示：前言

店長：雄一君、それは困るよ。君が休んだら*
　　　　　　　　　　　困擾　　　　　　請假的話

　　誰が店の番をするの？
　　誰來顧店呢？（「～の？」用法請參考P025）

雄一：ですよねえ。

店長：今は繁忙期なんだから、頼むよ。ね？
　　因為是最忙的時候；「んだ」表示「強調」　拜託囉　好嗎？

使用文型

動詞

[て形] ＋ ほしい　　希望 [做] ～（非自己意志的動作）

| 休ませます（讓…請假） | → 休ませてほしい* | （希望別人讓我請假） |
| 晴れます（放晴） | → 晴れてほしい | （希望會放晴） |

動詞／い形容詞／な形容詞／名詞

[　た形 ／ なかった形　] ＋ ら　　如果～的話

動	休みます（請假）	→ 休んだら*	（如果請假的話）
い	寒い（寒冷的）	→ 寒かったら	（如果很冷的話）
な	静か（な）（安靜）	→ 静かだったら	（如果安靜的話）
名	外国人（外國人）	→ 外国人だったら	（如果是外國人的話）

中譯 （和打工店家的店長交渉請假的問題）
雄一：那個…，下星期希望您能讓我請整個星期的假…。
店長：雄一，這樣會很困擾耶。你如果請假的話，誰來顧店呢？
雄一：就是啊。
店長：因為現在正是最忙的時期，拜託你囉，好嗎？

希望是如此。

そうだといいんだけどね〜。

| そう＋だ：是那樣、是這樣
そう…副詞：那樣、這樣
だ…助動詞：表示斷定
（です⇒普通形-現在肯定形） | 助詞：
表示
條件 | い形容詞：
好、良好 | 連語：ん＋だ
ん…形式名詞
（の⇒縮約表現）
だ…助動詞：表示斷定
（です⇒普通形-現在肯定形） | 助詞：
表示
微弱
主張 | 助詞：
表示
感嘆 |

| そうだ | と | | いい | んだ | けど | ね〜。 |

是那樣　的話　真的是　很好。

使用文型

> 動詞／い形容詞／な形容詞＋だ／名詞＋だ／副詞＋だ

[　　　　　普通形（限：現在形）　　　　　]＋と、〜　　條件表現

※「な形容詞」、「名詞」的「普通形-現在肯定形」，需要有「だ」再接續。
※「副詞」則用「だ」和「です」來表示「普通形」和「丁寧形」的差異。（可參考P248）

動	回します（旋轉）	→ 回すと	（如果旋轉的話，就〜）
い	甘い（甜的）	→ 甘いと	（如果很甜的話，就〜）
な	簡単（な）（簡單）	→ 簡単だと	（如果簡單的話，就〜）
名	子供（小孩子）	→ 子供だと	（如果是小孩子的話，就〜）
副	そう（那樣）	→ そうだと	（如果是那樣的話，就〜）

> 動詞／い形容詞／な形容詞＋な／名詞＋な

[　　　　　　　普通形　　　　　　　]＋んです　　強調

※「な形容詞」、「名詞」的「普通形-現在肯定形」，需要有「な」再接續。

動	聞きます（聽）	→ 聞くんです	（要聽）
い	いい（好的）	→ いいんです	（是很好的）
な	丈夫（な）（堅固）	→ 丈夫なんです	（很堅固）
名	子供（小孩子）	→ 子供なんです	（是小孩子）

用法　自己也覺得，事情如果是那樣發展的話就好了的時候，可以說這句話。

會話練習

雄一：新しいウェブサイト作ったんだ。見てよ。
　　　「ウェブサイトを作ったんだ」的省略說法；「んだ」表示「強調」　「見てくださいよ」的省略說法

紗帆：あら、素敵じゃない。これならいっぱい
　　　　　　很厲害不是嗎？　　　　　　　　　　　很多

　　　見に来て*くれそう*ね。
　　　好像會有人來看的樣子

雄一：うん、そうだといいんだけどね～。

使用文型

動詞

[ます形 ／ 動作性名詞] ＋ に ＋ 来る　　來 [做] ～

※ 此為「普通體文型」用法，「丁寧體文型」為「～に来ます」。

動	見ます（看）	→ 見に来る*	（來看）
動	遊びます（玩）	→ 遊びに来る	（來玩）
名	見物（參觀）	→ 見物に来る	（來參觀）

動詞

[て形] ＋ くれそう　　別人好像會為我 [做] ～

見に来ます（來看）	→ 見に来てくれそう*	（好像會有人來看）
掃除します（打掃）	→ 掃除してくれそう	（別人好像會幫我打掃）
買います（買）	→ 買ってくれそう	（別人好像會幫我買）

中譯　雄一：我成立了新的網站。看一下吧。
　　　紗帆：啊，很厲害不是嗎？這樣一來，好像會有很多人來看耶。
　　　雄一：嗯，希望是如此～。

果然不出我所料。

だろうと思{おも}ったよ。

| 連體詞：
那麼、那樣的
（口語時可省略） | こと＋だろう：應該是～事情吧
こと…名詞：事情
だろう…助動詞：表示斷定
（です⇒普通形意向形）
（口語時可省略こと） | 助詞：
提示
內容 | 動詞：
覺得、認為
（思います
⇒た形） | 助詞：
表示
感嘆 |

[そんな]　[こと]　だろう　　と　　思った　　よ。

（我）覺得　　　　　應該是　那樣的　事情吧

使用文型

動詞／い形容詞／な形容詞／名詞

[　　　　普通形　　　　]＋だろう　　應該～吧（推斷）

※「丁寧體」是「～でしょう」，「普通體」是「～だろう」。
※「～だろう」是偏向男性語氣的説法。

動	来ます（來）	→ 来{く}るだろう	（應該會來吧）
い	難しい（困難的）	→ 難{むずか}しいだろう	（應該很難吧）
な	安全（な）（安全）	→ 安全{あんぜん}だろう	（應該很安全吧）
名	こと（事情）	→ そんなことだろう	（應該是那樣的事情吧）

動詞／い形容詞／な形容詞＋だ／名詞＋だ

[　　　　普通形　　　　]＋と＋思います 覺得～、認為～、猜想～

※「な形容詞」、「名詞」的「普通形-現在肯定形」，需要有「だ」再接續。

動	発展します（發展）	→ 発展{はってん}すると思{おも}います	（覺得會發展）
い	おいしい（好吃的）	→ おいしいと思{おも}います	（覺得好吃）
な	静か（な）（安靜）	→ 静{しず}かだと思{おも}います	（覺得很安靜）
名	こと（事情）	→ そんなことだろうと思{おも}います	（覺得應該是那樣的事情）

用法　事情的結果如同自己所想的一樣時，可以說這句話。

會話練習

雄一：あれ？　ここにあった<u>クリームパンは？</u>　さては紗帆が…。
奶油麵包呢？　　　　這樣說來

紗帆：あ、雄一？　ここに<u>クリームパンあったから、</u>
「クリームパンがあった」的省略說法

　　　　<u>食べちゃった*</u>よ。
吃完了

雄一：だろうと思ったよ。<u>もう</u>。あのクリームパン、
真是的

　　　　<u>限定品だったんだ*</u>よ…。
是限定品耶；「んだ」表示「強調」

紗帆：<u>そうだったの</u>。雄一、おいしいクリームパンありがとうね！
是那樣嗎？

使用文型

[動詞]

[そ形（～て／～で）]＋ちゃった／じゃった　　（快速）[做]～完

※ 此為「動詞て形 ＋ しまった」的「縮約表現」，口語時常使用「縮約表現」。
※ 屬於「普通體文型」，「丁寧體文型」為「動詞て形除去 [て／で]＋ちゃいました／じゃいました」。

| 食べます（吃） | → 食べちゃった* | （吃完了） |
| 見ます（看） | → 見ちゃった | （看完了） |

[動詞／い形容詞／な形容詞＋な／名詞＋な]

[　　　　　　普通形　　　　　　]＋んだ　　強調

※ 此為「普通體文型」用法，「丁寧體文型」為「～んです」。
※「な形容詞」、「名詞」的「普通形-現在肯定形」，需要有「な」再接續。

動	行きます（去）	→ 行くんだ	（要去）
い	面白い（有趣的）	→ 面白いんだ	（很有趣）
な	大切（な）（重要）	→ 大切なんだ	（很重要）
名	限定品（限定品）	→ 限定品だったんだ*	（是限定品）

中譯　雄一：咦？放在這裡的奶油麵包呢？這樣說來，是紗帆…。
　　　紗帆：啊，雄一？因為這裡有塊奶油麵包，所以我把它吃完囉。
　　　雄一：果然不出我所料。真是的，那塊奶油麵包是限定品耶…。
　　　紗帆：是那樣嗎？雄一，謝謝你好吃的奶油麵包喔！

271

啊～，快樂的時光總是一下子就過了。

ああ、楽しい時間はあっという間だね。

| 感嘆詞：
啊～ | い形容詞：
快樂 | 助詞：
表示
主題 | あっという間＋だ：
あっという間…名詞：一下子
だ…助動詞：表示斷定
（です⇒普通形-現在肯定形） | 助詞：
要求同意 |

ああ 、 楽しい 時間 は あっという間 だ ね 。

啊～， 快樂的 時間 是 一下子 。

使用文型

動詞／い形容詞／な形容詞＋[だ]／名詞＋[だ]

[普通形] ＋ ね　是～（不覺得嗎？）

※「な形容詞」、「名詞」的「普通形-現在肯定形」，有沒有「だ」都可以。

動	食べます（吃）	→ たくさん食べたね	（不覺得吃了很多嗎？）
い	おいしい（好吃的）	→ おいしいね	（不覺得是好吃的嗎？）
な	綺麗（な）（漂亮）	→ 綺麗[だ]ね	（不覺得是漂亮的嗎？）
名	あっという間（一下子）	→ あっという間[だ]ね	（不覺得是一下子嗎？）

動詞／い形容詞／な形容詞／名詞

[丁寧形] ＋ ね　是～（不覺得嗎？）

動	食べます（吃）	→ たくさん食べましたね	（不覺得吃了很多嗎？）
い	おいしい（好吃的）	→ おいしいですね	（不覺得是好吃的嗎？）
な	綺麗（な）（漂亮）	→ 綺麗ですね	（不覺得是漂亮的嗎？）
名	あっという間（一下子）	→ あっという間ですね	（不覺得是一下子嗎？）

用法　歡樂的時光流逝，覺得時間過得很快時，可以說這句話。

會話練習

雄一：エレクトリカル パレード、きれいだったね。
ゆういち　　　電子花車　　　　遊行

紗帆：うん、楽しかった～。もう帰る時間*かあ。
さほ　　　　　た の　　　　　　　か え　じ かん
　　　　　　　　　　　　　　　已經是回去的時間了　　表示：感嘆

雄一：ああ、楽しい時間はあっという間だね。
ゆういち　　　　　た の　　じ かん　　　　　　　　　ま

紗帆：そうね、また来たい*なあ。
さほ　　　　　　　　　　　き
　　　　對啊　　　　　　還想再來耶

使用文型

動詞

もう＋ [辭書形] ＋ 時間　　已經是 [做] ～的時間了

帰ります（回去）	→ もう帰る時間*	（已經是回去的時間了）
寝ます（睡覺）	→ もう寝る時間	（已經是睡覺的時間了）
出かけます（出門）	→ もう出かける時間	（已經是出門的時間了）

動詞

[ます形] ＋ たい　　想要 [做] ～

来ます（來）	→ 来たい*	（想要來）
遊びます（玩）	→ 遊びたい	（想要玩）
見ます（看）	→ 見たい	（想要看）

中譯　雄一：電子花車遊行真是漂亮啊。
　　　紗帆：嗯，好好玩～。已經是回去的時間了啊。
　　　雄一：啊～，快樂的時光總是一下子就過了。
　　　紗帆：對啊，還想再來耶。

你這麼一說，我也這麼覺得。

そう言(い)われると、そんな気(き)もする。

| 副詞：
那樣、這樣 | 動詞：說、講
（言います
⇒受身形） | 助詞：
表示條件 | 連體詞：
那麼、那樣的 | 連語：也感覺、也覺得
（気もします⇒辭書形） |

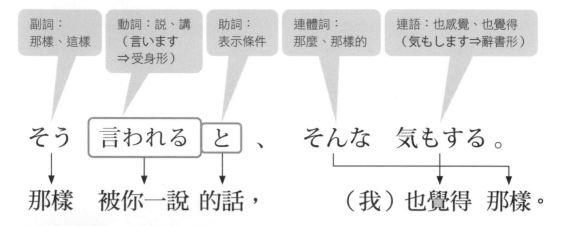

そう　言われる　と　、　そんな　気もする。

↓　　　↓　　　↓　　　　　　　　└──┘　　↓

那樣　被你一說　的話，　　　　（我）也覺得　那樣。

使用文型

動詞／い形容詞／な形容詞＋だ／名詞＋だ

[　　普通形（限：現在形）　　]＋と、～　條件表現

※「な形容詞」、「名詞」的「普通形-現在肯定形」，需要有「だ」再接續。

動	言われます（被說）	→ 言(い)われると	（如果被說的話，就～）
い	苦い（苦的）	→ 苦(にが)いと	（如果苦的話，就～）
な	無理（な）（不行）	→ 無理(むり)だと	（如果不行的話，就～）
名	大人（大人）	→ 大人(おとな)だと	（如果是大人的話，就～）

用法　對方指出某個現象，自己也覺得或許確實是那樣時，可以說這句話。

會話練習

（授業中）

雄一：あれ、なんか田中先生、お腹大きくない？
　　　　　　　　總覺得　　　　　　　　　　肚子是不是變大了？

紗帆：そう？　…そうね、そう言われると、そんな気もする。
　　　　　是嗎？　　　　　對耶

雄一：もしかして、おめでたかな？*
　　　　　說不定　　　　是有喜事嗎？「おめでた」在此是指「懷孕」；
　　　　　　　　　　　　「かな」表示「自言自語、沒有特別期待對方回答的疑問語氣」

紗帆：さあ、どうかしら。
　　　　　　　　不知道

使用文型

もしかして、＋[名詞]＋かな？　　說不定是～吧？

おめでた（喜事）	→ もしかして、おめでたかな？* （說不定是有喜了吧？）
泥棒（小偷）	→ もしかして、泥棒かな？ （說不定是小偷吧？）
間違い（弄錯）	→ もしかして、間違いかな？ （說不定是弄錯吧？）

中譯

（上課中）

雄一：咦？總覺得田中老師的肚子變大了？

紗帆：是嗎？……對耶，你這麼一說，我也這麼覺得。

雄一：說不定是有喜事了吧？

紗帆：嗯，我不知道。

嗯～，我覺得還好耶。（比原本期待的不好）

うーん、いまいち…。

感嘆詞：
嗯～

副詞：還差一點

うーん、　いまいち…。
↓　　　　　↓
嗯～，　　還差一點。

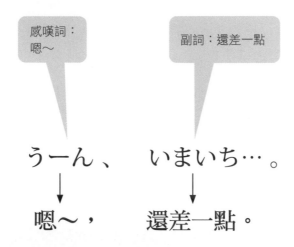

使用文型

う～ん、～　　該怎麼說、到底要不要…的語氣

う～ん、おいしくない。	（嗯～（該怎麼說呢…），不好吃。）
う～ん、つまらない。	（嗯～（該怎麼說呢…），很無聊。）
う～ん、やっぱり帰る。	（嗯～（該怎麼說呢…），還是回去好了。）

用法　被問到感想時，和原本預期的有落差，想給出不好的評價時，可以說這句話。

會話練習

（紗帆が初めて 味噌汁を作る）
第一次　　味噌湯

紗帆：味、どう？
　　　　如何？

雄一：うーん、いまいち…。ダシは何を使ったの？
　　　　　　　　　　　　　　湯底　　　用了什麼呢？（「～の？」用法請參考P025）

紗帆：ダシって*？　味噌をお湯に溶かしただけ*だよ。
　　　所謂的湯底是指？　　　　　只是溶進熱水當中而已

雄一：それじゃ、味噌汁じゃなくて、味噌水じゃないか。
　　　那樣的話　　　不是味噌湯，而是…　　　是味噌水不是嗎？

使用文型

[名詞]＋って　　所謂的～（＝[名詞]＋というと）

ダシ（湯底）	→ ダシって*	（所謂的湯底）
アメリカ（美國）	→ アメリカって	（所謂的美國）
茶道（茶道）	→ 茶道って	（所謂的茶道）

動詞／い形容詞／な形容詞＋な／名詞

[　　　　普通形　　　　]＋だけ　　只是～而已、只有

※「な形容詞」的「普通形-現在肯定形」，需要有「な」再接續。

動	溶かします（溶化）	→ 溶かしただけ*	（只是溶化而已）
い	安い（便宜的）	→ 安いだけ	（只是便宜而已）
な	便利（な）（方便）	→ 便利なだけ	（只是方便而已）
名	日曜日（星期天）	→ 日曜日だけ	（只有星期日而已）

中譯

（紗帆第一次做味噌湯）

紗帆：味道如何？

雄一：嗯～，我覺得還好耶。你用了什麼東西做湯底呢？

紗帆：所謂的湯底是指？我只是把味噌溶進熱水當中而已啊。

雄一：那樣的話，就不是味噌湯，而是味噌水不是嗎？

呀～，真的很難說耶。

さあ、何_{なん}とも言_いえないね。

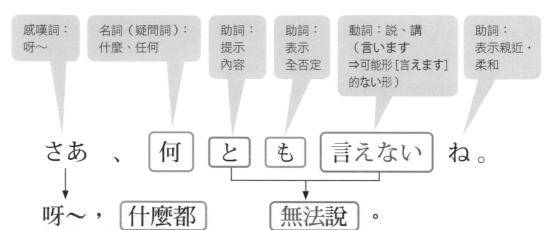

| 感嘆詞：
呀～ | 名詞（疑問詞）：
什麼、任何 | 助詞：
提示
內容 | 助詞：
表示
全否定 | 動詞：説、講
（言います
⇒可能形［言えます］
的ない形） | 助詞：
表示親近・
柔和 |

さあ 、 何 と も 言えない ね。

→

呀～， 什麼都 無法說 。

使用文型

[疑問詞] ＋ も ＋ 否定形　　全否定

何（什麼）	→ 何_{なん}とも言_いえない	（什麼都無法說）
どこ（哪裡）	→ どこも行_いきたくない	（哪裡也不想去）
誰（誰）	→ 誰_{だれ}も知_しらない	（誰也不知道）

動詞／い形容詞／な形容詞＋[だ]／名詞+[だ]／文型

[　　　　　普通形　　　　　]＋と＋言います　　說～

※「な形容詞」、「名詞」的「普通形-現在肯定形」，有沒有「だ」都可以。
※ 但是「何_{なん}」這個字，不需要有「だ」再接續。

動	行きます（去）	→ 行くと言います	（說「要去」）
い	おいしい（好吃的）	→ おいしいと言います	（說「很好吃」）
な	静か（な）（安靜）	→ 静か[だ]と言います	（說「很安靜」）
名	何（什麼）	→ 何とも言えない	（什麼也無法說）

用法　被問到自己無法回答，或者不方便回答的事情時，可以說這句話。

會話練習

ワン：雄一さん、日本円はこれから、高くなるでしょうか*？
　　　　　　　　　　　　今後　　　　　　　　　　會升值嗎？

雄一：さあ、何とも言えないね。

ワン：そうですか。日本円が高いと、生活費が心配で…。
　　　是嗎？　　　　　　一升值的話，就…　　　因為會擔心

雄一：その時は、バイトすればいい*さ。
　　　　　　　　打工就好了　　　　　表示：坦白

使用文型

動詞／い形容詞／な形容詞／名詞

[　　　　　普通形　　　　　] ＋ でしょうか　　　鄭重的問法

動	なります（變成）	→ 高くなるでしょうか*	（會變貴嗎？）
動	い	安い（便宜的）	→ 安いでしょうか	（是便宜的嗎？）
な	綺麗（な）（漂亮）	→ 綺麗でしょうか	（是漂亮的嗎？）
名	何番（幾號）	→ 何番でしょうか	（是幾號呢？）

動詞

[條件形（～ば）] ＋ いい　　[做] ～就可以了、[做] ～就好了

※ 此為「普通體文型」用法，「丁寧體文型」為「動詞條件形（～ば）＋いいです」。

バイトします（打工）	→ バイトすればいい*	（打工就好了）
捨てます（丟掉）	→ 捨てればいい	（丟掉就可以了）
運動します（運動）	→ 運動すればいい	（運動就可以了）

中譯　　汪：雄一先生，日幣今後會升值嗎？
　　　雄一：呀～，真的很難說耶。
　　　　汪：是嗎？日幣一升值的話，就要擔心生活費了…。
　　　雄一：到時候打工就好了。

說來話長。
話<ruby>話<rt>はな</rt></ruby>せば長<ruby>長<rt>なが</rt></ruby>くなるんだけど…。

| 動詞：説話
（話します
⇒條件形） | い形容詞：長
（長い
⇒副詞用法） | 動詞：變成
（なります
⇒辭書形） | 連語：ん＋だ
ん…形式名詞（の⇒縮約表現）
だ…助動詞：表示斷定
（です⇒普通形-現在肯定形） | 助詞：
表示
微弱主張 |

話せば 長く なる んだ けど…。

如果要說的話　會變成（說）很久。

使用文型

| 動詞 | | い形容詞 | な形容詞 | |

[辭書形＋ように／－い＋く／－な＋に／名詞＋に]＋なります　變成

動	食べます（吃）	→ 食<ruby>食<rt>た</rt></ruby>べるようになります	（變成有吃的習慣）
い	長い（長久的）	→ 長<ruby>長<rt>なが</rt></ruby>くなります	（變成要很久）
な	有名（な）（有名）	→ 有名<ruby>有名<rt>ゆうめい</rt></ruby>になります	（變有名）
名	曇り（陰天）	→ 曇<ruby>曇<rt>くも</rt></ruby>りになります	（變成陰天）

| 動詞／い形容詞／な形容詞＋な／名詞＋な |

[　　　　　普通形　　　　　]＋んです　　強調

※ 此為「丁寧體文型」用法，「普通體文型」為「～んだ」。
※「な形容詞」、「名詞」的「普通形-現在肯定形」，需要有「な」再接續。

動	なります（變成）	→ 長<ruby>長<rt>なが</rt></ruby>くなるんです	（變成要很久）
い	高い（貴的）	→ 高<ruby>高<rt>たか</rt></ruby>いんです	（很貴）
な	便利（な）（方便）	→ 便利<ruby>便利<rt>べんり</rt></ruby>なんです	（很方便）
名	娘（女兒）	→ 娘<ruby>娘<rt>むすめ</rt></ruby>なんです	（是女兒）

用法　被問到某件事，因為太過複雜，說明全貌需要花費一段時間時，可以說這句話。

會話練習

（バイト先^{さき}で）
打工的地點

店長^{てんちょう}：ああ、みんな、ちょっと集^{あつ}まってくれるかな[*]。
為我集合一下，好嗎？「かな」表示「自言自語式疑問、沒有強制要求對方回應」

雄一^{ゆういち}：（あ、もしかして閉店^{へいてん}の話^{はなし}かな？）
　　　　　　　　　　說不定　　　關店的事情　表示：自言自語式疑問

店長^{てんちょう}：話^{はな}せば長^{なが}くなるんだけど…。実^{じつ}はこの店^{みせ}は

　　　　来週^{らいしゅう}いっぱいで閉^しめることになりました[*]。
　　　　　　到下星期為止　　　　　決定要歇業了

太郎^{たろう}：ええ！　そんな突然^{とつぜん}…。
　　　　　　　　突然（被告知）那樣的（事情）

使用文型

動詞

[て形] ＋ くれるかな　　為我 [做] ～，好嗎？

集まります（集合）	→ 集^{あつ}まってくれるかな[*]	（為我集合一下，好嗎？）
教えます（教）	→ 教^{おし}えてくれるかな	（教我，好嗎？）
貸します（借出）	→ 貸^かしてくれるかな	（借我，好嗎）

動詞

[辭書形] ＋ ことになりました　　決定 [做] ～了（非自己意志所決定的）

閉めます（歇業）	→ 閉^しめることになりました[*]	（決定要歇業了）
行います（舉行）	→ 行^{おこな}うことになりました	（決定要舉行了）
止めます（停止）	→ 止^やめることになりました	（決定要停止了）

中譯　（在打工的地方）
　　　店長：啊～各位，大家集合一下好嗎？
　　　雄一：（啊，說不定是要講關店的事？）
　　　店長：說來話長…。事實上，這間店就營業到下星期為止，決定要歇業了。
　　　太郎：啊～！突然（被告知）那樣的（事情）…。

281

我有在想什麼時候要跟你說…。

いつか言おうと思ってたんだけどさ…。

| 名詞（疑問詞）：
什麼時候、隨時 | 助詞：
表示
不特定 | 動詞：説、講
（言います
⇒意向形） | 助詞：
提示
內容 | 動詞：
覺得、認為
（思います
⇒て形） | 補助動詞：
（います
⇒た形）
（口語時
可省略い） |

いつ　か　言おう　と　思って　[い]た

随時　　一直有 打算 要（跟你）說　。

| 連語：ん＋だ
ん…形式名詞（の⇒縮約表現）
だ…助動詞：表示斷定
（です⇒普通形-現在肯定形） | 助詞：表示
微弱主張 | 助詞：表示
留住注意 |

んだ　けど　さ…。

使用文型

動詞

[意向形] ＋ と ＋ 思います　　打算 [做] ～

言います（說）　→ 言おうと思います　　　　　　（打算說）

留学します（留學）　→ 留学しようと思います　　（打算留學）

買います（買）　→ 買おうと思います　　　　　　（打算買）

使用文型

動詞

[て形]＋います　目前狀態

思います（覺得）	→ 言（い）おうと思（おも）っています	（目前是打算要說的狀態）
結婚します（結婚）	→ 結婚（けっこん）しています	（目前是已婚的狀態）
住みます（居住）	→ 東京（とうきょう）に住（す）んでいます	（目前是住在東京的狀態）

動詞／い形容詞／な形容詞＋な／名詞＋な

[　普通形　]＋んです　強調

※ 此為「丁寧體文型」用法，「普通體文型」為「～んだ」。
※「な形容詞」、「名詞」的「普通形-現在肯定形」，需要有「な」再接續。

動	思っています（覺得）	→ 言（い）おうと思（おも）っていたんです	（一直有打算要說）
い	安い（便宜的）	→ 安（やす）いんです	（很便宜）
な	大変（な）（辛苦）	→ 大変（たいへん）なんです	（很辛苦）
名	息子（兒子）	→ 息子（むすこ）なんです	（是兒子）

用法　雖然到目前為止都忍著不說，但是實在忍不住，打算說出來時，可以說這句話。

紗帆：雄一、いつか言おうと思ってたんだけどさ…。

雄一：え？　なになに？
　　　　　　　什麼事？什麼事？

紗帆：あなた、たまには部屋掃除しなさい*よ。
　　　　　　　偶爾　　　　你去打掃（命令的語氣）

　　　もう耐えられないわ。
　　　已經　　無法忍受　　表示：女性語氣

雄一：そう？　一ヶ月に一回は掃除してるよ？
　　　　　　　一個月　　　　　　有打掃的習慣；「掃除している」的省略說法

使用文型

動詞

[ます形]＋なさい　　命令表現（命令、輔導晚輩的語氣）

掃除します（打掃）	→ 掃除しなさい*	（你去打掃）
働きます（工作）	→ 働きなさい	（你去工作）
食べます（吃）	→ 食べなさい	（你去吃）

動詞

[て形]＋いる　　習慣[做]～

※ 此為「普通體文型」，「丁寧體文型」為「動詞て形 ＋ います」。
※ 口語時，通常採用「普通體文型」說法，並可省略「動詞て形 ＋ いる」的「い」。

掃除します（打掃）	→ 掃除して[い]る*	（有習慣打掃）
運動します（運動）	→ 運動して[い]る	（有習慣運動）
書きます（寫）	→ 日記を書いて[い]る	（有習慣寫日記）

中譯
紗帆：雄一，我有在想什麼時候要跟你說…。
雄一：啊？什麼事？什麼事？
紗帆：你啊，偶爾也要打掃房間啊。我已經無法忍受了。
雄一：是嗎？我一個月有打掃一次耶？

筆記頁

空白一頁，讓你記錄學習心得，也讓下一個單元，能以跨頁呈現，方便於對照閱讀。

がんばってください。

（請加油！）

這件事，我死也不能說…。

このことは、口が裂けても言えない…。

連體詞： 這個	助詞： 表示主題	助詞： 表示主體	動詞：裂開 （裂けます ⇒て形）	助詞： 表示 逆接	動詞：説、講 （言います ⇒可能形［言えます］ 的ない形）

この　こと　は、口　が　│裂けて│も│言えない…。

↓　　↓　　　　↓　　　　↓　　　　　↓

這個　事情　　　嘴巴　　即使裂開也　不能說…。

使用文型

動詞

[て形]＋も、～　　即使～也

裂けます（裂開）	→ 裂け<u>て</u>も	（即使裂開也）
食べます（吃）	→ 食べ<u>て</u>も	（即使吃也）
見ます（看）	→ 見<u>て</u>も	（即使看也）

用法 有重要的事情，絕對不能對別人說時，可以說這句話。

會話練習

雄一：え？　貫太君、むかし暴走族だったの？*
　　　　　　　　　　　　　　　曾經是暴走族嗎？

貫太：うん、でも、今は足を洗ったけどね。
　　　　　　　　　　金盆洗手了；「けど」表示「微弱主張」

雄一：へえ、そのことって両親は知ってる*の？*
　　　　哦？　　　這件事　　　　知道嗎？「知っているの？」的省略說法

貫太：ううん、このことは、口が裂けても言えない…。
　　　　不

使用文型

動詞／い形容詞／な形容詞＋な／名詞＋な

[　　　　普通形　　　　]＋の？　關心好奇、期待回答

※ 此為「普通體文型」用法，「丁寧體文型」為「～んですか」。
※「な形容詞」、「名詞」的「普通形-現在肯定形」，需要有「な」再接續。

動	知って[い]ます（知道的狀態）	→ 知って[い]るの？*	（是知道的狀態嗎？）
い	寒い（寒冷的）	→ 寒いの？	（很冷嗎？）
な	有名（な）（有名）	→ 有名なの？	（有名嗎？）
名	暴走族（飆車族）	→ 暴走族だったの？*	（曾經是暴走族嗎？）

動詞

[て形]＋いる　目前狀態

※ 此為「普通體文型」，「丁寧體文型」為「動詞て形 ＋ います」。
※ 口語時，通常採用「普通體文型」說法，並可省略「動詞て形 ＋ いる」的「い」。

知ります（知道）	→ 知って[い]る*	（目前是知道的狀態）
起きます（醒著、起床）	→ 起きて[い]る	（目前是醒著的狀態）
故障します（故障）	→ 故障して[い]る	（目前是故障的狀態）

中譯　雄一：啊？貫太，你以前是暴走族嗎？
　　　　貫太：嗯，可是現在已經金盆洗手了。
　　　　雄一：哦？這件事你父母知道嗎？
　　　　貫太：不，這件事，我死也不能說…。

我剛剛講的話，你就當作沒聽到好了。
今の話聞かなかったことにして。

助詞：表示所屬	助詞：表示對比（區別）（口語時可省略）	動詞：聽、問（聞きます ⇒なかった形）	形式名詞：文法需要而存在的名詞

今　の　話　[は]　聞かなかった　こと

剛才　的　說話（的話）[請]　當成　沒有聽到（的事）。

助詞：表示決定結果	動詞：做（します ⇒て形）	補助動詞：請（くださいます ⇒命令形[くださいませ] 除去[ませ]）（口語時可省略）

に　して　[ください]　。

※ [動詞て形 ＋ください]：請參考P064

使用文型

[名詞] ＋ に ＋ します　決定成～

こと（事情）	→ 聞かなかったことにします	（當成沒有聽到的事情）
秘密（秘密）	→ 秘密にします	（當作秘密）
国内旅行（國內旅行）	→ 国内旅行にします	（決定是國內旅行）

用法　說完某件事之後，希望對方當作沒聽見一樣時，可以說這句話。

會話練習

貫太：ああ、雄一、今の話聞かなかったことにして。

雄一：ああ、わかった。

貫太：うん、俺も もう思い出したくない*過去なんだ*。
也 不想再回想的過去；「んだ」表示「強調」

雄一：そうだな。気持ちわかるよ。
說得也是 了解你的心情「気持ちがわかる」的省略說法

使用文型

動詞

[ます形] ＋ たくない　　不想要 [做] ～

思い出します（回想）	→ 思い出したくない*	（不想要回想）
行きます（去）	→ 行きたくない	（不想要去）
買います（買）	→ 買いたくない	（不想要買）

動詞／い形容詞／な形容詞＋な／名詞＋な

[　　　　　普通形　　　　　]＋んだ　　強調

※ 此為「普通體文型」用法，「丁寧體文型」為「～んです」。
※「な形容詞」、「名詞」的「普通形-現在肯定形」，需要有「な」再接續。

動	やめます（放棄）	→ やめるんだ	（要放棄）
い	おいしい（好吃的）	→ おいしいんだ	（很好吃）
な	丈夫（な）（堅固）	→ 丈夫なんだ	（很堅固）
名	過去（過去）	→ 思い出したくない過去なんだ*	（不想要回想的過去）

中譯　貫太：啊～，雄一，我剛剛講的話，你就當作沒聽到好了。
雄一：啊～，我知道。
貫太：嗯，那是我也不願再想起的過去。
雄一：說得也是。我了解你的心情喔。

那個和這個是不同件事。

それとこれとはまた別の話だから。

| 助詞：表示並列 | 助詞：表示並列 | 助詞：表示對比（區別） | 副詞：另外、又 | 助詞：表示所屬 | 名詞：事情（話⇒普通形現在肯定） | 助詞：表示宣言 |

| それ | と | これ | と | は | また | 別 | の | 話だ | から。 |

那個　和　這個　　的話　另外　別的　的　事情。

使用文型

名詞 ＋ と ＋ 名詞 ＋ と ＋ は　　對比・區別～和～的話

それ（那個）、これ（這個）	→ それとこれとは	（對比那個和這個的話）
日本（日本）、台湾（台灣）	→ 日本と台湾とは	（對比日本和台灣的話）
男性（男性）、女性（女性）	→ 男性と女性とは	（對比男性和女性的話）

用法　不希望別的事情和現在正在說的事情混為一談時，可以說這句話。

會話練習

紗帆：雄一、また私の買ってきたケーキ勝手に食べたでしょ!?*

又　　　　　買回來的蛋糕　　　擅自　吃掉了對不對？
「食べたでしょう!?」的省略說法

雄一：ああ、おいしそうだったんで、つい。
因為看起來很好吃的樣子；「んで」表示「原因」，等同「ので」　不自覺地

紗帆も僕のクリームパン食べたじゃない。
吃掉了，不是嗎？

紗帆：それとこれとはまた別の話だから。さあ、返してよ。ケーキ。
好啦　還給我啦；「返してくださいよ」的省略説法

雄一：もう お腹の中だもん*。返せないよ。
已經　因為在肚子裡　　　無法還你啦

使用文型

動詞／い形容詞／な形容詞／名詞

[　　　　　普通形　　　　　]＋でしょ！？　　〜對不對！？

※ 此為「〜でしょう」的「省略説法」，口語時常使用「省略説法」。
※「〜でしょう」表示「應該〜吧」的「推斷語氣」時，語調要「下降」。
　　「〜でしょう」表示「〜對不對？」的「再確認語氣」時，語調要「提高」。

動	食べます（吃）	→ 食べたでしょ[う]！？*	（吃掉了對不對！？）
い	面白い（有趣的）	→ 面白いでしょ[う]！？	（很有趣對不對！？）
な	馬鹿（な）（笨）	→ 馬鹿でしょ[う]！？	（很笨對不對！？）
名	嘘（謊話）	→ 嘘でしょ[う]！？	（是謊話對不對！？）

動詞／い形容詞／な形容詞＋だ／名詞＋だ

[　　　　　普通形　　　　　]＋もん　　因為

※ 此為「〜もの」的「縮約表現」，口語時常使用「縮約表現」。
※「な形容詞」、「名詞」的「普通形-現在肯定形」，需要有「だ」再接續。

動	持っています（擁有）	→ 持っているもん	（因為擁有）
い	忙しい（忙碌的）	→ 忙しいもん	（因為很忙）
な	嫌い（な）（討厭）	→ 嫌いだもん	（因為是討厭的）
名	お腹の中（肚子裡）	→ お腹の中だもん*	（因為在肚子裡）

中譯　紗帆：雄一，你又擅自吃了我買回來的蛋糕，對不對！？
　　　雄一：啊，因為看起來好好吃，所以不自覺地就…。紗帆不也吃了我的奶油麵包？
　　　紗帆：那個和這個是不同件事。好啦，把蛋糕還給我啦。
　　　雄一：已經在我肚子裡了。沒辦法還了。

所以我不是說了嗎？

だから言（い）ったじゃん。

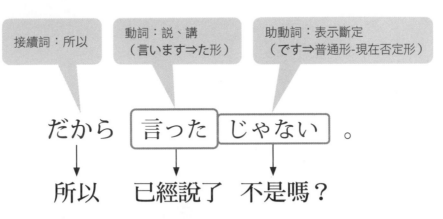

| 接續詞：所以 | 動詞：說、講
（言います⇒た形） | 助動詞：表示斷定
（です⇒普通形-現在否定形） |

だから　言った　じゃない　。

所以　　已經說了　不是嗎？

※「じゃない」的「縮約表現」是「じゃん」，口語時常使用「縮約表現」。

使用文型

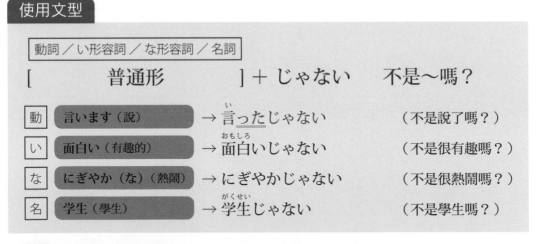

動詞／い形容詞／な形容詞／名詞		
[普通形] ＋ じゃない		不是〜嗎？
動 言います（說）	→ 言（い）ったじゃない	（不是說了嗎？）
い 面白い（有趣的）	→ 面白（おもしろ）いじゃない	（不是很有趣嗎？）
な にぎやか（な）（熱鬧）	→ にぎやかじゃない	（不是很熱鬧嗎？）
名 学生（學生）	→ 学生（がくせい）じゃない	（不是學生嗎？）

用法　對明明已經提醒過，結果卻還是引發問題的人所說的話。

會話練習

紗帆：ああ！ 体重1キロ 増えてる！
たいじゅういち（一公斤） ふ（目前增加了；「増えている」的省略說法）
さ ほ

雄一：だから言ったじゃん。最近、甘いもの 食べすぎだよ。
ゆういち い さいきん あま（甜食） た（吃太多囉）

紗帆：今日はもうごはん食べない*！
きょう た（不要再吃飯了）
さ ほ

雄一：運動しなきゃ*痩せないよ。
ゆういち うんどう（不運動的話） や（瘦不下來）

使用文型

動詞

もう ＋ [ない形]　　不要再 [做] ～

食べます（吃）	→ もう食べない*	（不要再吃）
来ます（來）	→ もう来ない	（不要再來）
買います（買）	→ もう買わない	（不要再買）

動詞

[ない形] ＋ なきゃ　　不 [做] ～的話

※ 此為「動詞ない形 ＋ なければ」的「縮約表現」，口語時常使用「縮約表現」。

運動します（運動）	→ 運動しなきゃ*	（不運動的話）
行きます（去）	→ 行かなきゃ	（不去的話）
洗います（清洗）	→ 洗わなきゃ	（不洗的話）

中譯　紗帆：啊～！體重增加一公斤了！
雄一：所以我不是說了嗎？你最近吃太多甜食囉。
紗帆：我今天不要再吃飯了！
雄一：不運動的話，是瘦不下來的喔。

看我的。

まあ、見<ruby>て<rt>み</rt></ruby>なって。

| 副詞：
先、
總之 | 動詞：看
（見ます
⇒て形） | 補助動詞：
（います⇒ます形
除去[ます]）（口
語時可省略い） | 補助動詞
[なさい]
（表示命令）
省略[さい] | 助詞：表示不耐煩
＝と言っているでしょう
（我説了吧） |

まあ 、 見て [い] な[さい] って。

↓

總之 [你給我] [看著]。

使用文型

[動詞]

[て形] ＋います　目前狀態

見ます（看）	→ 見<u>て</u>います	（目前是處於看著的狀態）
知ります（知道）	→ 知<u>っ</u>ています	（目前是知道的狀態）
破れます（破掉）	→ 破れ<u>て</u>います	（目前是破掉的狀態）

[動詞]

[ます形] ＋なさい　命令表現（命令、輔導晚輩的語氣）

見て[い]ます（看著的狀態）	→ 見て[い]なさい	（你給我看著）
します（做）	→ 宿題をしなさい	（你給我去做功課）
寝ます（睡覺）	→ 寝なさい	（你給我去睡覺）

用法　希望對方不要擔心，一切都由自己來處理時，可以說這句話來讓對方放心。

會話練習

（キャンプで）
露營地

紗帆：雄一、そんなので 本当に 火が起こせるの？*
利用那種東西；「の」：代替名詞，等同「物」　真的　　可以生火嗎？

雄一：もちろんだよ、これで この前もうまくいったんだから。
　　　當然囉　　　　這樣子　之前　順利達成；「んだ」表示「強調」

紗帆：ほんとに？　時間かかりそう*だけど…。
　　　　　　　　　（看起來）好像很花時間；「時間がかかりそうだけど」的省略說法；「けど」表示「微弱主張」

雄一：まあ、見てなって。

使用文型

動詞／い形容詞／な形容詞＋な／名詞＋な

[　　　　普通形　　　　]＋の？　　關心好奇、期待回答

※ 此為「普通體文型」用法，「丁寧體文型」為「〜んですか」。
※「な形容詞」、「名詞」的「普通形-現在肯定形」，需要有「な」再接續。

動	起こせます（可以生成）	→ 火が起こせるの？*	（可以生火嗎？）
い	つまらない（無聊的）	→ つまらないの？	（無聊嗎？）
な	簡単（な）（簡單）	→ 簡単なの？	（簡單嗎？）
名	小学生（小學生）	→ 小学生なの？	（是小學生嗎？）

動詞　い形容詞　な形容詞

[ます形／－い／－な]＋そう　　（看起來）好像〜

※相關注意事項請參考P063

動	かかります（花費）	→ かかりそう*	（看起來好像要花費）
い	高い（貴的）	→ 高そう	（看起來好像是貴的）
な	安全（な）（安全）	→ 安全そう	（看起來好像是安全的）

中譯　（在露營地）
　　　紗帆：雄一，用那種東西真的可以把火生起來嗎？
　　　雄一：當然囉。因為之前也是這樣子順利達成了。
　　　紗帆：真的嗎？看起來好像很花時間的樣子…。
　　　雄一：看我的。

只有拼了吧！

やるっきゃないっしょ！

動詞：做
（やります
⇒辭書形）

助詞：
表示
限定

い形容詞：沒有
（ない⇒普通形-現在肯定形）

動詞：有
（あります⇒ない形）

助動詞：表示斷定
（です⇒意向形）

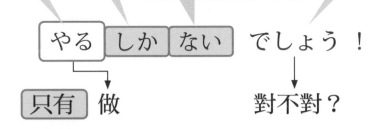

| やる | しか | ない | でしょう！ |

只有　做　　　　　　對不對？

※「やるしか」的「縮約表現」是「やるっきゃ」，口語時常使用「縮約表現」。
※「でしょう」的「縮約表現」是「っしょ」，口語時常使用「縮約表現」。
※「ない」除了是「い形容詞」，也是動詞「あります」的「ない形」。

使用文型

[動詞]

[辭書形／名詞]＋しか＋否定形　　只（有）～而已、只好～

| 動 | やります（做） | → やるしかない | （只有做） |
| 名 | １００円（100日圓） | → １００円しかありません | （只有100日圓而已） |

[動詞／い形容詞／な形容詞／名詞]

[　　　　　普通形　　　　　]＋でしょう？　　　～對不對？

動	来ます（來）	→ 来るでしょう？	（會來對不對？）
い	やるしかない（只有做）	→ やるしかないでしょう？	（只有做對不對？）
な	便利（な）（方便）	→ 便利でしょう？	（很方便對不對？）
名	日本人（日本人）	→ 日本人でしょう？	（是日本人對不對？）

[用法] 為了該不該做而感到迷惘，終於下定決心要放手一搏時，可以說這句話。

會話練習

紗帆：山田君、本当にお笑い芸人を目指すの？

以…為目標嗎？（「～の？」用法請參考P025）

雄一：そうみたいだね。

好像是那樣耶

紗帆：だいじょうぶかしら。大学も辞めてしまった*し…。

沒問題嗎？「かしら」等同　　　　　　　　　　　也　因為輟學了；「し」表示「列舉理由」
「かな」，表示「自言自語式疑問、
沒有強制要求對方回應」

雄一：やるっきゃないっしょ！　ここまできたら*。

如果來到這個地步的話

使用文型

動詞

[て形] ＋ しまった　　動作乾脆進行

辞めます（輟學）	→ 辞めてしまった*	（輟學了）
売ります（賣）	→ 売ってしまった	（賣掉了）
捨てます（丟棄）	→ 捨ててしまった	（乾脆丟掉了）

動詞／い形容詞／な形容詞／名詞

[　た形／なかった形　] ＋ ら　　如果～的話

動	きます（來）	→ ここまできたら*	（如果來到這個地步的話）
い	寒い（寒冷的）	→ 寒かったら	（如果冷的話）
な	暇（な）（空閒）	→ 暇だったら	（如果有空的話）
名	無料（免費）	→ 無料だったら	（如果是免費的話）

中譯　紗帆：山田真的把成為搞笑藝人當作目標嗎？
　　　雄一：好像是那樣耶。
　　　紗帆：沒問題嗎？因為他大學也輟學了…。
　　　雄一：只有拼了吧！來到這個地步的話。

來，一決勝負吧！
よし、勝負だ！

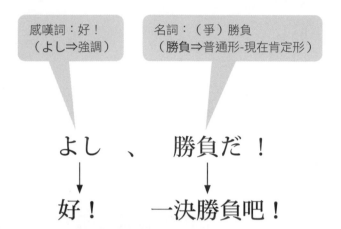

| 感嘆詞：好！
（よし⇒強調） | 名詞：（爭）勝負
（勝負⇒普通形-現在肯定形） |

よし　、　勝負だ　！
　↓　　　　↓
好！　　一決勝負吧！

使用文型

よし、～　　好！～

よし、帰ろう！	（好！回去吧！）
よし、もう寝よう！	（好！該去睡覺吧！）
よし、出発だ！	（好！出發吧！）

用法 進行要分出勝負的遊戲或比賽時，可以用這句話當作開場白。

會話練習

雄一：<ruby>将棋盤<rt>しょう ぎ ばん</rt></ruby> <u><ruby>安<rt>やす</rt></ruby>かったから</u>、<u><ruby>買<rt>か</rt></ruby>っちゃった</u>*。
　　　（日本）象棋盤　　　因為很便宜　　　　　乾脆地買了

<ruby>紗帆<rt>さ ほ</rt></ruby>：あら、<ruby>将棋<rt>しょう ぎ</rt></ruby>なら<ruby>私<rt>わたし</rt></ruby>もできるよ。
　　　　　　　　…的話

<ruby>雄一<rt>ゆう いち</rt></ruby>：よし、<ruby>勝負<rt>しょう ぶ</rt></ruby>だ！

<ruby>紗帆<rt>さ ほ</rt></ruby>：いいよ。<u><ruby>手加減<rt>て か げん</rt></ruby>なし</u>*ね。
　　　　　　　不要留情面、不要放水

使用文型

動詞

[そ形（〜て／〜で）] ＋ ちゃた／じゃた　動作乾脆進行

※ 此為「動詞て形 ＋ しまった」的「縮約表現」，口語時常使用「縮約表現」。
※ 屬於「普通體文型」，「丁寧體文型」為「動詞て形除去 [て／で] ＋ ちゃいました／じゃいました」。

<ruby>買<rt>か</rt></ruby>います（買）	→ <ruby>買<rt>か</rt></ruby>っちゃった*	（乾脆地買了）
<ruby>告白<rt>こくはく</rt></ruby>します（告白）	→ <ruby>告白<rt>こくはく</rt></ruby>しちゃった	（乾脆地告白了）
<ruby>食<rt>た</rt></ruby>べます（吃）	→ <ruby>食<rt>た</rt></ruby>べちゃった	（乾脆地吃掉了）

[名詞] ＋ なし　不要〜、沒有〜

<ruby>手加減<rt>て か げん</rt></ruby>（留情面）	→ <ruby>手加減<rt>て か げん</rt></ruby>なし*	（不要留情面）
<ruby>反省<rt>はんせい</rt></ruby>（反省）	→ <ruby>反省<rt>はんせい</rt></ruby>なし	（沒有反省）
<ruby>恋人<rt>こいびと</rt></ruby>（戀人）	→ <ruby>恋人<rt>こいびと</rt></ruby>なし	（沒有戀人）

中譯　雄一：（日本）象棋盤很便宜，所以我買了。
　　　紗帆：啊，（日本）象棋的話，我也會喔。
　　　雄一：來，（我們）一決勝負吧！
　　　紗帆：好啊。不要放水喔。

明天起，我一定要開始認真了！

明日から本気出す！

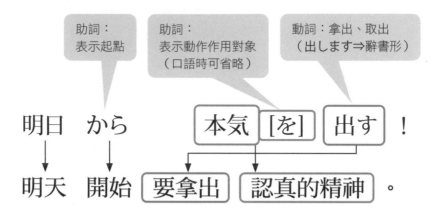

助詞：
表示起點

助詞：
表示動作作用對象
（口語時可省略）

動詞：拿出、取出
（出します⇒辭書形）

| 明日 | から | | 本気 | [を] | 出す | ！ |

明天　開始　要拿出　認真的精神 。

使用文型

[名詞] ＋ を ＋ 出します（出す）　　拿出～

※「丁寧體」是「～を出します」，「普通體」是「～を出す」。

本気（認真的精神） → 本気を出す　　　（拿出認真的精神）

勇気（勇氣） → 勇気を出す　　　（拿出勇氣）

元気（精神） → 元気を出す　　　（拿出精神）

用法　之前一直漫不經心，但是心念一轉，下定決心要開始認真時，可以說這句話。

會話練習

雄一：よし！ 決めた！
　　　 好　　 決定了

紗帆：何を？

雄一：テスト勉強だ*よ。明日から本気出す！
　　　 考試的唸書準備

紗帆：今から頑張りなさい*よ。
　　　 從現在開始　你要加油（命令的語氣）

使用文型

[な形容詞／名詞]＋だ　「普通形-現在肯定形」表現

※「な形容詞」和「名詞」的「普通形-現在肯定形」在句尾時如果加上「だ」，聽起來或看起來
　會有「感慨或斷定的語感」。所以如果沒有特別想要表達上述的感受，多半不加上「だ」。

な	綺麗（な）（漂亮）	→ 綺麗[だ]	（漂亮）
名	テスト勉強（考試的唸書準備）	→ テスト勉強[だ]*	（考試的唸書準備）
名	鍵（鑰匙）	→ 私の鍵[だ]	（我的鑰匙）

動詞

[ます形]＋なさい　命令表現（命令、輔導晚輩的語氣）

頑張ります（加油）	→ 頑張りなさい*	（你要加油）
寝ます（睡覺）	→ 寝なさい	（你去睡覺）
洗います（洗）	→ 皿を洗いなさい	（你去洗碗）

中譯　雄一：好！我決定了！
　　　紗帆：決定什麼？
　　　雄一：考試的唸書準備啊。明天起，我一定要開始認真了！
　　　紗帆：就從現在開始加油吧。

包在我身上。
<ruby>任<rt>まか</rt></ruby>せといて。

動詞：託付、交給
（任せます⇒て形）

補助動詞：
（おきます⇒て形）

補助動詞：請
（くださいます
⇒命令形［くださいませ］
除去［ませ］）
（口語時可省略）

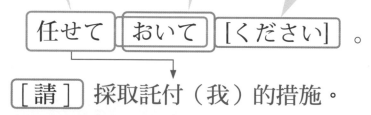

| 任せて | おいて | ［ください］ | 。 |

［請］採取託付（我）的措施。

※「任せておいて」的「縮約表現」是「任せといて」，口語時常使用「縮約表現」。

使用文型

動詞

[て形]＋おきます　善後措施（為了以後方便）

任せます（託付）	→	<ruby>任<rt>まか</rt></ruby>せて<u>お</u>きます	（採取託付的措施）
洗います（清洗）	→	<ruby>洗<rt>あら</rt></ruby>って<u>お</u>きます	（採取清洗的措施）
戻します（放回）	→	<ruby>戻<rt>もど</rt></ruby>して<u>お</u>きます	（採取放回去的措施）

動詞

[て形]＋ください　請[做]〜

任せておきます（採取託付的措施）	→	<ruby>任<rt>まか</rt></ruby>せておいてください	（請採取託付的措施）
待ちます（等待）	→	<ruby>待<rt>ま</rt></ruby>ってください	（請等待）
飲みます（喝）	→	<ruby>飲<rt>の</rt></ruby>んでください	（請喝）

用法　受他人之託、或者代替別人做事時，為了讓對方放心，可以說這句話。

會話練習

紗帆：雄一！　助けて。犬に追いかけられてる*の！
　　　　　　救命；口語時「て形」後面可省略「ください」　　正在被…追著；「追いかけられているの」的省略說法；
　　　　　　　　　　　　　　　　　　　　　　　　　　　　　　「の」表示「強調」

雄一：ああ、だいじょうぶだよ。犬は紗帆と遊びたい*だけだよ。
　　　　　　　沒關係啦　　　　　　　　　　　　　　只是想和…玩而已

紗帆：本当に？　とにかく 何とかして。
　　　　　　　　　　　總之　　想想辦法；口語時「て形」後面可省略「ください」

雄一：うん、任せといて。（犬に向かって）よしよし、
　　　　　　　　　　　　　　　　對著狗　　　　　乖、乖

こっちおいで。
過來這裡

使用文型

動詞

[名詞A]＋に＋[受身形B]　被A[做]B～

犬（狗）、追いかけます（追）	→ 犬に追いかけられる*	（被狗追）
父（爸爸）、叱ります（責罵）	→ 父に叱られる	（被爸爸罵）
先生（老師）、褒めます（誇獎）	→ 先生に褒められる	（被老師誇獎）

動詞

[ます形]＋たい　想要[做]～

遊びます（玩）	→ 遊びたい*	（想要玩）
使います（使用）	→ 使いたい	（想要使用）
見ます（看）	→ 見たい	（想要看）

中譯
紗帆：雄一！救命啊。我被狗追了！
雄一：啊～，沒關係啦。狗只是想跟紗帆玩而已啦。
紗帆：真的嗎？總之，你想想辦法啦。
雄一：嗯，包在我身上。（對著狗）乖、乖，過來我這邊。

我等一下會過去，你先去好了。
後^{あと}から行^いくから先^{さき}に行^いってて。

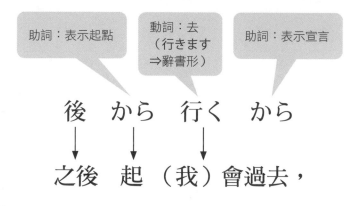

| 助詞：表示起點 | 動詞：去
（行きます
⇒辭書形） | 助詞：表示宣言 |

後　　から　　行く　　から

之後　　起　（我）會過去，

| 副詞：先 | 動詞：去
（行きます
⇒て形） | 補助動詞：
（います⇒て形）
（口語時可省略い） | 補助動詞：請
（くださいます
⇒命令形[くださいませ]
除去[ませ]）
（口語時可省略） |

先に　　行って　[い]て　[ください]　。

[請]　（比我）先　現在就過去。

※[動詞て形 ＋ください]：請參考P064

使用文型

動詞

[て形]＋います　　目前狀態

行きます（去）	→ 行^いっています	（目前是去的狀態）
起きます（醒著、起床）	→ 起^おきています	（目前是醒著的狀態）
働きます（工作）	→ 働^{はたら}いています	（目前是有工作的狀態）

用法　自己還需要做準備，無法和對方一起去，希望對方先去時，可以說這句話。

雄一：今日の飲み会、そろそろ行かないと*間に合わないよ。
聚餐　　　　　　再不出發的話，就⋯　　　趕不上

紗帆：後から行くから先に行ってて。

雄一：じゃ、先に行くけど、早くね。
表示：微弱主張　快點喔

紗帆：うん、すぐ行く*から。
馬上過去　　表示：宣言

動詞／い形容詞／な形容詞＋だ／名詞＋だ

[　　普通形（限：現在形）　　]＋と、～　　條件表現

※「な形容詞」、「名詞」的「普通形-現在肯定形」，需要有「だ」再接續。

動	行きます（去）	→ 行かないと*	（如果不去的話，就～）
い	暑い（炎熱的）	→ 暑いと	（如果熱的話，就～）
な	丈夫（な）（堅固）	→ 丈夫だと	（如果堅固的話，就～）
名	学生（學生）	→ 学生だと	（如果是學生的話，就～）

すぐ＋[動詞]　　馬上[做]～

辭書	行きます（去）	→ すぐ行く*	（馬上去）
ます	行きます（去）	→ すぐ行きます	（馬上去）
た形	行きます（去）	→ すぐ行った方がいい	（馬上去比較好）

中譯　雄一：再不出發，就要趕不上今天的聚餐了。
　　　　紗帆：我等一下會過去，你先去好了。
　　　　雄一：那我先走囉，你快點喔。
　　　　紗帆：嗯，我馬上去。

已經這麼晚了喔，不回去不行了…。

もうこんな時間か、帰んなきゃ…。

| 副詞：已經 | 連體詞：這麼、這樣的 | 助詞：表示感嘆 | 動詞：回去（帰ります⇒否定形[帰らない]的條件形） | 動詞：不行（なります⇒ない形）（口語時可省略） |

もう　こんな　時間　か、帰らなければ　[ならない]…。

已經　這樣的　時間，　　不回去的話　不行。

※「帰らなければ」的「縮約表現」是「帰んなきゃ」，口語時常使用「縮約表現」。
※「～んなきゃ」是「ら行」的「第Ⅰ類動詞」（例如：売ります、じゃべります等）將「ら」縮約成「ん」的表現方式。帰らなきゃ⇒帰んなきゃ

使用文型

動詞

[ない形]＋なければ　なりません　　一定要[做]～

（＝なければ　ならない）※普通體

（＝なきゃ　　ならない）※縮約表現

帰ります（回去）→帰らなければ　なりません　　　　　（一定要回去）
（＝帰らなければ　ならない）
（＝帰らなきゃ　　ならない）＝（帰んなきゃ　ならない）

買います（買）→買わなければ　なりません　　　　　（一定要買）
（＝買わなければ　ならない）
（＝買わなきゃ　　ならない）

働きます（工作）→働かなければ　なりません　　　　　（一定要工作）
（＝働かなければ　ならない）
（＝働かなきゃ　　ならない）

用法　要告訴對方時間已經很晚了，自己差不多該回家時，可以說這句話。

會話練習

紗帆：はっは、貫太さんたらー。…あ、もうこんな時間か、
帰んなきゃ…。

> 我說貫太先生你啊;「たら」表示「提示,並帶有驚訝或不滿的語氣」

貫太：そう？　もっとゆっくりしていけばいいのに*。

> 多待一會再走的話就好了

紗帆：お父さんに怒られちゃう*から。今日は楽しかった。

> 因為會惹…生氣　　　　　　　　　　　　　　　開心

また誘ってね。

> 再約我喔;口語時「て形」後面可省略「ください」

貫太：あ、駅まで送るよ。

> 送你到車站

使用文型

動詞

[條件形（～ば）] ＋ いいのに　　要是 [做]～的話,就好了

ゆっくりしていきます（多待一會再走）	→ ゆっくりしていけばいいのに*（要是多待一會再走的話就好了）
買います（買）	→ 買えばいいのに　　（要是買的話,就好了）

動詞

[て形（～て ／～で）] ＋ ちゃう ／じゃう　（無法挽回的）遺憾

※ 此為「動詞て形 ＋ しまう」的「縮約表現」,口語時常使用「縮約表現」。
※ 屬於「普通體文型」,「丁寧體文型」為「動詞て形除去 [て／で] ＋ ちゃいます ／じゃいます」。

怒られます（惹…生氣）	→ お父さんに怒られちゃう*	（會惹爸爸生氣）
忘れます（忘記）	→ 忘れちゃう	（會不小心忘了）
汚れます（弄髒）	→ 汚れちゃう	（會不小心弄髒了）

中譯
紗帆：哈～哈～,貫太先生你真是的。…啊,已經這麼晚了喔,不回去不行了…。
貫太：是嗎？要是再多待一會再走就好了。
紗帆：這樣我會惹爸爸生氣的。今天玩得很開心,下次要再約我喔。
貫太：啊,好吧,我送你去車站吧。

那，我先走了。
じゃ、お先に〜。

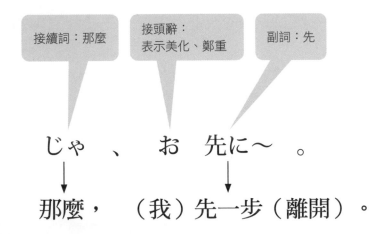

接續詞：那麼

接頭辭：
表示美化、鄭重

副詞：先

じゃ 、 お 先に〜 。

那麼， （我）先一步（離開）。

相關說明

離開時的用語：

お先に（失礼します）。　　　　（我先走了。）

お邪魔しました。　　　　　　　（打擾了。）

じゃ、また（明日）。　　　　　（那麼，（明天）再見。）

じゃあねー。　　　　　　　　　（掰掰囉。）

用法　工作結束或打工完要先回家時，可以用這句話跟同事打聲招呼再離開。

會話練習

（バイト<ruby>先<rt>さき</rt></ruby>で）
打工的地點

<ruby>雄一<rt>ゆういち</rt></ruby>：<ruby>お疲<rt>つか</rt></ruby>れ<ruby>様<rt>さま</rt></ruby>です*。
辛苦了

<ruby>同僚<rt>どうりょう</rt></ruby>：ああ、<ruby>今日<rt>きょう</rt></ruby>も<ruby>お客<rt>きゃく</rt></ruby>が<ruby>多<rt>おお</rt></ruby>かったね。
也

<ruby>雄一<rt>ゆういち</rt></ruby>：そうですね。じゃ、<ruby>お先<rt>さき</rt></ruby>に～。
對啊

<ruby>同僚<rt>どうりょう</rt></ruby>：<ruby>お疲<rt>つか</rt></ruby>れ～*。
辛苦了～

使用文型

お疲れ様です　辛苦了

※「辛苦了」是日本職場中慰勞工作辛勞的用語。或是結束工作要下班時，也會用「辛苦了」和同事打聲招呼再離開。
※ 使用時，必須注意對象、情境等。
※ 通常，「上級會主動對下屬」說「辛苦了」，但「下屬不會主動對上級」說「辛苦了」。

【工作場合】皆可使用

<ruby>お疲<rt>つか</rt></ruby>れ～*　（辛苦了）

※ 同事間較輕鬆的用語

【工作中途時】使用

<ruby>お疲<rt>つか</rt></ruby>れ<ruby>様<rt>さま</rt></ruby>です*　（辛苦了）　　　ご<ruby>苦労<rt>くろう</rt></ruby><ruby>様<rt>さま</rt></ruby>です　（辛苦了）

※ 同事之間使用・上級對下屬使用　　　※ 只限上級對下屬使用

【工作完工時】使用

<ruby>お疲<rt>つか</rt></ruby>れ<ruby>様<rt>さま</rt></ruby>でした　（辛苦了）　　　ご<ruby>苦労<rt>くろう</rt></ruby><ruby>様<rt>さま</rt></ruby>でした　（辛苦了）

※ 同事之間使用・上級對下屬使用　　　※ 只限上級對下屬使用

中譯　（在打工的地方）
雄一：辛苦了。
同事：啊～，今天的客人也很多耶。
雄一：對啊。那，我先走了。
同事：辛苦了～。

可以的話我會去。（有點敷衍）
行けたら行くよ。

動詞：去
（行きます⇒可能形：行けます
行けます⇒た形＋ら）

動詞：去
（行きます⇒辭書形）

助詞：
表示
通知

| 行けた | ら | 行く | よ。 |

如果可以去的話　要去。

使用文型

動詞／い形容詞／な形容詞／名詞
[　た形 ／ なかった形 　]＋ら　　如果～的話

動	行けます（可以去）	→ 行けたら	（如果可以去的話）
い	高い（貴的）	→ 高かったら	（如果貴的話）
な	便利（な）（方便）	→ 便利だったら	（如果方便的話）
名	外国人（外國人）	→ 外国人だったら	（如果是外國人的話）

用法　受邀參加聚餐或派對，無法確定是否參加時，可以用這種曖昧的說法回覆對方。

會話練習

紗帆：今度の新入生歓迎会、雄一も行く？
　　　這次　　　新生歡迎會　　　　　　也要去嗎？

雄一：ああ、行けたら行くよ。

紗帆：もう、もっと後輩を大事にしなきゃだめ*よ。
　　　真是的　更加　　　　　一定要重視　　　　表示：提醒

雄一：わかったよ。行けばいいんでしょ*。
　　　　　　　　　　去的話就可以了對不對？

使用文型

[動詞]

[ない形] ＋ なきゃだめ　　一定要 [做]～

※ 此為「動詞ない形 ＋ なければだめ」的「縮約表現」，口語時常使用「縮約表現」。

大事にします（重視）	→ 大事にしなきゃだめ*	（一定要重視）
書きます（寫）	→ 書かなきゃだめ	（一定要寫）
帰ります（回去）	→ 帰らなきゃだめ	（一定要回去）

[動詞／い形容詞／な形容詞＋な／名詞＋な]

[　　　　普通形　　　　]＋んでしょ　　～對不對？（強調語氣）

※「な形容詞」、「名詞」的「普通形-現在肯定形」，需要有「な」再接續。
※ 此為「～んでしょう」的「省略説法」，口語時常使用「省略説法」。

動	来ます（來）	→ 来るんでしょ[う]	（會來對不對？）
い	いい（好的）	→ 行けばいいんでしょ[う]*	（去的話就可以了對不對？）
な	好き（な）（喜歡）	→ 好きなんでしょ[う]	（很喜歡對不對？）
名	冬休み（寒假）	→ 冬休みなんでしょ[う]	（是寒假了對不對？）

中譯　紗帆：這次的新生歡迎會，雄一也會去嗎？
　　　雄一：啊，可以的話我會去。
　　　紗帆：真是的，你要更加重視學弟妹啦。
　　　雄一：我知道啦。我去的話就可以了對不對？

肚子好餓，有沒有什麼可以吃的？
お腹(なか)すいたあ、何(なん)か食(た)べるもんない？

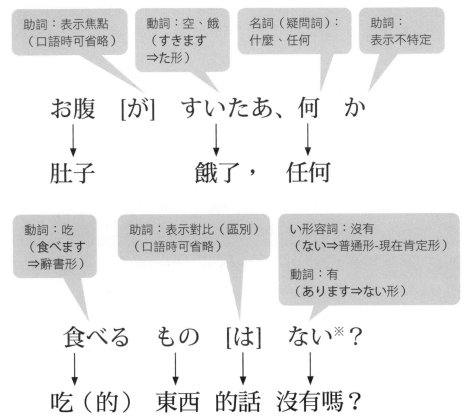

助詞：表示焦點
（口語時可省略）

動詞：空、餓
（すきます
⇒た形）

名詞（疑問詞）：
什麼、任何

助詞：
表示不特定

お腹　[が]　すいたあ、何　か

↓　　　　　　↓　　　　↓
肚子　　　　餓了，　　任何

動詞：吃
（食べます
⇒辭書形）

助詞：表示對比（區別）
（口語時可省略）

い形容詞：沒有
（ない⇒普通形-現在肯定形）

動詞：有
（あります⇒ない形）

食べる　もの　[は]　ない※？

↓　　　　↓　　↓　　↓
吃（的）　東西　的話　沒有嗎？

※「もの」的「縮約表現」是「もん」，口語時常使用「縮約表現」。
※「ない」除了是「い形容詞」，也是動詞「あります」的「ない形」。
※「すいた<u>あ</u>」的「あ」是會話中拉長音的表現方式。

用法　肚子餓想吃東西時，可以說這句話。

會話練習

雄一：あ、もうこんな<ruby>時間<rt>じかん</rt></ruby>か。
_{已經這麼晚了啊；「か」表示「感嘆」}

<ruby>紗帆<rt>さほ</rt></ruby>：<ruby>雄一<rt>ゆういち</rt></ruby>、お<ruby>腹<rt>なか</rt></ruby>すいたあ、<ruby>何<rt>なん</rt></ruby>か<ruby>食<rt>た</rt></ruby>べるもんない？

<ruby>雄一<rt>ゆういち</rt></ruby>：じゃ、<ruby>何<rt>なに</rt></ruby>か コンビニで<ruby>買<rt>か</rt></ruby>ってこようか*。
_{表示：不特定　　便利商店　　要不要買…，再回來？（就是「要不要買…回來？」的意思）}

<ruby>紗帆<rt>さほ</rt></ruby>：<ruby>私<rt>わたし</rt></ruby>、サンドイッチ がいい。
_{三明治　　　　表示：焦點}

使用文型

動詞

[て形] ＋ こようか　　要不要做～，再回來？

買います（買）	→ 買ってこようか*	（要不要買～，再回來？）
見ます（看）	→ 見てこようか	（要不要看～，再回來？）
食べます（吃）	→ 食べてこようか	（要不要吃～，再回來？）

中譯　雄一：啊，已經這麼晚了啊。
　　　紗帆：雄一，我肚子好餓，有沒有什麼可以吃的？
　　　雄一：那麼，要不要我去便利商店買些東西回來？
　　　紗帆：我要吃三明治。

不要客氣，儘量吃。
えん りょ
遠慮しないでどんどん食べてね。

| 動詞：客氣、謝絕
（遠慮します
⇒ない形） | 助詞：
表示
樣態 | 副詞：
連續不斷、
旺盛 | 動詞：吃
（食べます
⇒て形） | 補助動詞：請
（くださいます
⇒命令形[くださいませ]
除去[ませ]）
（口語時可省略） | 助詞：
表示
親近・
柔和 |

遠慮しない	で	どんどん	食べて	[ください]	ね。

不要客氣，　　　不斷地　[請]吃。

使用文型

動詞

[ない形] ＋ で、～　　附帶狀況

遠慮します（客氣）	→	えんりょ 遠慮しないで	（不要客氣的狀態下～）
持ちます（帶）	→	かさ　も 傘を持たないで	（不帶傘的狀態下～）
食べます（吃）	→	た 食べないで	（沒吃的狀態下～）

動詞

[て形] ＋ ください　　請[做]～

食べます（吃）	→	た 食べてください	（請吃）
使います（使用）	→	つか 使ってください	（請使用）
書きます（寫）	→	か 書いてください	（請寫）

用法　請客時，希望對方不要客氣，儘量多吃一點時，可以說這句話。

會話練習

雄一：え？　これ<u>全部食べていい</u>*の？*
可以全部吃完嗎？

紗帆：うん、<u>いいの</u>よ。遠慮しないでどんどん食べてね。
表示：提醒

雄一：わあ、感激！

使用文型

動詞

[て形] ＋ いい　　可以 [做] ～

※ 此為「普通體文型」用法，「丁寧體文型」為「動詞て形 ＋ いいです」。
※ 此文型和「動詞て形 ＋ も ＋ いいです」相同，只是省略了「も」。
※ 口語時，通常採用「普通體文型」説法。

食べます（吃）	→ 食べていい*	（可以吃）
帰ります（回去）	→ 帰っていい	（可以回去）
見ます（看）	→ 見ていい	（可以看）

動詞／い形容詞／な形容詞＋な／名詞＋な

[　　　普通形　　　] ＋ の？　　關心好奇、期待回答

※ 此為「普通體文型」用法，「丁寧體文型」為「～んですか」。
※「な形容詞」、「名詞」的「普通形-現在肯定形」，需要有「な」再接續。

動	買います（買）	→ 買うの？	（要買嗎？）
い	いい（好的）	→ いいの？*	（好嗎？）
な	好き（な）（喜歡）	→ 好きなの？	（喜歡嗎？）
名	雨（下雨天）	→ 雨なの？	（是雨天嗎？）

中譯　雄一：咦？這些東西我可以全部吃完嗎？
紗帆：嗯，好啊。不要客氣，儘量吃。
雄一：哇～，好感動！

今天我們要吃什麼呢？
今日(きょう)は何(なに)食(た)べよっか？

| 助詞：
表示
對比（區別） | 名詞（疑問詞）：
什麼、任何 | 助詞：
表示動作作用對象
（口語時可省略） | 動詞：吃
（食べます
⇒意向形） | 助詞：
表示
疑問 |

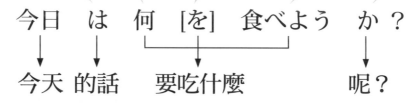

今日　は　何　[を]　食べよう　か？
↓　　↓　　　　　↓　　　　　　　↓
今天　的話　　要吃什麼　　　　呢？

※「食べようか」的「縮約表現」是「食べよっか」，口語時常使用「縮約表現」。

使用文型

動詞
何 ＋ を ＋ [意向形] ＋ か　　[做]～什麼？

食べます（吃）　→ 何(なに)を食(た)べようか　　　（吃什麼呢？）
（＝何(なに)を食(た)べよっか）※意向形縮約表現

飲みます（喝）　→ 何(なに)を飲(の)もうか　　　（喝什麼呢？）
（＝何(なに)を飲(の)もっか）※意向形縮約表現

見ます（看）　→ 何(なに)を見(み)ようか　　　（看什麼呢？）
（＝何(なに)を見(み)よっか）※意向形縮約表現

用法　想和家人或朋友討論要吃什麼東西時，可以說這句話。

會話練習

店員：こちら、メニューです。
　　　　這個　　　菜單

雄一：あ、どうも。
　　　　　謝謝

紗帆：（メニューを見ながら*）ええっと、
　　　　　　一邊看…,一邊…　　　嗯～

　　　今日は何食べよっか？

雄一：僕は、ごはん類がいいなあ。
　　　　　　米飯類　　　表示：感嘆

使用文型

動詞

[ます形] + ながら　　一邊 [做] ～，一邊～

見ます（看）	→ 見ながら*	（一邊看，一邊～）
歩きます（走路）	→ 歩きながら	（一邊走路，一邊～）
聞きます（聽）	→ 聞きながら	（一邊聽，一邊～）

中譯　店員：這是菜單。
　　　　雄一：啊，謝謝。
　　　　紗帆：（一邊看菜單一邊…）嗯～，今天我們要吃什麼呢？
　　　　雄一：我吃米飯類好了。

今天我請客，儘量點。

今日は僕のおごりだから、遠慮なく注文して。

| 助詞：
表示對比（區別） | 助詞：
表示所有 | 名詞：請客
（おごり
⇒普通形-現在肯定形） | 助詞：
表示宣言 |

今日　は　僕　の　おごりだ　から、

今天　的話　屬於我　請客，

| い形容詞：沒有
（ない⇒副詞用法） | 動詞：訂
（注文します
⇒て形） | 補助動詞：請
（くださいます
⇒命令形[くださいませ]除去[ませ]）
（口語時可省略） |

遠慮　なく　注文して　[ください]。

不用客氣　[請]　點菜。

使用文型

動詞

[て形] + ください　請 [做] ～

注文します（點菜）	→ 注文してください	（請點菜）
頑張ります（加油）	→ 頑張ってください	（請加油）
言います（說）	→ 言ってください	（請說）

用法　在餐廳請客，希望對方不要客氣，儘量點菜時，可以說這句話。

會話練習

（メニューを見ながら）
一邊看菜單，一邊…

紗帆：わあ、この店の料理、どれも高いよ。
　　　　　　　　　　　　　　　　每一個都…

雄一：今日は僕のおごりだから、遠慮なく注文して。

紗帆：いいの？*　じゃ、この一番高いやつ！
　　　可以嗎？　　　　　　　　最貴的　東西

雄一：あ、それはちょっと…。
　　　　　　　　　有點…

使用文型

動詞／い形容詞／な形容詞＋な／名詞＋な

[　　　　　　普通形　　　　　　]＋の？　　關心好奇、期待回答

※ 此為「普通體文型」用法，「丁寧體文型」為「～んですか」。
※「な形容詞」、「名詞」的「普通形-現在肯定形」，需要有「な」再接續。

動	食べます（吃）	→ 食べるの？	（要吃嗎？）
い	いい（好的）	→ いいの？*	（好嗎？）
な	静か（な）（安靜）	→ 静かなの？	（安靜嗎？）
名	大学生（大學生）	→ 大学生なの？	（是大學生嗎？）

中譯　（一邊看菜單，一邊…）
紗帆：哇～，這家店的料理每一道都好貴喔。
雄一：今天我請客，儘量點。
紗帆：可以嗎？那麼，找點這個最貴的東西！
雄一：啊，那就有點…。

今天我們盡情地喝吧。

今日（きょう）は、パァッと飲（の）もう。

助詞：表示對比（區別）

副詞：〜得痛快

動詞：喝
（飲みます⇒意向形）

今日　は　、　パァッと　飲もう　。

↓　　　↓　　　　　↓　　　　↓

今天　的話　　　　痛快地　　喝吧。

使用文型

動詞

パァッと ＋ [意向形]　痛快地 [做] 〜吧

飲みます（喝）	→パァッと飲（の）もう	（痛快地喝吧）
使います（花用）	→パァッと使（つか）おう	（痛快地花（錢）吧）
遊びます（玩）	→パァッと遊（あそ）ぼう	（痛快地玩吧）

用法　想開心地喝酒時，可以說這句話。

會話練習

雄一：<ruby>卒業<rt>そつぎょう</rt></ruby> おめでとう！
畢業　　　恭喜

紗帆：おめでとう！

雄一：<ruby>やっと<rt></rt></ruby> <ruby>卒業論文<rt>そつぎょうろんぶん</rt></ruby>から<ruby>解放<rt>かいほう</rt></ruby>された*よ。
總算　　　從畢業論文中解脫了

紗帆：そうね、<ruby>今日<rt>きょう</rt></ruby>は、パァッと<ruby>飲<rt>の</rt></ruby>もう。

使用文型

やっと＋[名詞]＋から解放された　總算從～解脫了

※ 此為「普通體文型」用法，「丁寧體文型」為「やっと ＋ 名詞 ＋ から解放されました」。

卒業論文（畢業論文）→ やっと<ruby>卒業論文<rt>そつぎょうろんぶん</rt></ruby>から<ruby>解放<rt>かいほう</rt></ruby>された*
（總算從畢業論文中解脫了）

勉強（課業）→ やっと<ruby>勉強<rt>べんきょう</rt></ruby>から<ruby>解放<rt>かいほう</rt></ruby>された
（總算從課業中解脫了）

家事（家務）→ やっと<ruby>家事<rt>かじ</rt></ruby>から<ruby>解放<rt>かいほう</rt></ruby>された
（總算從家務中解脫了）

中譯　雄一：恭喜畢業！
紗帆：恭喜！
雄一：總算從畢業論文中解脫了。
紗帆：就是啊，今天我們盡情地喝吧。

想吃點什麼熱的東西。
何か温かいものが食べたい。

名詞（疑問詞）：什麼、任何	助詞：表示不特定	い形容詞：熱	助詞：表示焦點	動詞：吃（食べます⇒ます形除去[ます]）	助動詞：表示希望

何　か　温かい　もの　が　食べ　たい　。

（我）想要　吃　什麼　熱的　東西。

使用文型

動詞

[ます形] ＋ たい　想要 [做] ～

食べます（吃）	→ 食べたい	（想要吃）
遊びます（玩）	→ 遊びたい	（想要玩）
行きます（去）	→ 行きたい	（想要去）

用法　被問到想吃什麼時，如果想吃點熱的食物，可以說這句話。

會話練習

雄一：今日は冷えるね。
　　　変冷囉；「ね」表示「要求同意」

紗帆：そうね、何か温かいものが食べたい。

雄一：あそこの屋台で、おでんでも*買おうか*。
　　　　　　攤販　　　關東煮之類的　　要不要買？

紗帆：うん、そうしましょう。
　　　　　就那樣做吧

使用文型

[名詞] ＋ でも　　表示舉例

おでん（關東煮）	→ おでんでも*	（關東煮之類的）
コーヒー（咖啡）	→ コーヒーでも	（咖啡之類的）
食事（餐點）	→ 食事でも	（用餐之類的）

動詞

[意向形] ＋ か　　要不要 [做] ～？

買います（買）	→ 買おうか*	（要不要買？）
行きます（去）	→ 行こうか	（要不要去？）
遊びます（玩）	→ 遊ぼうか	（要不要玩？）

中譯　雄一：今天變冷囉。
　　　紗帆：就是說啊，我想吃點什麼熱的東西。
　　　雄一：要不要在那邊的攤販買些關東煮什麼的？
　　　紗帆：嗯，就那樣做吧。

想不到會那麼好吃耶。
案外おいしいね、これ。
_{あん がい}

| 副詞：
意外、意想不到 | い形容詞：好吃 | 助詞：表示同意 | 助詞：表示主題
（口語時可省略） |

案外　おいしい　ね、　これ　[は]。

這個東西 意想不到的 好吃。

使用文型

案外 ＋ [い形容詞]　意想不到的～

おいしい（好吃的）	→ 案外おいしい	（意想不到的好吃）
面白い（有趣的）	→ 案外面白い	（意想不到的有趣）
安い（便宜的）	→ 案外安い	（意想不到的便宜）

用法 本來沒有多大的期待，但是吃過之後覺得很好吃時，可以說這句話。

會話練習

雄一：匂いは臭いけど…。（食べてみる*）
味道　　臭；「けど」表示「微弱主張」　　吃看看

紗帆：どうどう？
如何如何？

雄一：案外おいしいね、これ。

紗帆：でしょう。私もこれが大好きなの*。
對吧　　　　　　　　最喜歡；「の」表示「強調」

使用文型

動詞

[て形]＋みる　　[做]～看看

※ 此為「普通體文型」用法，「丁寧體文型」為「動詞て形＋みます」。

食べます（吃）	→ 食べてみる*	（吃看看）
書きます（寫）	→ 書いてみる	（寫看看）
使います（使用）	→ 使ってみる	（用看看）

動詞／い形容詞／な形容詞＋な／名詞＋な

[　　　　　　普通形　　　　　　]＋の　強調

※ 此為「普通體文型」用法，「丁寧體文型」為「～んです」。
※「な形容詞」、「名詞」的「普通形-現在肯定形」，需要有「な」再接續。

動	見ます（吃）	→ 見るの	（要看）
い	まずい（難吃的）	→ まずいの	（很難吃）
な	大好き（な）（最喜歡）	→ 大好きなの*	（非常喜歡）
名	無料（免費）	→ 無料なの	（是免費）

中譯　雄一：味道臭臭的…。（我還是吃看看）
　　　紗帆：如何如何？
　　　雄一：想不到會那麼好吃耶。
　　　紗帆：對吧。我也最喜歡吃這個了。

哇〜，看起來好好吃。

わあ、うまそう。

感嘆詞：
哇〜

い形容詞：好吃、巧妙
（うまい⇒除去[い]）

助動詞：
好像〜、眼看就要〜

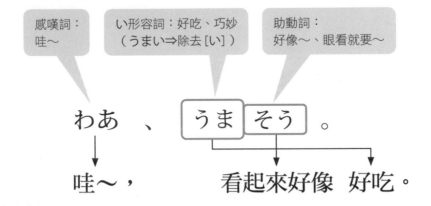

わあ　、　うま　そう　。
↓
哇〜，　　　看起來好像　好吃。

使用文型

| 動詞 | い形容詞 | な形容詞 |

[ます形 ／ −い ／ −な] ＋ そう　　　（看起來）好像〜

動	落ちます（掉下來）→ 落ちそう	（看起來好像要掉下來）
い	うまい（好吃）→ うまそう	（看起來好像很好吃）
な	有名（な）（有名）→ 有名そう	（看起來好像很有名）

用法 看到好像很好吃的食物時，可以說這句話。這個說法屬於男性用語。如果是女性，要用「おいしい」（好吃）這個字，要說「わあ、おいしそう」（哇〜，看起來好好吃）。

會話練習

紗帆：見て見て、あの店。果物がいっぱい。
　　　你看你看　　　　　　　　　　　很多

雄一：わあ、うまそう。

紗帆：ねえ、買って帰らない？*
　　　　　要不要買回去？

雄一：いいね。そうしよう。
　　　　　　　就那樣做吧

使用文型

動詞

[て形] ＋ 帰らない？　　要不要 [做] ～後，再回去？

買います（買）→ 買って帰らない？*　　　　（要不要買了，再回去？）

食べます（吃）→ 食べて帰らない？　　　　（要不要吃了，再回去？）

見ます（看）→ 見て帰らない？　　　　　（要不要看了，再回去？）

中譯　紗帆：你看你看，那家店。有好多水果。
　　　雄一：哇～，看起來好好吃。
　　　紗帆：喂，要不要買一些回家？
　　　雄一：好啊，就那樣做吧。

我可以把這個吃掉嗎？

これ食べちゃってもいい？

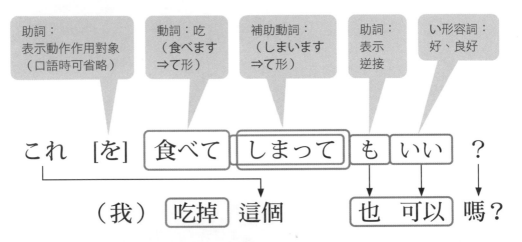

助詞： 表示動作作用對象 （口語時可省略）	動詞：吃 （食べます ⇒て形）	補助動詞： （しまいます ⇒て形）	助詞： 表示 逆接	い形容詞： 好、良好

これ　[を]　食べて　しまって　も　いい　？

（我）　吃掉　這個　　　　也　可以　嗎？

※「食べてしまって」的「縮約表現」是「食べちゃって」，口語時常使用「縮約表現」。

使用文型

[動詞]
[て形] ＋ しまいます　　動作乾脆進行

食べます（吃）　→ 食べてしまいます　　　　（乾脆吃掉）

辞めます（辭職）　→ 辞めてしまいます　　　　（乾脆辭掉）

飲みます（喝）　→ 飲んでしまいます　　　　（乾脆喝掉）

[動詞]
[て形] ＋ も ＋ いいです　　可以[做]～、[做]～也可以

食べてしまいます（吃掉）　→ 食べてしまってもいいです　　（可以吃掉）

帰ります（回去）　→ 帰ってもいいです　　（可以回去）

飲みます（喝）　→ 飲んでもいいです　　（可以喝）

用法　想吃掉剩下的最後一個食物時，可以說這句話。

會話練習

雄一：紗帆〜、これ食べちゃってもいい？

（…返事がない）
　　　沒有回應

雄一：あれ？　いないのか*。　ま、いいか。　食べちゃおう*。
　　　咦？　　原來是不在啊　　　算了　　　　　吃掉吧

紗帆：ただいま〜、…あ！　それ、私のでしょ！
　　　我回來了〜　　　　　　　　　　是我的吧？

使用文型

動詞／い形容詞／な形容詞＋な／名詞＋な

[　　　　　普通形　　　　　]＋のか　　是〜啊（強調加感嘆的語氣）

※「な形容詞」、「名詞」的「普通形-現在肯定形」，需要有「な」再接續。

動	います（在、有）	→ いないのか*	（原來是不在啊）
い	おいしい（好吃的）	→ おいしいのか	（原來是好吃的啊）
な	大切（な）（重要）	→ 大切なのか	（原來是重要的啊）
名	学生（學生）	→ 学生なのか	（原來是學生啊）

動詞

[そ形（〜て／〜で）]＋ちゃおう／じゃおう　乾脆地[做]〜吧

※ 此為「動詞て形＋しまおう」的「縮約表現」，口語時常使用「縮約表現」。
※ 屬於「普通體文型」，「丁寧體文型」為「動詞て形除去[て/で]＋ちゃいましょう／じゃいましょう」。

食べます（吃）	→ 食べちゃおう*	（乾脆地吃掉吧）
飲みます（喝）	→ 飲んじゃおう	（乾脆地喝掉吧）
買います（買）	→ 買っちゃおう	（乾脆地買吧）

中譯　雄一：紗帆〜，我可以把這個吃掉嗎？
　　　（…沒有回應）
　　　雄一：咦？原來是不在啊。算了。我吃掉吧。
　　　紗帆：我回來了〜…啊！那個，是我的吧？

這個沒有壞掉嗎？有怪味道耶。
これ腐ってない？　変な味がするよ。

助詞：表示主題（口語時可省略）	動詞：腐爛、腐敗（腐ります⇒て形）	補助動詞：（います⇒ない形）（口語時可省略い）

これ　[は]　腐って　[い]ない　？

這個　　　沒有腐爛（的狀態）嗎？

な形容詞：奇怪（名詞接續用法）	助詞：表示焦點	動詞：有（感覺）（します⇒辭書形）	助詞：表示提醒

変な　味　が　する　よ。

有感覺到　奇怪的　味道。

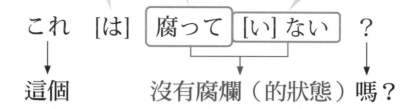

使用文型

動詞

[て形] ＋ います　　目前狀態

腐ります（腐爛）	→ 腐っています	（目前是腐爛的狀態）
かけます（配戴）	→ 東京に住んでいます	（目前是住在東京的狀態）
住みます（居住）	→ 眼鏡をかけています	（目前是戴眼鏡的狀態）

用法　食物或飲料有怪味道，想向他人確認時，可以說這句話。

會話練習

雄一：ああ、喉が渇いた。
<small>口渇</small>

紗帆：牛乳飲む？* はい。
<small>要喝牛奶嗎？　　　給你
「牛乳を飲む？」
的省略說法</small>

雄一：ありがと。（一口飲んで）うっ。これ腐ってない？
<small>謝啦　　　　　　　喝了一口　　　　唔</small>

変な味がするよ。

中譯　雄一：啊～，口好渴。
紗帆：你要喝牛奶嗎？給你。
雄一：謝啦。（喝了一口）唔。這個沒有壞掉嗎？有怪味道耶。

呀！這個已經過期了耶。

うわっ、これ賞味期限過ぎてるよ。

有效期限：
2008.10.15

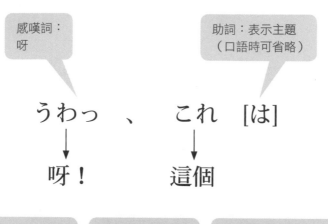

| 感嘆詞：
呀 | | 助詞：表示主題
（口語時可省略） |

うわっ　、　これ　[は]

↓　　　　↓

呀！　　　這個

| 助詞：表示經過點
（口語時可省略） | 動詞：過、經過
（過ぎます
⇒て形） | 補助動詞：
（います⇒辭書形）
（口語時可省略い） | 助詞：
表示提醒 |

賞味期限　[を]　　過ぎて　[い]る　よ。

處於超過　有效期限　的狀態。

使用文型

動詞

[て形] ＋います　　目前狀態

過ぎます（經過）	→ 過ぎています	（目前是經過了的狀態）
売ります（販賣）	→ 売っています	（目前是有販賣的狀態）
起きます（醒著、起床）	→ 起きています	（目前是醒著的狀態）

用法　發現食物的有效期限已經過期時，可以說這句話。

會話練習

雄一：うわっ、これ賞味期限過ぎてるよ。

紗帆：え？　あら　やだ。もう三週間も　過ぎてる。
　　　　　　嗄？　　　啊　真討厭　　已經　　　　　　竟然 過期了；「過ぎている」的省略說法

雄一：ちょっと。そんなの　早く　捨てといてよ。
　　　　　　喂　　　那樣的東西；「の」　趕快　採取丟掉的措施；
　　　　　　　　　　表示「代替名詞」，　　　　「捨てて＋おいてください」的縮約表現＋省略說法
　　　　　　　　　　等同「物」

使用文型

動詞

[そ形] ＋ といて ＋ [ください]　　善後措施（為了以後方便）

※ 此為「動詞て形 ＋ おいて」的「縮約表現」，口語時常使用「縮約表現」。
※ 「丁寧體文型」為「動詞そ形 ＋ といて ＋ ください」。
※ 口語時，通常採用「普通體文型」說法，可省略「ください」。

捨てます（丟棄）　→ 捨てといて[ください]*　　　（請採取丟棄的措施）
洗います（清洗）　→ 洗っといて[ください]　　　（請採取清洗的措施）
書きます（寫）　　→ 書いといて[ください]　　　（請採取寫的措施）

中譯　雄一：呀！這個已經過期了耶。
　　　紗帆：咦？啊，真討厭。竟然已經過期三個星期了。
　　　雄一：喂，那樣的東西要趕快丟掉啊。

啊～，肩膀好酸喔。
ああ、肩が凝るなあ。

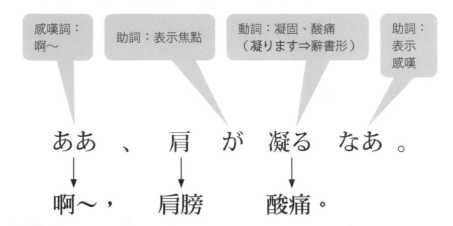

感嘆詞：
啊～

助詞：表示焦點

動詞：凝固、酸痛
（凝ります⇒辭書形）

助詞：
表示
感嘆

ああ 、 肩 が 凝る なあ 。
↓ ↓ ↓
啊～， 肩膀 酸痛。

使用文型

[名詞（身體部位）] ＋ が ＋ 凝ります　　〜硬硬的又酸痛

※「丁寧體」是「〜が凝ります」，「普通體」是「〜が凝る」。

肩（肩膀）→ 肩が凝ります　　　　　（肩膀酸痛）

首（脖子）→ 首が凝ります　　　　　（脖子酸痛）

腰（腰）→ 腰が凝ります　　　　　（腰酸）

用法　肩膀酸痛時，可以說這句話。朋友聽到後或許就會為你按摩喔。

會話練習

（パソコンで 作業をしていて）
表示：手段、方法　　　正在工作

雄一：ああ、肩が凝るなあ。

紗帆：肩、揉んであげようか？*
要不要幫你揉？

雄一：じゃあ、お願い。
麻煩你了

使用文型

[動詞]

[て形] + あげようか？　要不要為別人 [做] ～？

※ 此為「普通體文型」，「丁寧體文型」為「動詞て形 + あげましょうか」。
※ 此文型同時適用於「我為別人做～」及「別人為別人做～」。會話練習是屬於「我為別人做～」的用法。
※ 此文型適用於親密的人之間，具有「要對方感恩」的語感。

揉みます（揉）	→ 揉んであげようか*	（要不要為你揉？）
持ちます（拿）	→ 持ってあげようか	（要不要幫你拿？）
説明します（說明）	→ 説明してあげようか	（要不要為你說明？）

中譯　（正在用電腦工作）
雄一：啊～，肩膀好酸喔。
紗帆：要我幫你揉揉肩膀嗎？
雄一：那麼，就麻煩你了。

我頭暈暈的。

<ruby>頭<rt>あたま</rt></ruby>がくらくらする。

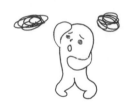

助詞：表示焦點

動詞（擬態語）：頭暈
（くらくらします⇒辭書形）

頭　が　くらくらする 。

↓　　　　　　↓

頭　　　　　暈暈的

相關表現

頭痛得快爆炸。

助詞：
表示焦點

動詞（擬聲語）：強烈的痛
（ガンガンします⇒辭書形）

<ruby>頭<rt>あたま</rt></ruby>　が　ガンガンする 。

↓　　　　　↓

頭　　　　　很痛。

用法　因為感冒、或是喝酒而失去平衡感時，可以說這句話。

會話練習

（ジェットコースター から降りて）
雲霄飛車　　　　　　　　從…下來

紗帆：ああ、楽しかった。あれ？　雄一だいじょうぶ？
　　　　　　　　　　　　　　　　　　　　　　　沒事吧？

雄一：うう…。頭がくらくらする。

紗帆：ちょっと、しっかりして＊よ。
　　　喂　　　　　要振作；口語時「て形」後面可省略「ください」（請參考下方文型）

雄一：だめ…。吐きそう＊…。
　　　不行了　　　好像要吐了

使用文型

[動詞]

[て形] ＋ [ください]　　　請 [做]～

※「丁寧體文型」為「動詞て形 ＋ ください」。
※ 口語時，通常採用「普通體文型」説法，可省略「ください」。

しっかりします（振作）	→ しっかりして[ください]＊	（請振作）
待ちます（等待）	→ 待って[ください]	（請等待）
行きます（去）	→ 行って[ください]	（請去）

[動詞] [い形容詞] [な形容詞]

[ます形／－い／－な] ＋ そう　　　（看起來、直覺地）好像～

動	吐きます（吐）	→ 吐きそう＊	（直覺地好像快要吐了）
い	安い（便宜的）	→ 安そう	（看起來好像很便宜）
な	静か（な）（安靜）	→ 静かそう	（看起來好像很安靜）

中譯　（從雲霄飛車下來）
　　　紗帆：啊～真好玩。咦？雄一，你沒事吧？
　　　雄一：唔…。我頭暈暈的。
　　　紗帆：喂，你要振作啊。
　　　雄一：不行了…。好像快要吐了…。

好像感冒了。
風邪(かぜ)ひいちゃったみたい。

| 助詞：
表示動作作用對象
（口語時可省略） | 動詞：得（感冒）
（ひきます⇒て形） | 補助動詞：無法挽回的遺憾
（しまいます⇒た形） | 助動詞：
好像～ |

風邪　[を]　ひいて　しまった　みたい　。

好像　不小心感染了　感冒。

※「ひいてしまった」的縮約表現是「ひいちゃった」，口語時常使用縮約表現。

使用文型

[動詞]

[て形] ＋ しまいます　　（無法挽回的）遺憾

ひきます（得到（感冒））	→ 風邪(かぜ)をひいてしまいます	（會不小心感冒）
汚れます（髒掉）	→ 汚(よご)れてしまいます	（會不小心髒掉）
忘れます（忘記）	→ 忘(わす)れてしまいます	（會不小心忘記）

[動詞／い形容詞／な形容詞／名詞]

[　　　普通形　　　] ＋ みたい　　（推斷）好像～

動	ひいてしまいます（會不小心得到）	→ ひいてしまったみたい	（推斷好像得到了）
い	安い（便宜的）	→ 安(やす)いみたい	（推斷好像很便宜）
な	静か（な）（安靜）	→ 静(しず)かみたい	（推斷好像很安靜）
名	男（男性）	→ 男(おとこ)みたい	（推斷好像是男性）

用法　身體狀況不太好，開始出現輕微發燒或流鼻水等近似感冒的症狀時，可以說這
句話。

會話練習

紗帆：顔色良くない よ。どうしたの？
　　　　臉色不好　　表示：提醒　　怎麼了嗎？

雄一：うん、風邪ひいちゃったみたい。

紗帆：そう？　病院行ったら＊？
　　　　是嗎　　去醫院的話，如何？「病院へ行ったら？」的省略説法

雄一：うん、行ってくる＊…。
　　　　嗯　　字面意義是「去，再回來」，就是「我去看一下醫生，看完再回來」的意思

使用文型

動詞

[た形]＋ら＋[どうですか]　　～的話，如何？

※「丁寧體文型」為「動詞た形 ＋ ら ＋ どうですか」。
※ 口語時，通常採用「普通體文型」説法，可省略「どうですか」。

行きます（去）	→ 行ったら[どうですか]＊	（去的話，如何？）
飲みます（喝）	→ 薬を飲んだら[どうですか]	（吃藥的話，如何？）
調べます（查詢）	→ 辞書で調べたら[どうですか]	（查字典的話，如何？）

動詞

[て形]＋くる　　動作和移動（做～，再回來）

※ 此為「普通體文型」用法，「丁寧體文型」為「動詞て形 ＋ きます」。

行きます（去）	→ 行ってくる＊	（去，再回來）
払います（支付）	→ お金を払ってくる	（付錢，再回來）
飲みます（喝）	→ 飲んでくる	（喝，再回來）

中譯　紗帆：你臉色不好耶，怎麼了？
　　　雄一：嗯，好像感冒了。
　　　紗帆：是嗎？去醫院看個醫生，如何？
　　　雄一：嗯，我去看一下醫生再回來…。

啊～，沒力。啊～，好酸。

ああ、だるい。

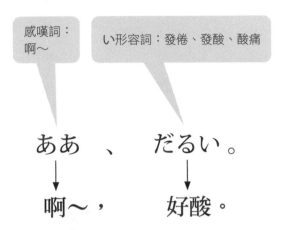

感嘆詞：
啊～

い形容詞：發倦、發酸、酸痛

ああ 　、 　だるい 。
↓ 　　　　 ↓
啊～， 　　　好酸。

使用文型

ああ、＋ [い形容詞] 　　啊啊，～

だるい（酸痛的）	→ ああ、だるい	（啊啊，好酸）
痛い（痛的）	→ ああ、痛い	（啊啊，好痛）
痒い（癢的）	→ ああ、痒い	（啊啊，好癢）

用法　感冒、或是激烈運動的隔天，覺得身體笨重、肌肉酸痛時，可以說這句話。

會話練習

紗帆（さほ）：ああ、だるい。

雄一（ゆういち）：昨日（きのう）、山登り（やまのぼ）、きつかったからね*。

爬山　　　因為很激烈的緣故吧；「ね」表示「親近・柔和」

紗帆（さほ）：うん。全身（ぜんしん）、筋肉痛（きんにくつう）だわ*。

肌肉酸痛；「わ」表示「女性語氣」

動詞／い形容詞／な形容詞＋だ／名詞＋だ

[　　　　　普通形　　　　　]＋からね　　因為〜的緣故吧

※「な形容詞」、「名詞」的「普通形-現在肯定形」，需要有「だ」再接續。

動	忘れます（忘記）	→ 忘れたからね	（因為忘記了的緣故吧）
い	きつい（激烈的）	→ きつかったからね＊	（因為很激烈的緣故吧）
な	綺麗（な）（漂亮）	→ 綺麗だからね	（因為很漂亮的緣故吧）
名	学生（學生）	→ 学生だからね	（因為是學生的緣故吧）

動詞／い形容詞／な形容詞＋だ／名詞＋だ

[　　　　　普通形　　　　　]＋わ　　　女性語氣

※「な形容詞」、「名詞」的「普通形-現在肯定形」，需要有「だ」再接續。

動	行きます（去）	→ 今から行くわ	（現在要去）
い	おいしい（好吃的）	→ おいしいわ	（好吃）
な	綺麗（な）（漂亮）	→ 綺麗だわ	（漂亮）
名	筋肉痛（肌肉酸痛）	→ 筋肉痛だわ＊	（肌肉酸痛）

動詞／い形容詞／な形容詞／名詞

[　　　　　丁寧形　　　　　]＋わ　　　女性語氣

動	行きます（去）	→ 今から行きますわ	（現在要去）
い	おいしい（好吃的）	→ おいしいですわ	（好吃）
な	綺麗（な）（漂亮）	→ 綺麗ですわ	（漂亮）
名	筋肉痛（肌肉酸痛）	→ 筋肉痛ですわ	（肌肉酸痛）

中譯　紗帆：啊〜，沒力。啊〜，好酸。
　　　雄一：是因為昨天爬山爬得很激烈的緣故吧？
　　　紗帆：嗯。我覺得全身肌肉酸痛。

笑到肚子好痛。
笑(わら)いすぎてお腹(なか)痛(いた)い。

| 動詞：笑
（笑います⇒ます形
除去［ます］） | 後項動詞：過於、太～
（すぎます⇒て形）
（て形表示原因） | 助詞：表示焦點
（口語時可省略） | い形容詞：痛 |

笑い	すぎて	お腹	［が］	痛い 。
↓	↓	↓	↓	↓
因為	笑 太多	肚子		好痛。

※ 笑いすぎて：複合型態（＝笑い＋すぎて）

使用文型

| 動詞 | い形容詞 | な形容詞 |

［ます形／－い／－な／名詞］＋すぎます　太～

動	笑います（笑）	→ 笑(わら)いすぎます	（笑太多）
い	難しい（困難的）	→ 難(むずか)しすぎます	（太難）
な	簡単（な）（簡單）	→ 簡単(かんたん)すぎます	（太簡單）
名	いい人（好人）	→ いい人(ひと)すぎます	（太好的人）

用法 遇到好笑的事情，一直笑個不停時，就會笑到肚子很痛吧。這個時候可以說這句話。

會話練習

（テレビを見て）

看電視的狀態；「て形」表示「附帶狀況」

雄一：ははははっ！

紗帆：何見てる*の？*

正在看什麼呢？「何を見ているの？」的省略說法

雄一：漫才だよ。ああ、笑いすぎてお腹痛い。

相聲　　　表示：提醒

紗帆：そんなに面白いの？*

那麼　　　　　有趣嗎？

使用文型

動詞

［て形］＋いる　　正在 [做] ～

※ 此為「普通體文型」，「丁寧體文型」為「動詞て形 ＋ います」。

※ 口語時，通常採用「普通體文型」說法，並可省略「動詞て形 ＋ いる」的「い」。

| 見ます（看） | → 見て[い]る* | （正在看） |
| 書きます（寫） | → 書いて[い]る | （正在寫） |

動詞／い形容詞／な形容詞＋な／名詞＋な

［　　　　　　普通形　　　　　　］＋の？　　關心好奇、期待回答

※ 此為「普通體文型」用法，「丁寧體文型」為「～んですか」。

※「な形容詞」、「名詞」的「普通形-現在肯定形」，需要有「な」再接續。

動	見て[い]ます（正在看）	→ 何[を]見て[い]るの？*	（正在看什麼呢？）
い	面白い（有趣的）	→ 面白いの？*	（有趣嗎？）
な	好き（な）（喜歡）	→ 好きなの？	（喜歡嗎？）
名	漫画（漫畫）	→ 漫画なの？	（是漫畫嗎？）

中譯

（正在看電視）

雄一：哈哈哈！

紗帆：你正在看什麼呢？

雄一：看相聲啊。啊～，笑到肚子好痛。

紗帆：有那麼有趣嗎？

啊～，鞋子會磨腳，好痛。

ああ、靴擦れして痛い。

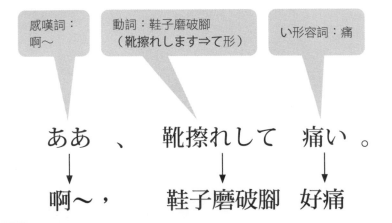

感嘆詞：
啊～

動詞：鞋子磨破腳
（靴擦れします⇒て形）

い形容詞：痛

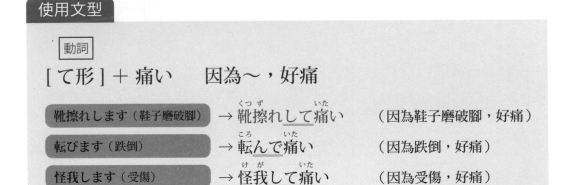

ああ 、 靴擦れして 痛い 。

↓ ↓ ↓

啊～， 鞋子磨破腳 好痛

使用文型

動詞

[て形] ＋ 痛い　　因為～，好痛

靴擦れします（鞋子磨破腳）	→ 靴擦れして痛い	（因為鞋子磨破腳，好痛）
転びます（跌倒）	→ 転んで痛い	（因為跌倒，好痛）
怪我します（受傷）	→ 怪我して痛い	（因為受傷，好痛）

用法　穿新鞋、或是走很久的路造成鞋子磨腳時，可以說這句話。

會話練習

紗帆：雄一、ちょっと待って。
等一下；口語時「て形」後面可省略「ください」

雄一：どうしたの？
怎麼了嗎？

紗帆：新しい靴買ったんだ＊けど、ああ、靴擦れして痛い。
因為買了；「んだ」表示「理由」，「けど」表示「前言」

雄一：無理して 小さい サイズ 買うからだよ＊。
勉強；「て形」表示「附帶狀況」　小的　　　尺寸　因為要買…的緣故啦；「よ」表示「提醒」

使用文型

動詞／い形容詞／な形容詞＋な／名詞＋な

[　　　　　　普通形　　　　　　]＋んだ　　理由

※ 此為「普通體文型」用法，「丁寧體文型」為「～んです」。
※「な形容詞」、「名詞」的「普通形-現在肯定形」，需要有「な」再接續。

動	買います（買）	→ 買ったんだ＊	（因為買了）
い	醜い（醜的）	→ 醜いんだ	（因為很醜）
な	綺麗（な）（漂亮）	→ 綺麗なんだ	（因為很漂亮）
名	半額（半價）	→ 半額なんだ	（因為是半價）

動詞／い形容詞／な形容詞＋だ／名詞＋だ

[　　　　　　普通形　　　　　　]＋からだよ　　因為～的緣故啦

※「な形容詞」、「名詞」的「普通形-現在肯定形」，需要有「だ」再接續。

動	買います（買）	→ 買うからだよ＊	（因為要買～的緣故啦）
い	面白い（有趣的）	→ 面白いからだよ	（因為很有趣的緣故啦）
な	便利（な）（方便）	→ 便利だからだよ	（因為很方便的緣故啦）
名	無料（免費）	→ 無料だからだよ	（因為免費的緣故啦）

中譯　紗帆：雄一，等一下。
雄一：怎麼了？
紗帆：因為我買了新鞋子，啊～，鞋子會磨腳，好痛。
雄一：因為你勉強要買小一號的緣故啦。

啊！地震！

あ、地震<ruby>地震<rt>じ しん</rt></ruby>だ！

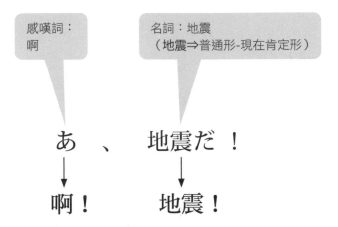

感嘆詞：
啊

名詞：地震
（地震⇒普通形-現在肯定形）

あ　、　地震だ！

↓　　　　　　↓

啊！　　　　地震！

使用文型

あ、＋ [名詞 ＋ だ]　　啊！發生～、啊！有～

地震（地震）	→ あ、<ruby>地震<rt>じ しん</rt></ruby>だ	（啊！地震）
津波（海嘯）	→ あ、<ruby>津波<rt>つ なみ</rt></ruby>だ	（啊！海嘯）
泥棒（小偷）	→ あ、<ruby>泥棒<rt>どろ ぼう</rt></ruby>だ	（啊！有小偷）

用法　一感覺到地震，通常就會說出這句話。萬一發生火災，則會說「あ、<ruby>火事<rt>か じ</rt></ruby>だ！」
（啊！火災！）。

會話練習

雄一（ゆういち）：あ、地震（じしん）だ！

紗帆（さほ）：<u>きゃあ！</u>　<u>どうしよう。</u>
呀～　　　　　　　　怎麼辦？

雄一（ゆういち）：<u>落（お）ち着（つ）いて、</u> <u>まず</u> ガスを消（け）して*。
要冷靜；口語時「て形」　　首先　　要關掉瓦斯；口語時「て形」後面可省略「ください」
後面可省略「ください」　　　　　　　（請參考下方文型）
（請參考下方文型）

紗帆（さほ）：<u>わかった。</u>
知道了

使用文型

動詞

[て形] ＋ [ください]　　請 [做] ～

※「丁寧體文型」為「動詞て形 ＋ ください」。
※ 口語時，通常採用「普通體文型」説法，可省略「ください」。

消します（關閉）	→ 消（け）して[ください]*	（請關閉）
掃除します（打掃）	→ 掃除（そうじ）して[ください]	（請打掃）
聞きます（聽）	→ 聞（き）いて[ください]	（請聽）

中譯　雄一：啊！地震！
　　　紗帆：呀～，怎麼辦？
　　　雄一：冷靜一下，先關掉瓦斯。
　　　紗帆：我知道了。

腳抽筋了！
足<ruby>あし</ruby>つった！

助詞：表示主體
（口語時可省略）

動詞：抽筋
（つります⇒た形）

足　[が]　つった！

↓　　　　　↓

腳　　　　抽筋了！

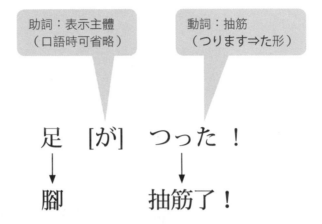

使用文型

[名詞（身體部位）] ＋ が ＋ つりました　～抽筋了

※「丁寧體」是「～がつりました」，「普通體」是「～がつった」。

足（腳）→ 足<ruby>あし</ruby>がつりました　　　　　（腳抽筋了）

手（手）→ 手<ruby>て</ruby>がつりました　　　　　（手抽筋了）

首（脖子）→ 首<ruby>くび</ruby>がつりました　　　　　（脖子抽筋了）

用法　腳突然產生劇痛，出現抽筋的症狀時，可以說這句話。

會話練習

雄一：あ、いたたたっ*。
好痛

紗帆：どうしたの！？* だいじょうぶ？
怎麼了嗎？ 沒事吧？

雄一：足つった！

使用文型

いたたたっ 「い形容詞」的強調用法

※ 日語中某些詞彙會以「重複假名」或「促音化」來表示強調用法。上述即為「いたい」（痛的）的強調用法。

※ 其他例子還有：

あつい（熱的） → あちちちっ （好熱、好燙）

いたい（痛的） → いてててっ （好痛）

動詞／い形容詞／な形容詞＋な／名詞＋な

[普通形]＋の！？ 關心好奇、期待回答

※ 此為「普通體文型」用法，「丁寧體文型」為「～んですか」。
※「な形容詞」、「名詞」的「普通形-現在肯定形」，需要有「な」再接續。

動	どうします（怎麼了）	→ どうしたの！？*	（怎麼了嗎？）
い	寒い（寒冷的）	→ 寒いの！？	（很冷嗎？）
な	綺麗（な）（漂亮）	→ 綺麗なの！？	（很漂亮嗎？）
名	学生（學生）	→ 学生なの！？	（是學生嗎？）

中譯　雄一：啊，好痛～。
紗帆：怎麼了嗎！？沒事吧？
雄一：腳抽筋了！

完了，我想大便。

やばい、うんこしたい…。

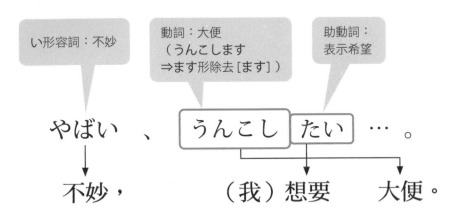

い形容詞：不妙

動詞：大便
（うんこします
⇒ます形除去［ます］）

助動詞：
表示希望

やばい 、 うんこし たい … 。

不妙， （我）想要 大便。

使用文型

動詞

［ます形］＋ たい 想要［做］〜

うんこします（大便）	→ うんこしたい	（想要大便）
行きます（去）	→ 行きたい	（想要去）
買います（買）	→ 買いたい	（想要買）

用法 有便意，但是附近沒有洗手間，覺得很困擾時，可以說這句話。

會話練習

（電車に 駆け込んで）
表示：進入點　　跑進去

紗帆：ふう。何とか快速電車に間に合ったわね。あれ？
　　　　　總算　　　　　　　　趕上　　　　　　　　咦？

　　　雄一、どうしたの？
　　　　　　　　怎麼了嗎？

雄一：やばい、うんこしたい…。

紗帆：ええ！　どうするのよ。この電車、
　　　欸～　　　怎麼辦呢？

　　　もう２０分ずっと止まらないのよ。
　　　已經　　20分鐘內都一直不停車喔；「の」表示「強調」；「よ」表示「提醒」

雄一：うっ……。

使用文型

ずっと＋[動詞]　　一直 [做]～

ない	止まります（停止）	→ ずっと止まらない*	（一直不停止）
て形	待ちます（等待）	→ ずっと待っていました	（（之前）一直在等待）
て形	寝ます（睡覺）	→ ずっと寝ている	（一直在睡覺的狀態）

中譯

（跑進電車當中）
紗帆：呼～。總算趕上快速電車了。咦？雄一，你怎麼了？
雄一：完了，我想大便。
紗帆：欸～！怎麼辦才好呢？這班電車已經是接下來的20分鐘都不會停車喔。
雄一：唔……。

我去尿個尿。

ちょっと、おしっこしてくる。

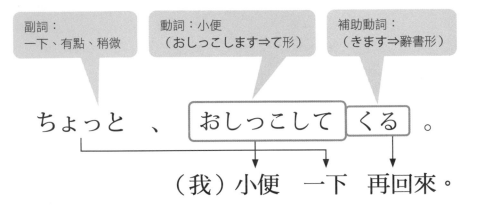

副詞：
一下、有點、稍微

動詞：小便
（おしっこします⇒て形）

補助動詞：
（きます⇒辭書形）

ちょっと 、 おしっこして くる 。

（我）小便　一下　再回來。

使用文型

動詞

[て形] ＋ きます　　動作和移動（做～，再回來）

おしっこします（小便）	→ おしっこ<u>して</u>きます	（小便，再回來）
うんこします（大便）	→ うんこ<u>して</u>きます	（大便，再回來）
買います（買）	→ 買<u>って</u>きます	（買，再回來）

用法　要去小便必須暫時離開現場時，可以說這句話。這句話只能對關係親近的人使用。上方舉例的「うんこしてきます」也是只能對關係親近的人使用。

會話練習

雄一：この映画、見たかった*んだ〜。
之前就想要看；「んだ」表示「強調」

紗帆：そうね、楽しみね。もうすぐ始まるみたいね。
好期待喔　　　馬上　　好像快要開始了；「ね」表示「親近・柔和」

雄一：ちょっと、おしっこしてくる。

紗帆：じゃ、早く。始まっちゃう*よ。
快點　　要開始囉；「よ」表示「提醒」

使用文型

[動詞]

[ます形] + たかった　之前就想要[做]〜

見ます（看）	→ 見たかった*	（之前就想要看）
使います（使用）	→ 使いたかった	（之前就想要用）
買います（買）	→ 買いたかった	（之前就想要買）

[動詞]

[て形（〜て／〜で）] + ちゃう／じゃう　無法抵抗、無法控制

※ 此為「動詞て形 + しまう」的「縮約表現」，口語時常使用「縮約表現」。
※ 屬於「普通體文型」，「丁寧體文型」為「動詞て形除去[て／で] + ちゃいます／じゃいます」。

始まります（開始）	→ 始まっちゃう*	（要開始了）
出発します（出發）	→ 出発しちゃう	（要出發了）
漏れます（漏出來）	→ おしっこ[が]漏れちゃう	（快要尿出來了）

中譯　雄一：我之前就想看這部電影〜。
　　　紗帆：就是啊，好期待喔。好像馬上就要開始了。
　　　雄一：我去尿個尿。
　　　紗帆：那你快一點，（電影）要開始囉。

數學作業

啊，我忘了帶。

あ、持_もってくんの忘_{わす}れた。

感嘆詞：啊	動詞：拿、帶（持ちます⇒て形）	補助動詞：（きます⇒辭書形）	形式名詞：文法需要而存在的名詞	助詞：表示動作作用對象（口語時可省略）	動詞：忘記（忘れます⇒た形）

あ 、 持って くる の [を] 忘れた 。

↓

啊，忘了 帶了（之後）再來 這件事。

※「持ってくる」的「縮約表現」是「持ってくん」，口語時常使用「縮約表現」。

使用文型

動詞

[て形] ＋ きます　動作和移動（做～，再回來）

持ちます（帶）	→ 持_もってきます	（帶來）
見ます（看）	→ 見_みてきます	（看，再回來）
買います（買）	→ 買_かってきます	（買，再回來）

動詞／い形容詞／な形容詞＋な

[　　　普通形　　　] ＋ の ＋ [は / が / を / に…等等]

表示：形式名詞的「の」

※「な形容詞」的「普通形-現在肯定形」，需要有「な」再接續。

動	持ってきます（帶來）	→ 持_もってくるのを忘_{わす}れました（忘了要帶來）
い	暑い（炎熱的）	→ 暑_{あつ}いのは嫌_{いや}です（炎熱是令人討厭的）
な	綺麗（な）（乾淨）	→ 綺麗_{きれい}なのは有名_{ゆうめい}です（很乾淨是有名的）

用法　忘記帶必須帶的東西時，可以說這句話。

會話練習

（ドーナツ屋<ruby>で<rt>や</rt></ruby>）
甜甜圈店

<ruby>雄一<rt>ゆういち</rt></ruby>：どれがいいかなあ。
哪一個　　好呢？「かなあ」表示「自言自語式疑問」

<ruby>紗帆<rt>さ ほ</rt></ruby>：<ruby>雄一<rt>ゆういち</rt></ruby>、<ruby>昨日<rt>き のう</rt></ruby>もらった<ruby>割引券<rt>わりびきけん</rt></ruby> <ruby>出<rt>だ</rt></ruby>して*。
　　　　　　　　拿到的折價券　　　　拿出來；口語時「て形」後面可省略「ください」
　　　　　　　　　　　　　　　　　　　　　（請參考下方文型）

<ruby>雄一<rt>ゆういち</rt></ruby>：あ、<ruby>持<rt>も</rt></ruby>ってくんの<ruby>忘<rt>わす</rt></ruby>れた。

<ruby>紗帆<rt>さ ほ</rt></ruby>：もうっ！
　　　　　　真是的

使用文型

動詞

[て形] ＋ [ください]　　請 [做] ～

※「丁寧體文型」為「動詞て形 ＋ ください」。
※ 口語時，通常採用「普通體文型」說法，省略「ください」。

出します（拿出來）	→ <ruby>出<rt>だ</rt></ruby>して[ください]*	（請拿出來）
書きます（寫）	→ <ruby>書<rt>か</rt></ruby>いて[ください]	（請寫）
座ります（坐）	→ <ruby>座<rt>すわ</rt></ruby>って[ください]	（請坐）

中譯　（在甜甜圈店）
　　　　雄一：買哪一個好呢？
　　　　紗帆：雄一，把昨天拿到的折價券拿出來。
　　　　雄一：啊，我忘了帶。
　　　　紗帆：真是的！

啊，快沒電了。

あ、もう電池<ruby>電池<rt>でん ち</rt></ruby>なくなっちゃう。

電池：5%

| 感嘆詞：
啊 | 副詞：
已經 | 助詞：
表示焦點
（口語時
可省略） | い形容詞：
無、沒有
（ない⇒副詞形） | 動詞：變成
（なります
⇒て形） | 補助動詞：
無法挽回的遺憾
（しまいます
⇒辭書形） |

あ 、 もう　電池　[が]　なく　なって　しまう 。

啊，（很遺憾）電池 已經 快要（變成）沒有 。

※「なってしまう」的「縮約表現」是「なっちゃう」，口語時常使用「縮約表現」。

使用文型

動詞

[て形] ＋ しまいます 　　　（無法挽回的）遺憾

なります（變成～）	→ なってしまいます	（很遺憾要變成～了）
壊れます（壞掉）	→ 壊れてしまいます	（很遺憾要壞掉了）
汚れます（髒掉）	→ 汚れてしまいます	（很遺憾要髒掉了）

用法　手機或筆記型電腦等，事前充飽的電力快要耗盡時，可以說這句話。

會話練習

（携帯電話で話している*）
けいたいでんわ　はな
正在講話

雄一：ああ、もしもし、今どこ？
ゆういち　　　　　　　　　いま
現在在哪裡？

紗帆：渋谷のハチ公前だけど。
さ ほ　　しぶや　　こうまえ
八犬公雕像前；「けど」表示「微弱主張」

雄一：そっか、じゃぁ、渋谷で買って来て欲しい*ものが…。
ゆういち　　　　　　　　しぶや　 か 　 き 　 ほ
是嗎？　　　　　　　　　　　希望你幫我買來的東西

紗帆：あ、もう電池なくなっちゃう。あとでまた電話する
さ ほ　　　　　でんち　　　　　　　　　　　　でん わ
待會　　　再打電話

から。じゃあね。
表示：宣言　　掰掰

使用文型

動詞

[て形]＋いる　　正在 [做]〜

※ 此為「普通體文型」，「丁寧體文型」為「動詞て形 + います」。
※ 口語時，通常採用「普通體文型」說法，並可省略「動詞て形 + いる」的「い」。

話します（講話） →話している*　　　　　　（正在講話）
　　　　　　　　　　 はな
読みます（讀）　 →読んでいる　　　　　　（正在讀）
　　　　　　　　　　 よ

動詞

[て形]＋欲しい　　希望 [做]〜（非自己意志的動作）

買って来ます（買來）→買って来て欲しい*　　（希望別人買來）
　　　　　　　　　　　 か 　 き 　 ほ
晴れます（放晴）　 →晴れて欲しい　　　　（希望會放晴）
　　　　　　　　　　　は 　 ほ
持ちます（拿）　　 →持って欲しい　　　　（希望別人拿）
　　　　　　　　　　　も 　 ほ

中譯　（正在用手機講話）
　　　雄一：啊～，喂喂，你現在人在哪裡？
　　　紗帆：我在渋谷的八犬公雕像前面。
　　　雄一：是嗎？那麼，我希望你幫我在澀谷買來的東西…。
　　　紗帆：啊，（手機）快沒電了。我待會兒再打給你。掰掰。

我現在沒帶錢。

今持ち合わせがないんだ。
<ruby>今<rt>いま</rt></ruby><ruby>持<rt>も</rt></ruby>ち<ruby>合<rt>あ</rt></ruby>わせがないんだ。

助詞：表示焦點

い形容詞：沒有
（ない⇒普通形-現在肯定形）

動詞：有
（あります⇒ない形）

連語：ん＋だ
ん…形式名詞（の⇒縮約表現）
だ…助動詞：表示斷定
（です⇒普通形-現在肯定形）

今　持ち合わせ　が　ない※　んだ　。

現在　　　　　　　　　　沒有 帶在身上的錢。

※「ない」除了是「い形容詞」，也是動詞「あります」的「ない形」。

使用文型

動詞／い形容詞／な形容詞＋な／名詞＋な

[　　　　　普通形　　　　　]＋んです　　強調

※ 此為「丁寧體文型」用法，「普通體文型」為「～んだ」。
※「な形容詞」、「名詞」的「普通形-現在肯定形」，需要有「な」再接續。

動	飲みます（喝）	→ <ruby>飲<rt>の</rt></ruby>むんです	（要喝）
い	ない（沒有）	→ ないんです	（沒有）
な	大変（な）（辛苦）	→ <ruby>大変<rt>たいへん</rt></ruby>なんです	（很辛苦）
名	外国人（外國人）	→ <ruby>外国人<rt>がいこくじん</rt></ruby>なんです	（是外國人）

用法　有想買的東西，但是身上沒帶錢時，可以說這句話。如果金額不大，朋友聽到你這樣說，也許願意借錢給你。

會話練習

雄一：あ、これ買いたかった*ＣＤだ。
之前就想買

紗帆：じゃ、買って 一緒に聞こう*。
買了之後…　　　一起聽吧

雄一：でも、今持ち合わせがないんだ。

紗帆：じゃ、今回は私が 出す。
這次　　　表示：主體 出錢

使用文型

動詞

[ます形] ＋ たかった　之前就想要 [做] ～

買います（買）	→ 買いたかった*	（之前就想要買）
食べます（吃）	→ 食べたかった	（之前就想要吃）
見ます（看）	→ 見たかった	（之前就想要看）

動詞

一緒に ＋ [意向形]　一起 [做] ～吧

聞きます（聽）	→ 一緒に聞こう*	（一起聽吧）
遊びます（玩）	→ 一緒に遊ぼう	（一起玩吧）
行きます（去）	→ 一緒に行こう	（一起去吧）

中譯　雄一：啊，這是我之前就想買的CD。
　　　紗帆：那麼，我們買來一起聽吧。
　　　雄一：可是，我現在沒帶錢。
　　　紗帆：那麼，這次我來出錢。

完了，我快吐了…。

やばい、吐^はきそう…。

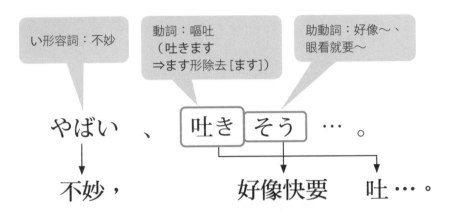

い形容詞：不妙

動詞：嘔吐
（吐きます
⇒ます形除去 [ます]）

助動詞：好像〜、
眼看就要〜

やばい　、　吐き　そう　…　。

不妙，　　　　　好像快要　　吐…。

使用文型

| 動詞 | い形容詞 | な形容詞 |

[ます形 / −い / −な] ＋ そう　　（看起來、直覺地）好像〜

動	吐きます（嘔吐）	→ 吐^はきそう	（直覺地好像快要吐）
い	嬉しい（開心的）	→ 嬉^{うれ}しそう	（看起來好像很開心）
な	便利（な）（方便）	→ 便利^{べん り}そう	（看起來好像很方便）

用法　暈車、或是喝酒過度，覺得好像快要吐時，可以說這句話。

會話練習

紗帆（さほ）：うーん…。

雄一（ゆういち）：<u>どうしたの？</u>*　<u>気分（きぶん）が悪（わる）いの？</u>*
怎麼了嗎？　　　　　　不舒服嗎？

紗帆（さほ）：<u>さっき</u>食（た）べたものが<u>脂（あぶら）っこすぎて</u>*…。
剛才　　　　　　　因為太油膩；「て形」表示「原因」

やばい、吐（は）きそう…。

動詞／い形容詞／な形容詞＋な／名詞＋な

[　　　　　普通形　　　　　]＋の？　　關心好奇、期待回答

※ 此為「普通體文型」用法，「丁寧體文型」為「～んですか」。
※「な形容詞」、「名詞」的「普通形-現在肯定形」，需要有「な」再接續。

動	どうします（怎麼了）	→ どうしたの？*	（怎麼了嗎？）
い	悪い（不好的）	→ 気分（きぶん）が悪（わる）いの？*	（不舒服嗎？）
な	不便（な）（不方便）	→ 不便（ふべん）なの？	（不方便嗎？）
名	雨（下雨天）	→ 雨（あめ）なの？	（是下雨天嗎？）

動詞　い形容詞　な形容詞

[ます形／－い／－な／名詞]＋すぎて　　因為太～

動	食べます（吃）	→ 食（た）べすぎて	（因為吃太多）
い	脂っこい（油膩的）	→ 脂（あぶら）っこすぎて*	（因為太油膩）
な	にぎやか（な）（熱鬧）	→ にぎやかすぎて	（因為太熱鬧）
名	いい人（好人）	→ いい人（ひと）すぎて	（因為是太好的人）

中譯　紗帆：唔～嗯…。
雄一：你怎麼了？不舒服嗎？
紗帆：因為剛才吃的東西太油了…。完了，我快吐了…。

大家學日語系列 14

大家學標準日本語【每日一句：生活實用篇】行動學習新版

：書＋APP（書籍內容＋隨選即聽 MP3）iOS / Android 適用

初版 1 刷　2014 年 4 月 25 日
初版 10 刷　2022 年 6 月 30 日

作者	出口仁
封面設計	陳文德
版型設計	洪素貞
插畫	劉鵑菁・出口仁・許仲綺
責任主編	黃冠禎
協力編輯	簡子媛

發行人	江媛珍
社長・總編輯	何聖心
出版發行	檸檬樹國際書版有限公司
	lemontree@treebooks.com.tw
	電話：02-29271121　傳真：02-29272336
	地址：新北市235中和區中安街80號3樓
法律顧問	第一國際法律事務所 余淑杏律師
	北辰著作權事務所 蕭雄淋律師

全球總經銷	知遠文化事業有限公司
	電話：02-26648800　傳真：02-26648801
	地址：新北市222深坑區北深路三段155巷25號5樓

港澳地區經銷	和平圖書有限公司
	電話：852-28046687　傳真：850-28046409
	地址：香港柴灣嘉業街12號百樂門大廈17樓

定價	台幣549元／港幣183元
劃撥帳號	戶名：19726702・檸檬樹國際書版有限公司
	・單次購書金額未達400元，請另付60元郵資
	・ATM・劃撥購書需7-10個工作天

大家學標準日本語（每日一句）・生活實用
篇／出口仁著. -- 初版. -- 新北市：檸檬樹國
際書版有限公司, 2022.06 印刷
面；　公分. -- (大家學日語系列；14)
行動學習新版
ISBN 978-986-94387-4-2(平裝)
1. CST:日語　2. CST:會話
803.188　　　　　　　　　　111007511

檸檬樹

檸檬樹